게걸음으로

Im Krebsgang

세계문학전집 334

게걸음으로

Im Krebsgang

귄터 그라스

장희창 옮김

민음사

In Memoriam *

차례

게걸음으로 9

1

"왜 이제서야?"라고 내가 아니라 그 사람[1]이 물었다. 내[2]가
대답했다. 어머니가 내게 끊임없이 말씀하시기 때문에……
그때 바다 위에서처럼 고함을 지르려 했으나 지를 수 없었기
때문에…… 왜냐하면 진실을 단 석 줄만으로는…… 왜냐하면
이제서야…….

이처럼 나는 말을 한다는 것이 아직도 어렵다. 하지만 빙 돌
려서 말하기를 싫어하는 그 사람이 나의 직업을 못 박아 버린
다. 나는 젊은 풋내기로 말재간이 좀 있어 《슈프링거》에서 수
습기자로 일하다가 곧 능숙하게 일을 처리하게 되고, 나중에

---

1) 귄터 그라스를 가리킨다. 작가인 귄터 그라스가 작중 화자인 '나'를 고용
하여 이야기를 전개하고 있다. 귄터 그라스는 작품 속에서 지금처럼 '그 사
람'으로 지칭되기도 하고, '그 노인' 또는 '나의 고용주'로 등장하기도 한다.
2) 작품 속 화자이다.

는《슈프링거》와 경쟁 관계인《타츠》[3]를 위해 원고 매수를 늘려 가며 돈을 벌게 된다. 그러고 나서는 통신사의 용병이 되어 날마다 일어나는 새로운 사건을 아주 능숙하게 짧은 기사로 압축해 제공하는 프리랜서 생활을 오랫동안 해 온 그런 기자가 되어 버렸다.

뭐, 그럴 수도 있겠지요 하고 내가 말했다. 사실 우리 같은 사람이 배운 거라야 그것밖에 없지 않은가. 이제 나 자신의 이야기를 풀어놓기 시작해야 하는 입장에서 본다면, 여하간 내 인생이 엉뚱한 길로 빠져들게 된 모든 원인은 그 어떤 배가 침몰했기 때문이다. 다시 말해 어머니가 그때 만삭의 몸이었기 때문이며, 그 와중에 어쩌다 내가 살아남았기 때문이다.

하지만 나는 그 사람에게 다시 고용된 몸이므로 불초 소생에 대한 이야기는 우선 접어 두기로 한다. 이 이야기는 내가 태어나기 오래전, 지금으로부터 백 년 이상 거슬러 올라가서 시작되며, 그것도 메클렌부르크의 주도(州都)인 슈베린에서 벌어졌던 일이기 때문이다. 엽서에서 보듯이 쉘프슈타트와 많은 탑들이 솟은 성이 있는 이 도시는 일곱 개의 호수 사이에 위치하며, 여러 차례 전쟁을 치른 후에도 외관상으로는 여전히 건재하다.

처음에 나는 역사에서 오랫동안 제쳐져 있었던 그런 시골이 관광객을 빼고는 어느 누구의 관심을 끌 수 있으리라고는

---

3) 초종교, 반도그마를 지향하는 좌익 성향 일간지로 1979년 4월 2일 베를린에서 창간되었다.

생각하지 않았다. 하지만 내 이야기의 출발점인 그 장소는 인터넷에서 별안간 주목의 대상이 되었다. 어떤 이름 없는 사람이 날짜와 거리 이름과 졸업증명서 등 개인 신상에 관한 정보를 제공하면서, 나처럼 지난 일을 캐고 다니는 사람에게 무작정 그 보고(寶庫)를 파헤쳐 보라고 손짓하는 것이었다.

나는 모뎀이며 컴퓨터며 시장에 물건이 나오자마자 일찌감치 구입했었다. 내 직업의 특성상 전 세계를 누비고 다니는 정보를 이런 식으로 끄집어내는 것은 당연한 일이다. 컴퓨터를 다루는 방법은 그런대로 익혔다. 곧 브라우저라든지 하이퍼링크 같은 말들이 나에게는 더 이상 낯설지 않게 되었다. 마우스를 클릭함으로써 필요한 정보를 골라내거나 내다 버렸으며, 변덕스러운 기분이나 지겨움 때문에 이 채팅 방에서 저채팅 방으로 돌아다녔고, 따분하기 짝이 없는 정크 메일에 대답하기 시작했다. 그러다가 잠시 포르노 사이트 두세 개를 접하게 되었고, 아무 목적도 없이 서핑을 하다가 마침내는 소위 과거 찬미자들, 그리고 이제 갓 태어난 애송이 나치주의자들이 증오의 진영에 서서 허튼소리를 지껄이는 홈페이지들과 맞닥뜨리게 되었다. 그리고 예기치도 못하게 — 어떤 배의 이름을 검색어로 쳤다가 — www.blutzeuge.de[4]라는 문제의 주소를 클릭하게 되었다. 그 사이트에는 '슈베린 동지회'라는 단체가 고딕체로 단순한 문구들을 올려놓고 있었다. 순전히 별

---

4) blutzeuge라는 단어는 붙여서 쓰면 '증인'이라는 뜻이고, 따로 떼어 Blut zeugen이라고 쓰면 '피를 증언하다'라는 뜻이다.

볼일 없는 것들이었고, 구역질이 나기보다는 가소로운 내용
이었다.

그러니 누구의 피를 증언하겠다는 것인지는 분명하다. 하
지만 나는 우선 이것을, 다음에는 다른 것을, 그러고 나서 이
런저런 인생의 경로를 차례대로 풀어 가야 할지, 아니면 시간
을 비스듬하게 가로지르면서, 마치 뒷걸음질하며 옆으로 비
켜 가는 듯하지만 사실은 상당히 신속하게 전진하는 게걸음
과도 유사하게 서술해야 할지는 모르겠다. 하지만 다음 사실
만은 분명하다. 자연 혹은 더 정확히 말해서 발트 해는 앞으로
여기서 보고하게 될 그 모든 일을 이미 오십 년 전부터 묵묵히
지켜보았다는 것이다.

자신의 묘비석이 파헤쳐졌던 사람이 우선 등장한다. 그는
중학교를 졸업한 후 은행원 연수 교육을 받기 시작했고, 별다
른 일 없이 그 과정을 마쳤다. 거기에 대해서 인터넷에서는 아
무런 언급도 없다. 오직 그에게만 바쳐진 그 웹사이트에서는
1895년 슈베린에서 태어난 빌헬름 구스틀로프가 '순교자'로
서만 찬양되고 있을 뿐이다. 그러므로 그에게서 1차 세계 대
전에서 용감하게 싸울 수 있는 기회를 박탈했던 후두 쇠약증
이나 만성 폐병에 대한 암시는 조금도 없다. 한스 카스토르프[5]
라는 한자동맹 도시 출신 한 젊은이가 자기를 만든 작가의 명
령에 따라 '마의 산'을 떠나서, 이름이 같은 소설 904쪽에 나

---

5) 토마스 만의 소설 『마의 산』의 주인공이다.

오는 플랑드르에서 의용병으로 전사하거나 문학 속 운명 속으로 사라져 버린 반면, 슈베린의 생명 보험 회사는 사려 깊게도 자신의 유능한 직원을 1917년 스위스로 보낸다. 병 치료차 그곳 다보스를 찾은 그는 이후 유달리 좋은 공기 속에서 매우 건강해져서, 이제 다른 종류의 죽음만이 그를 저세상으로 데려갈 수 있게 되었다. 그러므로 그는 처음에는 저지(底地) 독일 기후의 슈베린으로 돌아가려고 하지 않았다.

빌헬름 구스틀로프는 한 기상 관측소에서 조수 자리를 얻었다. 그러다가 이 연구소가 스위스 동맹 산하 재단으로 바뀌자마자 그는 기상 관측소 서기로 승진했다. 그럼에도 시간이 남아 그는 가재(家財)손상보험 회사의 출장 사원으로 일하면서 부수입을 올리기도 했다. 그리하여 그는 부업을 하는 동안 스위스 여러 주의 상황을 잘 알게 되었다. 그의 부인 헤트비히도 마찬가지로 부지런했다. 그녀는 자신의 민족 감정 때문에 속을 끓이는 일도 없이 모제 질버로트[6]라는 변호사 사무실에서 일을 거들었다.

여기까지만 보면 이들은 평범한 시민인 부부 한 쌍의 모습이다. 그러나 앞으로 드러나겠지만, 이 부부는 스위스식 사업 감각에 따른 생활 양식을 위장했을 뿐이다. 왜냐하면 이 관측소 서기가 처음에는 암암리에, 나중에는 공공연하게 — 그의 고용주는 꾹 참아야 했다. — 조직가로서 타고난 자신의 역량을 발휘했기 때문이다. 그는 입당하였고 1936년 초반까지 스

---

6) 유대인 이름이다.

위스에 살고 있는 제국독일인과 오스트리아인 사이에서 대략 5000명의 조직원을 끌어들여, 지구별로 분회를 소집하고, 섭리에 의해 총통이 된 분에게 충성 서약을 하도록 했다.

하지만 그가 지구당 지도관으로 임명된 것은 당의 조직을 관장하던 그레고르 슈트라서에 의해서였다. 좌익 계열에 속했던 슈트라서는 1932년 자신의 총통이 대기업과 밀접한 관계를 가지는 것에 대항하여 모든 공직에서 사퇴했고, 이 년 후에는 룀 쿠데타에 가담했다가 자기 부하들에게 제거되었다. 그의 동생인 오토는 외국으로 피신하여 목숨을 건졌다. 그러므로 그 후 구스틀로프는 새로운 모범을 찾아야만 했다.

그라우뷘덴 주 소위원회에서 제기된 대정부 질문에서 외사(外事) 경찰과 소속의 한 관리가 구스틀로프에게 스위스 동맹 내 나치 지구당 지도관으로서 그의 직책을 어떻게 생각하느냐고 묻자, 그는 이렇게 답했다고 한다. "나는 이 세상에서 제 아내와 어머니를 가장 사랑합니다. 하지만 총통께서 그들을 죽이라고 명령하신다면 저는 기꺼이 복종할 것입니다."

이 인용문을 둘러싸고 인터넷에서 논란이 벌어졌다. 이것을 포함한 그 밖의 거짓말은 유대인인 에밀 루드비히가 서투르게 조작해 낸 것일 뿐이라는 내용이, 슈베린 동지회의 채팅방에 올려져 있었다. 그리고 그레고르 슈트라서는 순교자 구스틀로프에게 지속적으로 영향을 미치며, 구스틀로프는 그의 세계관에서 언제나 민족주의보다는 사회주의를 강조했다는 견해도 실려 있었다. 곧이어 채팅 참가자들 사이에 편을 갈라 격렬한 싸움이 전개되었다. 가상 공간에서 벌어진 '긴 칼의 밤'[7]의 전투는 희생을 요구했다.

하지만 얼마 지나지 않아서 격론에 참가하고 있던 관계자 모두의 기억 속에, 섭리의 증거로 여겨질 수 있는 날짜가 떠올랐다. 내가 그저 단순한 우연으로 해석하려고 했던 어떤 사실이 당 간부인 구스틀로프를 저 초월적인 연관 속으로 끌어올렸다. 1945년 1월 30일, 즉 순교자가 태어난 지 정확하게 오십 년이 되는 날에, 그의 이름에 따라 명명된 배가 침몰하기 시작했던 것이다. 또 그날은 히틀러가 대권을 장악한 지 십이 년째 되는 날로, 그 배의 침몰은 총체적인 몰락의 징조이기도 했다.

그 날짜는 마치 쐐기 문자처럼 화강암 비석에 새겨져 있다. 저주받을 그날에 모든 것이 시작되었고, 엄청나게 증폭되다가 절정에 도달한 후 종말을 맞이하게 되었던 것이다. 나 자신도 어머니 덕분에, 지속적인 불행을 몰고 온 바로 그날 이 세상에 태어났다. 반면에 그녀는 전혀 다른 달력에 따라 살고 있다. 그녀는 그 사건을 우연으로도 보지 않으며, 또 우연이라는 말처럼 모든 걸 설명해 줄 수 있는 편리한 척도로 그 사건을 재지도 않는다.

"하지만 분명해!" 하고 어머니는 소리친다. 나는 인척 관계를 드러내면서 '내 어머니'라고 부르지 않고 언제나 그저 '어머니'라고만 부른다. "그 배를 다른 사람 이름으로 불렀어도

---

7) '긴 칼의 밤'은 1934년 6월 30일 밤, 에른스트 룀의 주도 아래 일어난 쿠데타에 대응하여, 히틀러가 나치 친위대를 동원하여 나치 돌격대 지도부를 제거하고 동시에 다른 의심스러운 적들도 섬멸해 버린 사건을 말한다.

침몰하기는 마찬가지였을 거야. 그 러시아 놈이 무슨 생각을 했을까? 우리한테 세 발을 쏘라고 명령하면서 말이야……."

그녀는 그 사건 후 한 뼘의 시간도 흘러가지 않은 듯이 여전히 투덜댄다. 장황하게 말을 늘어놓고, 문장들을 압착 롤러에 넣어 고르게 펴기도 하고, 이 말 저 말로 표현을 조금씩 바꾸기도 하면서 말이다. 어머니의 부모님인 아우구스트 포크리프케와 에르나 포크리프케는 코슈나이데라이 출신이기 때문에 코슈나이 양반과 코슈나이 댁이라고 불렸다. 하지만 어머니는 랑푸르에서 성장했다. 그녀는 단치히[8]가 아니라, 길게 펼쳐져 끝도 없이 들판으로 이어지는 교외 출신이었다. 그 교외 거리 중 하나가 엘젠 거리였는데, 그 거리가 어린애인 우어줄라 — 실제로는 툴라라고 불렸다. — 의 성장에 손색없는 무대였음이 틀림없다. 왜냐하면 그녀가 "옛날에 말이야." 하고 말을 꺼낼 때면, 가까이 있는 발트 해 해변에서의 물놀이며, 교외 남쪽에 있는 숲 속에서 썰매를 타던 시절 이야기를 종종 들려주었기 때문이다. 하지만 그녀는 대개 이야기 듣는 사람들을 엘젠 거리 19번지 셋집 마당으로 끌고 갔으며, 거기에서부터 이야기 보따리를 풀어놓았다. 사슬을 목에 맨 사냥개 하라스 옆을 지나 목공소 쪽으로 간다. 거기에는 원반톱, 띠톱, 절삭기, 평삭반과 웅웅거리는 정류기 등이 요란한 소리를 내고 있다. "되바라진 계집애였지. 난 그때 벌써 아교 냄비

---

8) 폴란드 그단스크의 독일식 이름. 여기서는 원전에 따라 두 이름을 혼용하기로 한다.

를 이리저리 끌고 다녔더랬어……." 그러므로 들리는 이야기에 따르면 어린애 툴라는 서 있든 누워 있든 걸어가든 달려가든 혹은 한구석에서 쪼그리고 앉았든 간에, 저 전설적인 아교 냄새를 계속 풍기고 있었다는 것이다.

그러므로 우리가 전쟁 직후 슈베린에서 침식을 구할 때, 어머니가 쉘프슈타트에서 목공 일을 배우게 되었던 것은 조금도 놀라운 일이 아니다. 동쪽 지방에서 부르듯 '이주민'으로서 그녀는 도목수 밑에서 일을 배우는 견습생 자리를 재빨리 얻었다. 그 도목수의 허름한 집에는 대패질용 작업대가 네 개 있었고, 또 끊임없이 부글거리며 끓어오르는 아교 냄비가 변함없이 한 자리를 차지하고 있었다. 거기에서부터 어머니와 내가 콜타르 지붕 아래 살았던 렘 거리까지는 그리 멀지 않았다. 불행을 겪은 후 우리가 콜베르크의 시골로 가지 않고, 어뢰정 뢰베호가 우리를 트라베뮌데나 킬, 즉 서쪽 지방으로 데려갔다 하더라도, 어머니는 서쪽 독일에서 부르듯이 '동쪽 피란민'으로서 역시나 목공 견습생이 되었을 것임이 분명하다. 나는 이것을 우연이라고 말한다. 반면에 그녀는 첫날부터 강제 수용 명령으로 지정된 그 장소를 이미 숙명적인 곳으로 보았다.

"그 러시아 놈, 잠수함 선장 말이야, 그놈 생일이 정확히 언제였더라? 넌 그거 빼놓고는 모르는 게 없어……."

그렇다. 모른다. 내가 인터넷에서 생일을 알게 된 빌헬름 구스틀로프의 경우와는 다르다. 나는 그 선장이 태어난 연도만을 간신히 알며, 그 밖에 저널리스트들이 배후 정보라고 부르는 몇몇 사실을 알고 이것저것 추측 정도만 할 수 있을 뿐이다.

알렉산더 마리네스코는 1913년, 흑해 연안에 있는 항구 도시 오데사에서 태어났다. 그 도시는 흑백 영화 「전함 포템킨」에서 보듯이 한때는 번성했음이 분명하다. 그의 어머니는 우크라이나 출신이었다. 그리고 그의 아버지는 루마니아인이었는데, 폭동에 가담한 죄로 사형에 처해졌다가 마지막 순간에 탈출하기 전까지는 자신의 증명서에 마리네스쿠라고 서명하였다.

그의 아들 알렉산더는 부두 지역에서 성장했다. 그리고 오데사에는 러시아인, 우크라이나인, 루마니아인, 그리스인과 불가리아인, 터키인과 아르메니아인, 집시와 유대인이 좁은 공간에서 밀착하여 살고 있었기 때문에 그는 여러 나라 말이 뒤섞인 잡탕 말을 하였다. 그러나 자기 또래 어린애들 사이에서는 분명히 이해되었을 것이다. 나중에는 러시아어를 하려고 애썼지만, 결코 유대어가 섞인 우크라이나어에서 아버지의 루마니아어 욕설을 깨끗이 걸러 내지는 못했다. 항해사 조수로 상선에 취직했을 때도 사람들은 그의 잡탕 말에 웃음을 참지 못했다. 그러나 세월이 흘러 그는 잠수함 함장이 되었고, 그런 후에는 많은 사람들이 그의 말이 아무리 우습게 들린다 할지라도 웃을 수가 없게 되었다.

세월을 거슬러 올라가 보자. 일곱 살의 알렉산더는 국제선 부두에서 '백군(白軍)'의 잔존 부대, 그리고 영국과 프랑스 간섭군의 패잔병들이 도망치듯이 오데사를 떠나는 것을 보았다고 한다. 곧이어 그는 '적군(赤軍)'의 진군을 경험하였다. 숙청 작업이 진행되었다. 그러고 나서 내전은 거의 종식되었다. 그리고 몇 년 후 외국 선박이 다시 항만에 접안할 수 있게 되었을 때 그 소년은, 말쑥하게 차려입은 승객들이 바닷물 섞인 강물 속으로 던진 동전들을 끈기 있게 그리고 곧 능숙하게 잠수하여 건져 내었다고 한다.

트리오는 아직 완성되지 않았다. 한 사람이 아직 모자란다. 그의 행동은 소용돌이를 일으켰으며 멈출 수 없는 그 어떤 움직임에 시동을 걸었다. 그는 의식했든 안 했든 간에 슈베린 출신인 한 사람을 시대적 운동의 순교자로 만들었으며, 오데사 출신 젊은이를 발트 해 적기함대의 영웅으로 만들었기 때문에 이후 내내 역사의 피고석에 앉아 있게 된다. 그동안 호기심이 생긴 나는 그러한 또는 그와 유사한 책임 추궁들을, 계속 운영 중인 홈페이지에서 찾아낼 수 있었다. "한 유대인이 쏘았다……."

그동안 파악한 바에 따르면 덜 명료하긴 하지만 이 사건과 관련된 논박의 성격을 띤 책[9]이 있다. 당원이자 제국 연설가인 볼프강 디베르거가 1936년 뮌헨 프란츠 에어 출판사에서 펴낸 것이다. 물론 슈베린 동지회는 오류에 근거한 논리에 따라, 디베르거의 다음과 같이 짐짓 아는 체하는 발언보다 한 발 더 나아간 내용들을 공표한다. "그 유대인만 없었더라면 기뢰가 제거된 그 해상 루트, 즉 슈톨프뮌데 해역에서 벌어진 역사

---

[9]『구스틀로프 사건 — 다보스 유혈 사건의 전사(前史)와 그 배경』.

상 유례가 없는 선박 대참사는 결코 일어나지 않았을 것이다. 그 유대인이 그런 짓을…… 그 유대인에게 책임이 있는 것이다……."

채팅 방에서 때로는 독일어로, 때로는 영어로 오가는 쓸모없는 잡소리 중에서도 약간의 역사적 사실들을 읽어 낼 수 있었다. 한 채팅 참가자는 디베르거가 전쟁 발발 직후 단치히 국영방송의 감독관이었다는 사실을 알고 있었으며, 또 다른 채팅 참가자는 전후 그의 활동에 대해 알고 있었다. 즉 디베르거는 다른 나치 간부들, 예컨대 뒷날의 자유민주당(FDP) 소속 연방의회 의원인 아헨바흐와 패거리를 이루어 노르트라인 베스트팔렌 자유주의자 사이로 서서히 침투해 들어갔다는 것이다. 또한 제3의 채팅 참가자의 보충 설명에 따르면 예전 나치 선전 전문가였던 디베르거가 1970년대에 자유민주당을 위하여 소음이 적은 무료 세차 설비를 라인 강변 노이비트에서 운영했다는 것이다. 그리고 마지막으로 만원사례가 된 그 채팅 방에는 다보스의 그 살인자 신상에 관한 질문이 쏟아졌고, 그때마다 일관성 있는 답변들이 주어졌다.

마리네스코보다 네 살 많고 구스틀로프보다는 열네 살 어린 프랑크푸르터는 1909년 서(西)슬로베니아의 도시 다루바르에서 한 유대교 신학자의 아들로 태어났다. 집에서는 히브리어와 독일어를 썼지만, 학교에서는 세르비아어를 말하고 쓰는 것을 배웠다. 그러나 유대인들에 대한 일상적인 증오도 함께 느껴야 했다. 어림짐작만으로 그 책은 다음과 같이 썼다. 그는 친구를 사귀려 했으나 허사였다. 왜냐하면 그의 체격은 당당하게 방어를 하기에는 역부족이었고, 또 주변 환경에 능숙하게 적응하는 것도 성미에 맞지 않았기 때문이다.

다비드 프랑크푸르터에겐 다음과 같은 점에서만 빌헬름 구스틀로프와 공통점이 있다. 구스틀로프가 폐병 때문에 장애를 얻은 것처럼 프랑크푸르터는 어린 시절부터 골수염을 앓아 왔다. 하지만 구스틀로프는 그의 고통을 다보스에서 곧 치유할 수 있었고 나중에 건강한 당원으로서 유능한 사람이 되었던 반면, 병에 걸린 다비드에게는 어떤 의사도 도움이 되지 않았다. 그는 다섯 차례 수술을 받았지만 고생만 하고 소용이 없었다. 한 마디로 희망이 없는 경우였다.

아마도 그는 병 때문에 의학 공부를 시작했는지도 모른다. 가족의 권유에 따라 그의 아버지 그리고 그 아버지의 아버지가 이미 공부했던 적이 있는 독일로 간 것 같다. 하지만 지속적인 병치레와 그에 따른 집중력 부족으로 예과 졸업시험을 비롯하여 다른 시험들에서 떨어졌다고 한다. 하지만 인터넷에서는, 당원인 디베르거가 그와 마찬가지로 인용되는 작가인 루드비히 ― 디베르거는 이 사람을 언제나 '에밀 루드비히 콘'이라고 부른다. ― 와는 대립되는 견해를 주장하였다고 한다. 즉 유대인 프랑크푸르터는 약골일 뿐만 아니라 랍비인 아버지에게 빌붙어 살았고, 게을러터진 대학생 같았으며, 게다가 맵시를 부려 옷을 가려 입는 무능한이자 골초였다는 것이다.

그리고 나서 세 번이나 저주받은 그 날짜[10] ― 최근에 인터

---

10) 1월 30일을 가리킨다. 빌헬름 구스틀로프가 그날 태어났고, 그의 이름을

넷에서는 그날에 대해 찬양의 말이 쏟아지고 있다. ── 와 함께 히틀러의 대권 장악의 해가 시작되었다. 줄담배를 피워 대는 다비드는 프랑크푸르트암마인에서 그와 여러 대학생들의 사활이 걸린 사건들을 경험하였다. 그는 유대인 작가들의 책이 불살라지는 것을 보았다. 실험실 그의 자리에는 갑자기 다윗의 별이 붙어 다른 자리와 구분되었다. 증오가 피부에 와 닿았다. 목청을 높여 자신들이 아리안 혈통임을 으스대는 대학생들로부터 그를 포함한 여러 학생들은 모욕을 받았다. 그는 어찌할 바를 몰랐고, 또 그런 상황을 견딜 수도 없었다. 그래서 그는 스위스로 달아나, 보다 안전하다고들 말하는 베른에서 공부를 계속하였다. 하지만 다시 시험에 떨어졌다. 그러나 그는 부모에게 낙관적이고 밝은 어조로, 생활비를 대 주는 아버지를 속이는 편지들을 썼다. 그다음 해에 어머니가 죽자 그는 공부를 중단하였다. 그리고 아마도 친척에게 기대어 살 작정으로 용기를 내어 다시 한 번 독일제국으로 들어갔다. 하지만 그는 베를린에서 한 젊은이가 "유대 놈, 헵헵!"이라고 요란하게 소리 지르며 그의 아버지와 마찬가지로 랍비인 자기 삼촌의 불그스레한 수염을 잡아당기는 것을 속수무책으로 바라보았을 뿐이다.

성공한 작가인 에밀 루드비히가 1936년 이주민들의 출판사인 암스테르담 퀘리도 사에서 펴낸 소설과도 같은 책 『다

딴 빌헬름 구스틀로프호가 그날 침몰했으며, 히틀러가 대권을 장악한 것도 그날이다.

보스의 살인』에서도 그 장면이 비슷한 식으로 묘사되어 있다. 물론 슈베린 동지회는 그들의 웹사이트에서 보다 자세히는 아니지만 다른 시각으로 그 사건에 접근하고 있었다. 즉 그들은 당원인 디베르거의 말을 그대로 원용했다. 왜냐하면 디베르거는 그의 보고문에서 베를린 경찰에게 심문을 받은 랍비인 잘로몬 프랑크푸르터 박사의 증언을 직접 제시했기 때문이다. "미성년자인 소년이 내 수염 ── 덧붙이자면 검은색이지 붉은색이 아닙니다. ── 을 잡아당기고 또 '유대 놈, 헵헵!'이라고 소리 질렀다는 것은 사실이 아닙니다!"

소위 모독 사건 이후 이 년간 진행된 경찰에서의 심문이 강제력이 있었던 것인지 알아내는 것은 나로서는 불가능했다. 여하간 다비드 프랑크푸르터는 베른으로 되돌아왔고 여러 가지 이유로 낙담한 상태였다. 한편으로는 지금까지 성과가 없었던 공부를 시작했고, 다른 한편으로는 안 그래도 육체적으로 지속적인 고통에 시달리는 데다가 어머니의 죽음마저 겹쳐, 엎친 데 덮친 격이었다. 더욱이 베를린에 잠시 머무른 동안 국내외 신문을 통해 오라니엔부르크와 다하우와 그 밖의 장소에 있는 집단 수용소 소식을 접하게 되었던 경험이 그의 정신을 점점 더 짓눌렀다.

그러므로 1935년 말경 자살에 대한 생각이 떠오르고 이후 그 생각이 반복되었음은 분명하다. 이후 재판이 진행되는 동안 변호사 측에서 제시한 한 소견서에는 이렇게 씌어 있다.

"프랑크푸르터는 개인적인 성격에서 비롯하는 내밀한 정신적 이유 때문에 심리적으로 통제 불가능한 상황으로 빠져

들었고, 그 때문에 거기서 벗어나야만 했다. 그의 우울증은 자살에 대한 생각을 불러일으켰다. 하지만 모든 인간에게 내재한 자기 보존 욕구 때문에 자기 자신이 아닌 다른 희생자를 향해 방아쇠를 당겼던 것으로 보인다."

거기에 대해 인터넷에서는 어떠한 신랄한 논평도 없었다. 하지만 나는 점점 더 이런 의심이 들었다. 즉 www.blutzeuge. de라는 주소 뒤에 다수의 스킨헤드 족들이 슈베린 동지회 소속으로 규합되어 있는 것이 아니라, 한 교활한 인간이 단독으로 자신의 정체를 숨기고 있는 것이 아닌가 하는 생각이었다. 나처럼 비스듬한 방향으로 역사의 분비물이라든지 그와 비슷한 것들을 찾아 코를 킁킁거리는 그 누군가가 있을 수도 있는 것이다.

빈둥거리는 대학생이라? 하긴 나도 마찬가지였다. 독어독문학이 몸서리치도록 지겨워지고, 오토주어 연구소에서 들은 신문방송학 강의가 지나치게 이론적으로 느껴졌을 때 말이다.

슈베린을 떠나 동베를린으로 와서 서베를린 행 고속전철로 갈아탔던 무렵, 나는 어머니와 이별하면서 약속한 대로 처음에는 상당히 노력했고 마치 공부벌레처럼 모든 것을 달달 외웠다. 그리고 장벽이 세워지기 직전인 열여섯 살 반의 나이에 나는 자유의 냄새를 킁킁거리며 맡기 시작했다. 로제네크 인근 슈마르겐도르프에 있는 예니 아주머니 댁에서 살았는데, 어머니 말에 따르면 어머니는 학교 동창인 그 아주머니와 굉장한 일들을 함께 경험했다고 한다. 나는 천창이 나 있는 독방에서 살았다. 참으로 좋은 시절이었다.

칼스바트 거리에 있는 예니 아주머니의 고미 다락방은 인형의 방처럼 보였다. 책상과 까치발 선반 위 유리종 아래에 도자기 인형들이 서 있었다. 대개는 발레 스커트를 입고 신발 끝으로 서 있는 무희들이었다. 몇몇은 과감한 포즈를 취하고 있었는데, 모두 다 긴 목 위에 작은 머리를 얹고 있었다. 젊었을 때 예니 아주머니는 발레리나였고 꽤나 유명했다. 하지만 제국 수도를 점차 초토화해 버린 수많은 공습이 있는 동안 두 다리가 불구가 되어 버렸다. 그래서 그녀는 나에게 온갖 다과와 오후에 마시는 차를 함께 내놓을 때에도, 한편으로는 절뚝거리면서 다른 한편으로는 여전히 우아한 팔 동작을 해 보이곤 했다. 그녀 모습은 우스꽝스러운 고미 다락방 안의 연약한 도자기 인형과도 같았다. 이제 말라빠진 목 위에서 가볍게 움직이는 그녀의 자그마한 머리는 끊임없이 미소를 짓곤 했지만, 또 곧장 얼어붙을 것처럼 보였다. 더욱이 그녀는 자주 한기를 느꼈기 때문에 뜨거운 레몬차를 많이 마셨다.

나는 아주머니 댁에서 마음 편하게 지냈다. 그녀는 나를 응석받이로 대했다. 그리고 그녀가 자신의 학교 동창에 대해 "내가 좋아하는 툴라가 최근에 비밀 루트로 보낸 짧은 편지를 받았단다…….”라고 말할 때면 나는 그 지긋지긋할 정도로 끈질긴 인간인 어머니를 몇 분 동안이나마 조금 좋아할 뻔하기도 했다. 하지만 어머니를 생각하니 다시 짜증이 났다. 슈베린에서 칼스바트 거리로 몰래 전달되어 온 비밀 통신문에는 밑줄을 친 한도 끝도 없는 경고의 말씀들이 빽빽하게 적혀 있었는데, 그 모두는 어머니 표현대로 나를 '들들 볶아 대는' 것들이었다. "넌 배워야 해, 배워야! 그 때문에, 바로 그 때문에 어린애를 서쪽으로 보낸 거야. 한몫하는 인간이 되라고 말이야……."

어머니는 내 귀에 못이 박히도록 이렇게 말했다. "나야 우리 애가 앞으로 졸업장 딸 거라는 기대 때문에 사는 거지." 그리고 그녀의 대변자로서 예니 아주머니는 부드럽긴 하지만 정곡을 찌르는 음성으로 내가 할 일은 열심히 파고드는 일뿐이라며 주의를 주곤 했다.

당시에 나는 내 또래 다른 공화국 탈주자들과 함께 무리 지어 고등학교에 다녔다. 나는 법치국가라든지 민주주의와 관련된 분야에서 뒤처진 많은 것을 만회해야 했다. 영어에다가 프랑스어를 배웠고, 대신에 러시아어는 더 이상 배우지 않아도 됐다. 또한 실업률을 조절함으로써 자본주의가 어떤 방식으로 작용하는가 하는 점도 납득하기 시작했다. 성적이 출중한 학생은 아니었지만, 어머니가 바랐던 김나지움 졸업장은 땄다.

그 밖에도 나는 소녀들과 사귀는 문제는 상당히 잘해 냈고, 돈 때문에 시달린 적도 결코 없었다. 왜냐하면 내가 어머니의 재가를 받고 계급의 적으로 변신했을 때, 그녀는 서독의 또 다른 주소 하나를 슬쩍 쥐여 주었기 때문이다. "내 생각에, 그 사람이 네 애비란다. 내 종사촌이지. 그 양반이 입대하기 전에 내 배를 불룩하게 만들었거든. 하여간 그렇게 믿어. 그러니 네가 저쪽으로 가거든 그 사람한테 편지하거라……."

함부로 비교하는 법이 아니다. 하지만 금전 문제에서 나는 곧 베른에 살았던 다비드 프랑크푸르터와 같은 입장이 되었다. 그에게도 멀리 있는 아버지가 달마다 소정의 금액을 스위스 구좌로 입금해 주었던 것이다. 어머니 종사촌의 이름은 ─ 하느님이 그의 명복을 빌어 주시기를 ─ 하리 리베나우였는데, 그 당시 엘젠 거리에 살던 도목수의 아들이었고, 1950년대 말 이후로는 바덴바덴에 살면서 남서 라디오 방송의 문화 담당 PD로서 야간 프로그램인 「심야의 서정시」를 맡고 있었다. 비록 슈바르츠발트의 전나무들만이 그 방송에 귀 기울였는지는 모르겠지만 말이다.

나는 어머니의 학교 동창 신세를 계속 지고 싶지는 않았기 때문에, 공손한 편지의 마지막 문구로 "당신을 뵙지 못한 당신의 아들"이라고 쓴 후 바로 뒤에 알아보기 쉬운 글씨로 나의 구좌 번호를 알려 주었다. 너무 잘한 결혼이 명백하기에 그는 나에게 답장을 주지는 않았다. 하지만 매달 정확하게 200마르크라는 최저 양육비보다 훨씬 많은 돈을 보내 주었는데, 당시로서는 상당한 금액이었다. 예니 아주머니는 그 일에 대해서 아무것도 몰랐다. 하지만 어머니의 종사촌에 대해서는 아는 듯한 눈치였다. 아주 일시적이긴 하지만 그녀의 인형 같은 얼굴에 나타난 불그레한 기운이 나에게 말보다 더 많은 것을 암시해 주었기 때문이다.

1967년 초, 나는 칼스바트 거리를 떠나 곧 크로이처베르크로 이사를 갔고, 이어서 공부를 집어치웠다. 그리고 《슈프링거》 신문 재벌의 《모르겐포스트》에 견습기자로 들어갔다. 그러자 금전운은 중단되고 말았다. 그 후로는 내게 돈을 대 주던 아버지에게 다시는 편지하지 않았다. 기껏해야 한 번인가 크리스마스 카드를 보낸 적이 있을 뿐, 그 이상은 아니었다. 무엇 때문에 그럴 필요가 있단 말인가. 어머니는 비밀 통신문에서 우회적인 말로 나를 이해시켰다. "그 사람한테 고맙다고 너무 그럴 필요는 없어. 그 양반은 어째서 돈을 내야 하는지 알고 있으니 말이야……."

그녀는 당시에 공개적으로는 나에게 편지를 쓸 수 없었다. 왜냐하면 그녀는 그동안에 인민 소유 대기업에서 계획에 따라 침실 가구를 생산하는 목공 작업반을 통솔하게 되었기 때문이다. 당원으로서 그녀는 서쪽과 어떠한 접촉도 해서는 안 되었는데, 특히 공화국 탈주자인 아들과의 접촉은 더욱더 금지되어 있었다. 왜냐하면 그녀의 아들은 자본주의의 앞잡이 신문에다가 장벽 및 철조망 공산주의를 비방하는, 처음에는 짧은 기사를, 다음에는 긴 기사를 실었기 때문에, 그 점이 그녀에게 커다란 어려움을 안겨 주었던 것이다.

나는 어머니의 종사촌이 더 이상 돈을 보내고 싶지 않았던 것은, 내가 공부 대신 황색 신문《슈프링거》를 위해 글을 썼기 때문이라고 믿는다. 여하간 그의 허여멀건한 자유주의적인 사고 방식의 기준에서 본다면 그의 생각이 옳기도 하다. 그러나 그 후 루디 두취케 습격 사건 직후에 나도《슈프링거》를 떠났다. 그리고 이후로는 상당히 좌익적인 태도를 견지했다. 당시에는 많은 일들이 일어났기 때문에 나는 어정쩡하게 진보적인 신문들 여기저기에다가 기사를 썼고, 최저 생계비는 충분히 감당해 낼 수 있었다. 어머니의 종사촌이 보내 주었던, 최저 양육비의 세 배 이상에 달하는 돈 없이도 말이다. 저 리베나우 씨로 말하자면 여하간 내 아버지는 아니었다. 어머니가 구실을 대며 그를 끌어들였을 뿐이다. 그녀에게 듣기로, 그 심야 라디오 프로그램 담당자는 1970년대 말경, 내가 결혼하기 전에 심장 마비로 죽었다고 한다. 어머니와 동갑이었으니 대략 쉰은 넘은 나이였다.

대신에 나는 그녀가 사귀었던 여러 남자들의 성(姓)을 얻게 되었는데, 그녀 말에 따르면 그들 모두가 아버지일 가능성이 있다는 것이다. 행방불명된 한 사람은 이미 늙수그레한 남자로서 ─ 집 지키는 개 하라스를 독살했다는 혐의가 있다. ─ 요아힘 발터 혹은 요헨 발터라는 이름이었다.

그렇다. 나에게는 진짜 아버지란 없다. 서로 바뀌어도 상관없는 환영(幻影)들만 있을 뿐이다. 더 시급한 문제는 이제 나에게 중요한 의미가 있는 저 세 사람에 대한 이야기를 하는 것이다. 여하간 어머니 자신도 1945년 1월 30일 오전 부모와 함께 고텐하펜옥스회프트 부두에서 칠천몇백 명과 함께 배에 올랐을 때 배 속에 든 아이의 아버지가 누구인지 알지 못했다. 그 배의 이름을 따온 바로 그 사람의 경우에는 헤르만 구스틀로프라는 상인이 자기 아버지임이 분명히 밝혀져 있다. 그리고 짐을 너무 많이 실은 그 배를 격침하는 데 성공한 알렉산더 마리네스코는, 오데사에서 보낸 소년 시절에 '블라트네트'라고 불린 도둑 일당에 속해 있었기 때문에 아버지 마리네스코로부터 이따금 심하게 두들겨 맞곤 했는데, 바로 그 점이 뚜

렷이 느낄 수 있는 아버지로서의 애정이 아니고 무엇이겠는
가. 그리고 베른에서 다보스로 여행하면서 그 배가 어느 순교
자의 이름에 따라 불리도록 만든 다비드 프랑크푸르터에게는
심지어 정통파 랍비인 아버지가 있었다. 그러나 애비 없는 자
식인 나도 결국은 아버지가 되었다.

그[11]는 무슨 담배를 피웠던가? 문자 그대로 멋진 담배인 주
노를 피웠던가? 아니면 평범한 담배인 오리엔트를 피웠을까?
어쩌면 유행에 따라 황금색 물부리가 달린 담배를 피웠을까?
담배를 피우고 있는 그의 모습이 담긴 사진은 나중에 신문에
실린 한 컷을 제외하고는 없다. 신문에 난 그 사진에는 관직에
서 곧 은퇴하게 될 늙수그레한 남자가 엽궐련을 물고 있는 모
습이 담겨 있다. 1960년대 말, 마침내 짧은 체류 허가를 받아
스위스에 머무는 동안이었다. 여하간 그는 나처럼 쉬지도 않
고 연기를 뿜어 댔고, 따라서 스위스 연방 철도의 흡연칸에 자
리를 잡았다.

두 사람은 각각 철도로 여행했다. 다비드 프랑크푸르터가
베른에서 다보스로 가고 있는 동안에 구스틀로프는 몇몇 나
치당 국외 지부들을 방문하였으며, 히틀러유겐트와, 줄여서
베데엠(BDM)이라고 불리는 독일소녀단의 새로운 거점을 마
련하였다. 그는 1월 말에 여행길에 올랐기 때문에 베른과 취
리히, 글라루스와 추크에서 제국독일인과 오스트리아인 앞에

---

11) 다비드 프랑크푸르터를 가리킨다.

서 대권 장악 3주년 기념 행사로 예의 청중을 사로잡는 연설을 하였다. 이미 지난해에 자신의 고용주, 즉 기상관측소로부터 ─ 사회민주당 의원들의 강력한 요구에 의해 ─ 해임되었기 때문에 그는 시간을 자유롭게 활용할 수 있었다. 그의 선동적 활동 때문에 스위스 내부에서 항의가 계속되었고 좌익 신문들은 그를 '다보스의 독재자'라고 불렀으며 국회의원인 브링골프는 그의 국외 추방을 촉구했다. 그러나 그는 그라우뷘덴 주뿐만 아니라 연방 도처에서 재정적 뒷받침 이상으로 후원해 주는 정치가와 관리 들을 충분하게 확보할 수 있었다. 다보스의 휴양지 관리사무소는 여행을 온 휴양객 명단을 정기적으로 그에게 몰래 건네주었다. 그러면 그는 그들 중에서 제국독일인을 ─ 휴양 기간 동안 ─ 당 행사에 초대했으며 더나아가 참여를 촉구했다. 그리고 사전 양해도 없이 불참한 사람들의 이름은 기록하여 두었다가 제국 내 관할 기관에 통보하였다.

골초 대학생 다비드가 베른에서 왕복 열차표가 아니라 편도 열차표를 요구하여 기차를 타고 여행하던 무렵, 그리고 나중에 순교자가 된 구스틀로프가 당을 위해 자신의 실력을 입증하던 무렵, 항해사 조수인 알렉산더 마리네스코는 이미 상선에서 흑해의 적기함대로 직장을 옮겨, 교육 함대의 항해 강습 코스에 참가하였다가 다시 잠수함 승무원 교육을 받았다. 동시에 청년 조직인 콤소몰의 단원이기도 했던 그는 근무시간 중에는 철저히 근무하고 그 외 시간에는 술꾼의 실력을 마음껏 발휘하였다. 그는 승선하고 있는 동안에는 결코 술병에 입을 대지 않았다. 마리네스코는 곧 항해사로서 추커급 306피세 잠수함에 배속되었다. 작전에 투입된 지 얼마 되지 않은 이 배는 전쟁 발발 직후 기뢰와 충돌하여 승무원 전원과 함께 침몰했다. 마리네스코는 이미 장교로서 다른 잠수함에 승선하고 있었다.

다비드는 베른에서 취리히를 지나 여러 호수들을 지나갔다. 당원인 디베르거는 여행 중인 의대생의 행로를 기술한 자신의 책에서 풍경 묘사를 하느라고 지체하지는 않는다. 그리고 13학기에 재학 중인 골초 대학생도, 앞에서 마주 다가오다가 마침내는 지평선을 시야에서 가려 버리는 산맥을 배경으로 하여 묘사되는 일은 없다. 기껏해야 집과 나무와 산을 덮어 버리는 눈이라든지 터널을 통과함으로써 생겨나는 명암의 교차에 대한 언급이 있을 뿐이다.

다비드 프랑크푸르터는 1936년 1월 31일 여행을 떠났다. 그는 신문을 읽고 담배를 피웠다. '종합 뉴스'라는 표제 아래 지구당 지도관 구스틀로프의 활동에 관한 몇 가지 소식을 읽을 수 있었다.《신(新) 취리히》라든지《바젤 국민일보》를 포함한 일간지들은 날짜를 명시했고, 그 당시에 일어났거나 앞으로 있을 행사와 관련된 모든 것들을 보고했다. 베를린 올림픽으로 역사에 기록될 그해 초에 파시스트 지배 아래에 있던 이탈리아는 멀리 떨어진 네구사[12]의 나라, 에티오피아를 아직 정복하지 못했으며, 스페인에서는 전쟁 기운이 무르익고 있었

12) 에티오피아 왕의 옛 이름이다.

다. 제국 내에서는 제국 고속도로 건설이 진전되고 있었고, 랑푸르에 살던 어머니는 여덟 살 반이었다. 두 해 전 여름, 귀머거리에다 곱슬머리인 그녀의 오빠가 발트 해에서 물놀이를 하다가 익사했는데, 그는 어머니가 가장 좋아하던 오빠였다. 그래서 그가 죽은 지 마흔여섯 해 만에 내 아들이 콘라트라는 이름을 가져야만 했던 것이다. 하지만 내 아들은 보통 코니(Konny)라고 불렸고 편지에서 그의 여자 친구인 로지는 코니(Conny)로 썼다.[13]

디베르거의 책에는, 2월 3일 그 지구당 지도관은 여러 주를 두루 거쳐 여행을 성공적으로 마친 후 피곤한 상태로 되돌아온 것으로 되어 있다. 프랑크푸르터는 그가 다보스에 3일에 도착하리라는 사실을 알고 있었다. 일간 신문 외에도 그는 구스틀로프가 발행하는 당 기관지인 《제국독일인》을 읽고 있었는데, 거기에는 구스틀로프의 일정이 예고되어 있었다. 다비드는 자신의 목표물에 대한 거의 모든 정보를 훤히 꿰고 있었다. 그는 자신의 목표물을 흠뻑 들이마신 상태였다. 그는 또한 그전 해에 구스틀로프 부부가 제국 내로 되돌아갈 날에 대비하여 남긴 돈으로 슈베린에다가 용의주도하게 가구를 설비한 벽돌 집을 짓게 했다는 사실도 알고 있었을까? 그리고 그 부부가 은밀하게 아들을 원하고 있었다는 사실도 알고 있었을까?

---

13) 화자 '나'의 아들 콘라트는 코니, 콘라트헨 등으로 불린다. 인터넷에서는 빌헬름이란 ID를 사용한다.

의대생이 다보스에 도착했을 때는, 새로 눈이 내렸었다. 눈 위로 태양이 비쳤고, 휴양지는 마치 그림엽서에 나오는 풍경처럼 보였다. 그는 짐이 없었지만 확고한 의도로 여행했다. 《바젤 국민일보》에서 그는 제복을 입고 있는 구스틀로프의 사진을 오려 두었다. 키가 크고, 시선에는 팽팽한 긴장감이 돌며, 머리가 벗어져 이마가 훤한 모습이었다.

프랑크푸르터는 '뢰베' 호텔에 묵었다. 그는 2월 4일 화요일까지 기다려야 했다. 그날은 유대인들이 '키 타우'라고 부르는 길일(吉日)이었다. 이것은 내가 인터넷에서 건져 올린 정보이다. 이제 익히 알고 있는 홈페이지에서는 이날이 순교자에 대한 추모의 날이 되었다.

햇빛이 비치는 청명한 날, 그는 얼어붙은 눈 위로 담배를 피우면서 걸어갔다. 발을 디딜 때마다 뽀드득 소리가 났다. 월요일 도시 일주 관광단이 지나갔다. 그는 요양 산책로를 따라 이리저리 걸었다. 관중 사이의 관중으로 눈에 띄지 않게 아이스하키 게임을 관전했다. 휴양객과 부담 없는 대화를 나누었다. 입 앞쪽으로 공기가 부옇게 되었다. 어떤 의심도 불러일으키지 않았다. 말도 많이 하지 않았다. 서두르지도 않았다. 만반의 준비를 갖추었다. 번거로운 절차 없이 구입한 연발 권총을 가지고 베른 근처의 오스터뮌딩엔 사격장에서 연습을 했는데, 그건 허락되어 있는 사항이었다. 병에 시달리긴 했지만, 그의 손은 침착한 것으로 입증되었다.

화요일 현장을 눈앞에 둔 상태에서, '국가사회주의 독일노동당 빌헬름 구스틀로프'라고 쓰인 전천후 이정표가 그에게

도움이 되었다. 요양 산책로에서 '암쿠어파르크'로 꺾어 들어가자 3번지 저택이 나타났다. 푸른 색 물감으로 회칠한 건물의 지붕은 평평했고, 그 지붕의 빗물받이에는 고드름이 매달려 있었다. 어두운 저녁 하늘을 배경으로 가로등 몇 개가 서 있었다. 눈은 내리지 않았다.

바깥 풍경은 이 정도였다. 더 이상 세세하게 서술해 봤자 의미가 없다. 범행 경과에 대해서는 나중에 범인과 순교자의 미망인만이 진술할 수 있었다. 나는 그 집에서 벌어진 사건과 관계되는 내부 공간을 사진에서 알게 되었고, 그 사진은 앞서 말한 홈페이지에 실린 글을 그림으로 보여 주려고 올려놓은 것이었다. 사진은 범행 후에 찍은 것이 분명했다. 왜냐하면 탁자들과 서랍장 위에 있는 꽃다발 세 개와 꽃이 피어 있는 꽃병은 그 공간이 추모의 방이라는 점을 말해 주었기 때문이다.

벨이 울리자 헤트비히 구스틀로프가 문을 열었다. 한 젊은이가 — 나중에 그녀는 그의 눈이 선량했다고 진술한다. — 지구당 지도관과의 면담을 요청했다. 젊은이는 복도에서 기지 툰 소속 당원인 하버만 박사와 통화를 했다. 지나가면서 프랑크푸르터는 '유대인 돼지'라는 말을 우연히 들었다고 주장한다. 구스틀로프 부인은 나중에 자기 남편은 유대인 문제의 해결을 비켜 갈 수 없는 과제로 보긴 했지만, 그런 말투에는 익숙지 않다면서 이 사실을 반박한다.

그녀는 방문객을 남편의 서재로 데려가서 자리에 앉도록 권했다. 추호의 의심도 없었다. 사전 약속 없이 오는 청원자들이 가끔 있었고, 그들 중에는 곤경에 처한 동지들도 있었기 때문이다.

외투를 입고 모자를 무릎에 얹은 채 안락의자에 앉은 의대생은 책상을 바라보았다. 그 위에는 부드럽게 휘어진 나무 통속에 시계가 있었고, 그 시계 위로는 나치스 돌격대의 장식용 단검이 걸려 있었다. 단검 위쪽과 옆쪽으로 총통 겸 제국 수상의 흑백과 천연색 초상화 몇 장이 듬성듬성하게 배열된 채로 실내를 장식하고 있었다. 이 년 전에 살해된 스승 그레고르 슈트라서의 사진은 보이지 않았다. 그리고 더 옆쪽에 모형 범선이 하나 있었는데, 아마도 고르히 포크호인 것 같았다.

담배를 피우지 않고 기다리던 방문객은 더 나아가서 책상 곁에 있는 서랍장 위에서 라디오 수신기를, 그리고 그 옆에서 — 청동으로 주조했거나 아니면 석고에다 색칠을 해서 청동으로 보이게 만든 — 총통의 흉상을 보았을지도 모른다. 사진에 찍혀 있는 책상 위 꽂꽂이 꽃들은 범행 이전에 꽃병을 채우고 있었던 것으로 보이는데, 아마도 구스틀로프 부인이 격무에 시달린 여행길에서 돌아오는 남편을 맞이하기 위해, 또 늦게나마 생일을 축하하기 위해 애정 어린 마음으로 준비했던 것이리라.

책상 위에는 자질구레한 물건들과 제멋대로 널린 종이들이 있었다. 아마도 각 주에서 올라온 지구당 보고서들이거나 제국 내 기관과의 연락 문서임에 분명하며, 또한 최근에 종종 우편으로 배달되어 오는 몇 장의 협박 편지들일지도 몰랐다. 하지만 구스틀로프는 경찰의 보호를 거절했다.

그는 부인을 동반하지 않고 혼자 방 안으로 들어섰다. 수년 전에 이미 결핵을 물리친 억세고 건강한 사람이었다. 그는 평복 차림으로 방문객 쪽으로 갔고, 방문객은 안락의자에서 몸을 일으키지도 않고 앉은 채, 겨울 외투의 주머니에서 연발 권총을 꺼내어 곧바로 구스틀로프를 향해 쏘았다. 조준하여 쏜 탄환들은 지구당 지도관의 가슴과 목과 머리에 네 개의 구멍을 만들었다. 지도관은 자기 총통의, 액자에 넣어진 사진들 앞에서 비명도 지르지 못한 채 쓰러졌다. 바로 직후에 그의 부인이 방 안으로 들어서서 처음에는 아직도 사격 방향을 유지하고 있는 연발 권총을, 그리고 나서는 그녀의 쓰러진 남편을 보았다. 그녀가 남편 위로 몸을 구부리고 있는 동안 그의 몸에 난 모든 상처 구멍들이 피를 쏟기 시작했다.

돌아갈 차표가 없는 여행객인 다비드 프랑크푸르터는 모자를 머리에 쓰고, 놀라서 당황한 그 집 사람들로부터 제지도 받지 않은 채 사전에 준비한 범행의 현장을 떠났다. 눈 속에서 잠시 동안 이리저리 배회했으며 몇 차례 넘어지기도 했다. 그러다가 긴급 전화번호를 기억해 내어 공중전화 박스로 들어가서 범인임을 자수했고, 마침내 바로 가까이 있는 위병 대기실로 들어갔다가 주 경찰서로 자진 출두했다.

처음에 그는 당직 사령에게 이렇게 진술하며 조서를 작성토록 했고, 나중에 재판정에서도 그것을 바꾸지 않고 그대로 반복했다. "나는 유대인이기 때문에 쏘았습니다. 나의 행동은 완전히 의도적입니다. 따라서 조금도 후회하지 않습니다."

그리고 나서 수많은 종이들이 인쇄되었다. 볼프강 디베르거가 "비겁한 살인 행위"라고 쓴 것이 소설가인 에밀 루드비히에게서는 "골리앗에 대한 다윗의 투쟁"이 되었다. 이러한 대립적인 가치 평가는 디지털 망으로 연결된 현재까지도 그대로 남아 있다. 재판을 포함하여 그 후에 일어난 모든 과정에서 범죄자와 희생자는 잊히고 새로운 의미가 부각되었다. 순수한 동기를 가진 행위를 통하여 자신의 고통 받는 민족에게 저항을 호소했던 성경책 유형의 영웅과 국가사회주의 운동의 순교자가 이제 서로 맞서게 되었던 것이다. 이 둘의 운명은 생애를 넘어 역사책에 기록된다. 하지만 범행 당사자는 곧 잊히고 말았다. 어머니 자신도 어릴 적에 툴라라고 불렸을 무렵에는 그 살인과 살인자에 대해 아무것도 듣지 못했고, 다만 어떤 배에 관한 동화 같은 이야기만 들었다는 것이다. 물론 온통 흰색이었던 그 배는 행복해하는 사람들을 가득 태운 채 '크라프트 두르히 프로이데(KdF)'[14]라는 단체를 위해 장거리 혹은 단거리 바다 여행을 했다는 것이다.

---

14) 직역하면 '기쁨을 통한 힘'이라는 뜻으로, 나치가 자기 체제의 선전을 위해 조직한 관광단.

2

아직 양육비에 기대 살던 건달 대학생이었을 때, 나는 TU 대학에서 휠러러 교수의 강의를 들었다. 그는 숨넘어가는 듯한 새소리로 강의실에 가득 찬 학생들을 열광시켰다. 클라이스트, 그라베, 뷔히너와 같이 문자 그대로 도피의 길에 오른 천재들에 관한 강의였다. 그의 강의 제목 중 하나는 '고전주의와 현대 사이에서'였다. 나는 젊은 문학도들과 보다 젊은 여성 서적 점원들 사이에 끼여 바이츠켈러 주점에 앉아 있는 게 좋았다. 그곳에서 미완성 작품들이 낭독되었고 또 지겨울 정도로 토론이 오갔다. 카르머 거리에서는 심지어 미국식 본보기에 따른 글쓰기 과정(creative writing)에 참여하기도 했다. 개중에는 족히 열둘은 되는 유망주와 재주꾼 들이 함께 있었다. 강사 중 한 사람은 우리 초심자들에게 '전화 상담' 같은 테마를 서사적으로 구성해 보라고 촉구하기도 했는데, 그 사람 견해에 따르면 나는 별 가망성이 없었다. 기껏해야 통속소설 정도나 쓰면 다행이라는 것이었다. 하지만 그는 나를 의기소침한 상태에서 다시 건져 주었다. 개떡 같은 내 존재의 유래가 유일무이한 사건이므로 시험 삼아 서술해 볼 가치가 있다는 것이었다.

당시에 활약하던 몇몇 재주꾼들은 이미 죽었다. 둘 혹은 셋 정도가 이름을 얻었다. 반면에 한때 내 선생이었던 양반은 허탕을 치고 만 모양이다. 그렇지 않다면 그가 나를 자신의 대필 작가로 고용하지는 않았을 테니 말이다. 하여간 이제 더 이상 게걸음으로 가고 싶지는 않다. 나는 그에게 너무 제자리에 정체되어 있으면 비용이 아깝지 않느냐고 말했다. 여하간 그 두 사람[15]이 망상가였다는 점에서는 마찬가지였다. 자신의 민족에게 영웅적인 저항의 본보기를 보여 주기 위해서 희생하다니, 그게 말이나 되는 소리란 말인가. 살인 사건 이후에도 유대인들의 사정은 털끝만치도 좋아지지 않았다. 오히려 정반대이다! 하지만 테러는 불문율이 되었다. 이 년 육 개월 후 유대인 허셸 그륀슈판이 파리에서 외교관인 에른스트 폰 라트를 쏘자, 그 대가로 돌아온 것이 '제국 수정의 밤'[16] 사건이었

---

15) 빌헬름 구스틀로프와 다비드 프랑크푸르터를 가리킨다.
16) 1938년 11월 9일 밤, 나치 당원과 돌격대원 들이 독일 전역에서 유대인 회당 1300개와 유대인 소유 상점 7000개 이상을 불태우거나 파괴했으며, 그 과정에서 유대인 91명이 살해되었던 사건. 이 집단 박해의 직접적인 계기는 이틀 전인 11월 7일 파리 주재 독일 외교관 한 사람이 유대인에게 암살된 사건이다.

다. 그리고 나 자신에게 반문해 본다면, 도대체 순교자 한 사람이 나치에게 무슨 이득이 되었단 말인가? 그래, 좋다. 배 한척이 그의 이름을 따 명명된 일이 있었다.

나는 어느새 다시 본궤도에 올랐다. 그 노인[17]이 내 목덜미에 앉아 압력을 가하기 때문이 아니라, 내 어머니가 나를 잠시도 그냥 내버려 두려고 하지 않았기 때문이다. 내가 그 무슨 기념 행사 때마다 목수건과 청색 셔츠를 입고 이리저리 끌려다녀야 했던 슈베린 시절부터 이미 어머니는 귀에 못이 박히도록 말했다. "바닷물이 얼마나 차가웠는지 아니? 애들이 모조리 거꾸로 처박혔단다. 그걸 큰소리로 세상에 알렸어야 해. 넌 운 좋게 살아남았으니 그 책임을 져야지. 언젠가 말해 줄 거라면 이 꼬맹이야, 그럼 글로 써야지……."

그러나 나는 내키지 않았다. 그 누구도 그 일에 대해서 듣고 싶어 하지 않았다. 여기 서독에서도 그리고 동독에서도 전혀 아니었다. '구스틀로프호'와 그 저주받을 이야기는 전 독일을 통틀어 수십 년 동안 금기 사항이었다. 그럼에도 어머니는 특급우편으로 내 귀에 그 사건을 들려주는 것을 중단하지 않았다. 내가 공부를 집어치우고 상당히 우익에 치우쳐《슈프링거》를 위해 글을 쓰기 시작했을 때, 나는 다음과 같은 편지를 받았다. "넌 보복주의자야. 우리 추방된 자들을 변호하고 있으니까. 앞으로도 계속 써 봐, 몇 주일이건……."

그리고 나중에《타츠》와 그 밖의 좌익 인사들이 나의 신경

---

17) 귄터 그라스를 가리킨다.

을 건드리고 있을 때, 예니 아주머니가 나를 로제네크의 하벨 레스토랑에 초대하여 아스파라거스와 신선한 감자 요리를 대접해 주면서 어머니의 충고 말씀을 전해 주었다. "내 좋은 친구 툴라는 네게 여전히 큰 기대를 걸고 있어. 너에게 전해 달라고 하더군. 아들로서의 네 의무는 마침내 온 세상에 그 일을 알리는 거라고…….."

하지만 나는 계속해서 입을 다물었다. 강요당해서 쓰고 싶지는 않았다. 오랜 기간 동안 자유기고가로서 자연과학 잡지들에다가 가령 유기 비료에 의한 채소 재배와 독일 숲 지대에서의 환경 파괴에 대한 제법 긴 기사를 쓴다든지, 또는 '다시는 아우슈비츠로 돌아가지 않으리' 같은 주제에 대한 고백조 글을 투고함으로써 내 출생에 얽힌 세세한 사정을 밝히지 않아도 좋았다. 하지만 1996년 1월 말 처음으로 극우 '폭풍의 전선' 홈페이지를 클릭한 후 곧이어 구스틀로프 관련 이야기들을 접하게 되고, 마침내 웹사이트 www.blutzeuge.de를 통해 슈베린 동지회를 알고 나서부터는 사정이 달라졌다.

처음으로 짤막한 기사들을 썼다. 놀랍고 당황스러웠다. 그리고 어떻게 해서 이 지방이 다보스에서의 네 발의 총격 사건으로부터 시작하여, 새롭게 사이버 서핑 족들을 끌어들일 수 있었는지 알고 싶었다. 그 홈페이지는 능숙하게 자신을 소개하고 있었다. 슈베린 지역의 풍경을 편집한 사진들이 등장하고, 그 사이로 친절한 질문들이 주어졌다. "우리의 순교자에 대해서 더 많은 것을 알고 싶으세요? 당신에게 그에 관한 이야기를 한 편 한 편 들려드릴까요?"

집단은 결코 아니다! 동지회도 아니다! 누군가가 혼자서 인터넷 속에서 수영을 하고 있는 것이다. 이 솟아오르는 빌어먹을 싹에 비료를 주는 것은 단 한 명의 골통일 뿐이다. 그 얼간이가 카데에프(KdF)[18] 단에 관하여 인터넷에 올리는 것들은 그럴싸해 보이며 결코 우둔한 수준이 아니다. 선박 여행을 하는 휴양객들이 웃고 있는 모습이나 뤼겐 섬 해변에서 해수욕을 즐기는 사람들을 찍은 사진들이 올라와 있다.

물론 어머니는 그것에 대해 아는 바가 별로 없다. 그녀에게 '크라프트 두르히 프로이데'는 언제나 '카데에프'일 뿐이었다. 그녀는 열 살 적에 랑푸르에 살면서 '폭스 사 제공 주간 뉴스'에 나오는 인공 조명 연극에서 이것저것을 보고 들었고, 또 처녀 출항하는 '우리의 카데에프 선박'도 보았다. 게다가 아버지 포크리프케와 어머니 포크리프케는 — 그는 노동자이면서 당원이었고, 그녀는 나치 여성동지회의 단원이었다. — 1939년 여름 구스틀로프호에 승선한 적도 있었다. 당시까지 아직 자유국가였던 단치히에 사는 소규모 외국 거주 독일인 단체가 특별 휴가를 받아, 말하자면 마지막 순간에 턱걸이하여 여행을 할 수 있었던 것이다. 8월 중순, 목표는 노르웨이의 피요르드 만이었는데, 백야(白夜) 현상까지 덤으로 구경하기에는 너무 늦은 때였다.

내가 어렸을 적 어머니는, 영원히 되풀이되는 침몰이 다시 일요일의 화젯거리가 되면, 침을 튀기면서 랑푸르 사투리로,

---

18) 크라프트 두르히 프로이데(Kraft durch Freude)의 약자이다.

그녀의 아버지가 카데에프 선박 상갑판에서 공연되었던 노르웨이 민속 무용단과 그들의 민속춤에 얼마나 열광했었는지 이야기해 주었다. "그리고 내 어머니도 말이야, 알록달록한 타일을 붙인 풀장에 반해 가지고 이바구를 끝도 없이 했단다. 그 풀장에는 나중에 해군 보조원 여식아들이 빽빽하게 들어차 앉아 있었는데, 아, 그놈의 러스케 놈이 어뢰 두 발을 쏘아 그 젊은 것들을 모조리 짓뭉개 버렸단다……."

하지만 이야기가 너무 앞으로 나아갔다. 구스틀로프호는 진수대에서 출범하기는커녕, 아직 건조대(建造臺)에 오르지도 않았는데 말이다. 뿐만 아니라 나는 되돌아가야 한다. 죽음을 야기한 총격 직후에 그라우뷘덴 주의 관할 판사들, 검사 그리고 변호사 들이 다비드 프랑크푸르터에 대한 심리를 시작했기 때문이다. 재판은 쿠르[19]에서 진행될 예정이었다. 범인이 범행을 자백한 터라, 심리는 단시일 내에 끝나리라 예상되었다. 그러나 슈베린에서는 최고위층 지시로 엄숙한 장례 절차가 마련되기 시작했다. 철도로 순교자의 시신을 옮김으로써 독일 민족공동체의 기억 속에 영원히 남아 있도록 만들겠다는 의도였다. 정조준한 총격의 결과로 다음과 같은 광경이 전개되었다. 행진하는 나치스 돌격대, 두 줄로 노변에 늘어선 행렬, 꽃다발과 기를 든 사람들, 제복 차림으로 횃불을 든 사람들, 빠르게 두들겨 대는 둔탁한 북소리와 함께 지나가는 국방군의 장례 행렬, 그리고 상복을 입은 채 굳어 있거나 그저 바

---

19) 그라우뷘덴 주의 주도이다.

라보는 재미로 몰려드는 군중.

메클렌부르크 출신인 별로 알려지지 않았던 이 당원은 이전에는 나치스 해외 조직의 수많은 지구당 지도관 중 한 사람에 불과했다. 하지만 이제 죽은 구스틀로프는 몇몇 연단 연사들의 힘만으로는 도저히 만들어 낼 수 없을 정도의 인물로 뻥튀기되었다. 왜냐하면 연사들이 보기에 이 사람과 비교할 만한 위인으로는 종종 공식적인 행사 때마다 독일 국가가 연주된 바로 뒤에 불리는 「깃발을 높이 들고……」라는 노래 제목을 따온, 저 위대한 순교자[20]만 떠오를 뿐이기 때문이었다.

다보스에서는 장례 절차가 소규모로 진행되었다. 원래는 보통 예배당이었다가 필요할 때면 기독교 신자 요양용으로 쓰이는 한 교회가 무엄한 짓을 저질렀다. 제단 앞에 나치의 갈고리 십자 기로 덮은 관을 놓았던 것이다. 그 관 위에는 죽은 자의 장식용 단검과 완장 그리고 나치 돌격대 모자가 정물처럼 놓여 있었다. 스위스의 모든 주에서 200명가량의 당원이 모였다. 게다가 스위스 시민이 예배당 안팎에서 추도의 염을 표시하였다. 사방은 산으로 둘러싸여 있었다.

세계적으로 유명한 결핵 요양지에서 진행된 수수하기까지 한 장례식은 독일 국영 라디오 방송에 의해 장면 장면 중계되었고, 제국 내 모든 방송도 그 뒤를 이었다. 아나운서들은 묵념을 올리도록 촉구했다. 하지만 나중에 다른 여러 곳에서 행해진 수많은 연설과 논평 그 어디에서도 다비드 프랑크푸르

---

20) 호르스트 베셀(1907~1930)을 가리킨다.

터의 이름은 거론되지 않았다. 그는 계속해서 '유대인 암살범'으로 지칭될 뿐이었다. 병을 앓고 있는 의대생을 영웅으로 만들려는 반대 진영의 면밀한 시도, 예컨대 그의 출신지가 세르비아이므로 '유고슬라비아의 빌헬름 텔'로 치켜세우려고 하는 등의 시도는 스위스 애국자들의 격정에 찬 표준 독일어로 격퇴당했다. 게다가 그러한 시도는 총을 쏜 젊은이의 배후 협조자들에 대한 의심의 눈초리를 더욱 강화했을 뿐이었다. '비겁한 살인 행위'의 교사자는 조직화된 세계 유대인 단체라는 식이었다.

그러는 동안 다보스에서는 운구를 위한 특별 열차가 출발 준비를 하고 있었다. 출발과 동시에 교회 종소리가 일제히 울려 퍼졌다. 열차는 일요일 오전부터 월요일 저녁까지 달렸는데, 제국독일 영토에서는 징엔 역에 처음으로 멈추어 섰다. 그리고 그다음에는 추도 행사를 위해 슈투트가르트, 뷔르츠부르크, 에어푸르트, 할레, 막데부르크와 비텐베르크에서 그때마다 잠시 동안 멈추어 섰다. 그렇게 열차가 멈추어 있는 동안 승강장에서는 해당 지역 지도관들과 나치당 명예 파견단들이 관 안에 있는 시신을 향하여 마지막 경례를 '바쳤다'.

의미와 소리로 숭고함을 의미하는 이 단어 '바치다'[21]를 나는 인터넷에서 발견했다. 웹사이트에 올려진 텍스트를 따라가다 보면 이탈리아 파시스트에게서 배워 와 당시에 유행했던 방식대로 오른손을 치켜들고 경례를 하는 장면에 대한 묘

---

21) 독일어로 entbieten이다.

사뿐만 아니라, 승강장과 모든 장례식 행사에서 마지막 경례를 '바치는' 그림도 자주 나온다. 따라서 www.blutzeuge.de라는 웹사이트에서는 총통의 연설문에서 인용한 말과 슈베린의 추도식장에서 거행된 장례식을 묘사함으로써 죽은 자를 추모하였을 뿐만 아니라 가장 최신인, 사이버 공간이라고 지칭되는 차원에서도 독일식 인사를 '바쳤던' 것이다. 그러고 나서 비로소 슈베린 동지회는 그 지역 관현악단이 연주하는 베토벤의 「에로이카」에 대해 언급할 수 있게 된다.

어쨌든 광범위하게 유포된 헛소리 가운데서도 존재하는 또 다른 비판적인 견해가 눈길을 끌었다. 한 채팅 참가자는 《민족의 관찰자》에서 인용하여 보고하면서, 일선 병사인 빌헬름 구스틀로프를 위해 국방군 부대가 예포를 쏘아올린 것에 대해 좀 다른 견해를 표명했다. 즉 그토록 고귀한 분이 폐병 때문에 1차 세계 대전에 참가하지 못함으로써, 전선에서 무공을 입증하지 못했으며 1급 혹은 2급 철십자 훈장 하나 받지 못했다는 것은 문제가 아니겠느냐는 논조였다.

그 사람은 외로운 전사로서 사이버 상의 엄숙한 의식(儀式)을 교란하는 지나친 꼼꼼쟁이처럼 보였다. 게다가 그는 독선적인 입장마저 내보이면서, 메클렌부르크를 관장하는 대관구 지도관인 힐데브란트의 연설에 그레고르 슈트라서가 순교자에게, 소위 말하는 '민족 볼셰비키적인 영향'을 미쳤음을 암시하는 구절이 보이지 않는다고 안타까워하기까지 했다. 결론적으로 말하자면 귀족 대지주를 어린 시절부터 증오했고 따라서 총통의 대권 장악 후 기사령(騎士領)을 가차 없이 분배

하길 기대했던 예전의 술꾼 힐데브란트가 살해된 슈트라서의 명예 회복에 대해 암시적으로나마 언급할 수 있었을 텐데 하는 아쉬움의 토로였다. 그런 식의 투덜거림이었다. 여하간 채팅 방에서 논쟁을 이끌어 가는 것은 순전히 내가 더 잘 안다는 식의 태도였다.

그 후에 벌어질 일들을 고려하지도 않고 — 다시 웹사이트로 돌아가자. — 그림으로 그려져 눈앞에서 살아난 운구 열차가 움직이기 시작했다. 변덕스러운 날씨에도 열차는 식장을 떠나 구텐베르크 거리, 비스마르쉐 거리, 토텐담과 발 거리를 지나 화장터에 도착했다. 양편에 늘어선 행렬 사이로 시신을 담은 관은 포가(砲架) 위에 안치된 채 4킬로미터나 굴러갔다. 그러고 나서 북소리가 요란하게 울리는 가운데 화장을 위해 포가에서 부려졌고, 한 성직자의 축복을 받은 뒤 화로 속으로 내려졌다. 명령에 따라서, 사라지고 있는 관의 양편으로 깃발들이 기울었다. 행진해 온 병사들이 죽은 동지에게 바치는 노래를 부르기 시작했다. 그리고 오른손을 높이 치켜들며 최후의 경례를 바쳤다. 게다가 국방군 부대가 일선 병사의 죽음을 기리기 위해 다시 한 번 일제사격을 하였다. 하지만 그 일선 병사는 이미 밝혀졌듯이 참호전을 경험한 적도 결코 없으며, 집중 포화 혹은 윙어의 표현대로 '강철의 벼락'도 겪어 보지 못한 자였다. 안타까운 일이다. 그런 자는 베르뎅 전선에 있다가 유탄에 파인 구덩이 속에서 뒈졌어야 하는 건데!

나는 일곱 호수 사이에 있는 도시에서 자랐기 때문에, 나중에 슈베린 호수 남쪽 호안의 어느 바닥에 그 유골 단지가 묻혔는지 안다. 그 위에는 4미터 높이 화강암 비석이 서 있었는데, 표면에 쐐기 모양으로 새겨진 비문은 많은 말을 하고 있었다. 이 비석은 다른 노전사들의 묘비석과 함께 오로지 추모의 목적으로 세워진 기념관을 에워싸고 있었다. 기억이 나지 않지만 어머니는 종전 후 초기에 소련 점령군의 명령에 따라 그 도시 시민들이 그 순교자에 대해 기억할 수 있는 모든 것들이 제거되어 버렸던 때를 정확하게 알고 있다. 하지만 나와 인터넷 망으로 연결되어 있는 상대방은 같은 장소에 다시 그 기념비를 건립해야 한다고 주장했다. 그는 슈베린을 과감하게도 '빌헬름 구스틀로프 시(市)'라고 불렀다.

모든 것은 사라지고 흩날려 가 버렸다! 그런 터에 당시 독일노동전선 지도자가 누구였는지를 누가 안단 말인가? 오늘날 히틀러와 나란히 한때 전능의 권력을 가졌던 자들로는 괴벨스, 괴링, 헤스가 꼽힌다. 만일 텔레비전의 퀴즈 대회에서 히틀러나 아이히만이 누구냐고 묻는다면, 때로는 바른 답이 나올 것이고 때로는 당황해하면서 역사에 대한 무지를 드러내기도 할 것이다. 여하간 민첩한 퀴즈 대회 사회자가 사라져 가는 수천 마르크를 보고 슬쩍 미소 지을 기회가 없지는 않을 것이다. 하지만 방송에서 곡예를 하고 있는 우리의 퀴즈 대회 사회자를 제외하고는 오늘날 누가 로버트 라이를 안단 말인가? 이 사람은 히틀러의 대권 장악 이후 모든 노동조합을 해체하고, 그 금고를 털고, 그 건물들을 청소반원들로 하여금 점령케 하고 수백만에 이르는 회원들을 독일노동전선에 강제로 편입해 버린 장본인이다. 모든 관리, 모든 선생과 학생, 그리고 모든 직종의 노동자로 하여금 손을 치켜들고 '하일 히틀러'라고 외치는 것을 일상적인 인사로 삼겠다는 생각을 떠올린 것은, 달처럼 둥근 얼굴에 고수머리를 이마에 드리운 바로 그 자였다. 그리고 그자는 노동자와 직원 들의 휴가를 조직적으로 실시하겠다는 아이디어도 제시하였다. 즉 '카데에프'라는 모토 아래 바이에른알프스 지역과 에르츠게비르게 산맥으로의 값싼 여행, 발트 해 해변과 바텐메어 해변에서의 휴가, 그리고 무엇보다도 단거리와 장거리 바다 여행을 제공하겠다는 것이었다.

실행력이 넘치는 인간이었다. 왜냐하면 이 모든 일이, 같은 시기에 다른 일들이 벌어지고 한 무리 인간들이 차례차례로 집단 수용소를 채우고 있는 동안에도 중단 없이 계속 진행되었기 때문이다. 1934년 초반에 라이는 그가 계획한 '카데에프' 선단을 구성하기 위해 전동 여객선인 몬테 올리비아호와 4000톤 증기선 드레스덴호를 전세 내었다. 두 선박은 도합 3000명 조금 모자라는 승객을 실었다. 하지만 여덟 번째 '카데에프 단'이 바다 휴가 여행을 하는 동안에 — 이번에는 노르웨이 피요르드 만의 아름다움을 다시 관광할 예정이었다. — 칼스문트 해역에서 수심 아래에 있던 화강암이 드레스덴호의 옆구리를 30미터나 찢어 버렸다. 그래서 배가 가라앉기 시작했다. 심장마비로 죽은 두 여성을 제외한 모든 승객들은 구출되었지만, 그 배와 함께 '카데에프'의 이념에는 물이 새어드는 것처럼 보였다.

그러나 라이는 그 정도로 주저앉을 사람이 아니었다. 일주일 후에 그는 배 네 척을 다시 세내었다. 그 때문에 이제는 확대된 선단을 꾸릴 수 있게 되었고, 바로 다음 해에는 이미 승객 13만 5000명을 태울 수 있었다. 보통은 오 일간의 노르웨이 여행이었다. 그러나 곧 대서양 항해에 투입되어 인기 있는 여행지인 마데이라까지도 가게 되었다. '카데에프 단' 여행에는 40제국마르크의 비용만이 들었으며, 함부르크 항구까지의 철도 여행을 위한 특별 차표는 10마르크였다.

저널리스트로서 나는 입수 가능한 자료들을 검토하면서 스스로에게 반문했다. 대권 장악으로 생겨난 국가와 단 하나만 남은 당이 어떻게 해서 그렇게 짧은 기간 내에, 노동전선에 편입된 노동자와 직원 들을 침묵시켰을 뿐만 아니라 더 나아가서 협력케 하고, 준비된 행사 때에는 집단으로 환호성을 지르도록 만드는 데 성공할 수 있었단 말인가? 부분적인 해답은 나치 단체인 '카데에프'의 활동에서 찾을 수 있다. 생존한 많은 사람들은 그 단체에 대해 아직까지도 열광한다. 심지어 어머니는 공공연하게 이렇게 말했다. "요새는 옛날하고 모든 게 달라. 내 아버지는 목공소에서 조수 노릇을 했는데, 도대체 아무것도 믿지를 않았지. 그런데 '카데에프'한테는 정말 반해 버렸어. 왜냐하면 어머니하고 난생처음으로 여행할 수 있었으니 말이야……."

지금 인정하는 바이지만, 어머니는 많은 것을 언제나 너무 과장해서 말했고 시간대도 틀리게 말했다. 그녀는 가차없이 버리거나 아니면 집착한다. 1953년 봄 — 그때 여덟 살이었던 나는 편도선염에 걸려 있었고 홍진 또는 홍역까지 앓아 누워 있었다. ― 그녀는 스탈린의 죽음이 알려졌던 날 낮에 부엌에 촛불을 켜 놓고 눈물을 펑펑 쏟으며 울었다. 그녀가 그렇게 심하게 우는 것을 본 적이 없을 정도였다. 몇 년 후 울브리히트가 권좌에서 밀려났을 때, 그녀는 그의 후계자를 '무식한 기와장이'라고 매도해 버렸다고 한다. 하지만 공공연한 반파시스트주의자인 그녀는 1950년경에 파괴된 빌헬름 구스틀로프의 묘비에 대해 애통해하면서 '비열한 도굴'이라고 욕설을 퍼부었다. 그리고 나중에 우리 서쪽[22]에서 테러 사건이 일어났을 때, 나는 그녀가 보낸 비밀 통신문에서 '바더 마인호프'[23] ― 그녀는 이것을 사람으로 알았다. ― 가 파시즘과의 전투에서 쓰러졌다는 내용을 읽을 수 있었다. 그녀가 누구 편인지 누구의 적인지 종잡을 수가 없었다. 그러나 그녀의 친구인 예니는 어머니의 상투적인 말을 들을 때마다 그저 미소를 지을 뿐이었다. "툴라는 언제나 그랬어. 그 애는 다른 사람들이 듣고 싶어 하지 않는 걸 말하지. 그러면서 때로는 조금 과장하기도 하고 말이야……." 예컨대 그녀는 자기가 일하는 협동공장 동료들 앞에서 스스로 '스탈린의 최후의 충복'이라고 칭하고 나서는 바로 다음 말에서 계급 차별 없는 '카데에프단'을 모든 진정한 공산주의의 모범으로 칭송하였다고 한다.

---

22) 서독이라 하지 않고, 서쪽이라 한 것은 하나의 독일을 나누어서 보지 않겠다는 의도인 것으로 보인다.

23) 안드레아스 바더와 울리케 마인호프가 조직한 좌익 테러리스트 단체이다. 1968~1970년 사이에 생겨났으며, 적군파의 전신이었다.

1936년 1월, 독일노동전선과 그 하부 조직인 '카데에프 단'을 위하여 전동 여객선을 — 제국 화폐로 2500만 마르크의 견적이 나왔다. — 건조하라는 명령이 1월 함부르크의 블룸 포스 조선소에 떨어졌을 때, 그 누구도 그 막대한 비용을 어떻게 조달하느냐고 묻지 않았다고 한다. 총 25484톤, 길이 208미터 그리고 흘수(吃水) 6~7미터라는 숫자만 우선 제시되었다. 최고 속력은 15.5노트에 달해야 했고 배에는 승무원 417명과 더불어 승객 1463명이 탈 수 있어야 했다. 보통 선박 건조에 있어서 정상적인 수치였다. 하지만 다른 여객선과는 반대로 이 새로운 선박을 건조하는 데는 하나의 과제가 주어졌는데, 단 하나의 승객 등급만을 고려함으로써 모든 계급 차별을 잠정적으로 제거하라는 것이었다. 로버트 라이의 훈령에 따르자면 이러한 조치는 각고 분투하는 모든 독일인의 민족공동체의 모범이 되기 위해서였다.

새로 건조된 배는 진수식 때 총통 이름에 따라 명명되기로 예정되어 있었다. 그러나 제국 수상이 저 장례식에서 스위스에서 살해된 당원의 미망인 옆에 앉았을 때, 그는 건조 예정인 카데에프 선박을 나치 운동의 가장 최근 순교자 이름에 따라 명명토록 하겠다고 결심했다. 그 뒤를 이어 화장을 하고 난 직후, 전 독일제국에 그의 이름을 딴 광장과 거리와 학교가 생겨났다. 무기와 그 밖의 군사 장비를 생산하는 공장 하나도 — 줄에 있는 짐손 제작소 — 강제적인 아리안화(化)의 일환으로 이름을 바꾸었는데, 그 결과 '빌헬름 구스틀로프 제작소'가 되어 군비 확장에 기여하게 되었고, 1942년부터는 부헨 발트 집단 수용소 안에 자회사도 운영할 수 있었다.

그 밖에도 그의 이름을 딴 것들이 얼마나 되는지 헤아리고 싶지 않다. 기껏해야 뉘른베르크의 구스틀로프 다리와 브라질 쿠리티바에 있는 독일 식민 지역 내 구스틀로프 하우스 정도로 만족해야겠다. 그보다는 오히려 나는 이렇게 묻고 싶다. 그리고 이 질문을 인터넷에 입력했다. "1936년 8월 4일 함부르크에서 건조대에 올려졌던 그 배가 진수식 때 총통 이름을 따서 명명되었다면 무슨 일이 일어났을까?"

대답은 즉시 튀어나왔다. "아돌프 히틀러호는 결코 침몰되지 않았을 것이다. 왜냐하면 섭리에 따라서……." 그리고 기타 등등 그런 식이었다. 이어서 나는 이런 생각이 들었다. 그랬더라면 나는 모든 세상 사람들로부터 잊힌 불행에서 살아남은 자로서 헤매고 다니지는 않게 되었을 것이다. 아주 정상적으로 플렌스부르크에 도착하여 거기에서 비로소 어머니의 몸에서 태어났더라면, 나는 결코 남달리 눈에 띄는 존재가 되지 않았을 것이고 따라서 오늘날의 번거로운 말씨름의 계기도 주어지지 않았을 것이기 때문이다.

"내 새끼 파울은 정말 특별한 애야!" 이미 어릴 때부터 나는 어머니의 이 말을 반복해서 들어야 했다. 이웃 사람이나 심지어는 당원들이 모인 자리에서 그녀가 아주 느릿한 랑푸르 사투리로 "이 애가 태어날 적부터 난 알았어요. 이 개구쟁이는 언젠가는 유명 인사가 될 거라고요."라고 나의 특별함을 강조할 때면 곤혹스럽기까지 했다.

하지만 함부로 웃는 건 금물! 나는 자신의 한계를 안다! 나는 단거리 경기에서나 그런대로 좋은 성적을 낼 수 있는 그저 평범한 저널리스트다. 예전에는 계획만 거창하게 세웠지만 대개는 계획에 그치고 말았다. 가령 써 보지도 못한 책의 제목을 '슈프링거와 두취케 사이에서'로 미리 정해 놓기도 했었다.

그러던 중 가비가 남몰래 경구 피임약 복용을 중지하여, 명백하게 내 아이 — 내 아이임이 분명하다. — 를 가지게 되자 나를 호적 사무소로 끌고 갔다. 목청을 돋우어 항의 한번 할 틈도 없이 — 미래의 여성 교육학자는 다시 연구에 몰두하였다. — 내 신세는 명백해졌다. 이제부터 난 아무것도 못 하게 됐어. 앞으로는 남자 주부가 되어 기저귀도 갈고 청소도 해야 하는 신세가 된 거야. 폼 나는 일은 이제 끝장이야! 나이 서른 다섯이 되어 머리가 빠지기 시작하는 주제에 새로운 일을 꾸미는 자는 구제불능이지. 이런 판에 도대체 사랑이 뭐란 말인가! 아무짝에도 쓸모없어지는 일흔 이후에나 다시 '사랑'이라는 말이 소용 있겠지만 말이다. 모든 사람이 '가비'라고 불렀던 가브리엘러는 예쁘지는 않지만 끌리는 데가 있는 여자였다. 그녀는 사람을 감동시키는 구석이 있어서, 처음에는 나를 게으른 건달 생활에서 탈피시켜 보다 보폭이 큰 삶 속으로 이끌어 갈 수 있으리라고 믿었다. "사회적으로 의미 있는 기사를 한번 써 봐요. 군비 확장이나 평화 운동 같은 거 말이에요." 그래서 나도 거기에 상응하는 훈계조 기사를 머리에서 짜냈다. 무트랑엔, 퍼싱2 미사일과 연좌 시위에 관한 나의 기사는 심지어 중도 좌파 진영으로부터도 주목을 받았다. 그러나 그 후에 나는 다시 시들해지고 말았다. 그리고 그 언제쯤인가 해서 그녀가 나를 포기했음이 분명하다.

그런데 가비뿐만 아니라 어머니도 나를 전형적인 무능한으로 보았다. 우리 사이에 아들이 태어난 직후에 그리고 전보로 그 아이 이름을 "무조건 콘라트라고 불러야 한다."라고 지시한 후에, 그녀는 친구 예니에게 노골적인 편지를 보냈다. "멍청이 같은 놈! 그럴려고 서독으로 넘어갔단 말이야? 나를 실망이나 시키려고? 그게 고작 그 애가 얻은 전부란 말이야?"

그래, 그녀의 말이 옳다. 나보다 십 년이나 어린 아내는 초지일관 모든 시험에 다 합격했고, 김나지움 선생이 되어 공직에 있게 되었다. 하지만 나는 제자리걸음이었다. 억지 춘향이 식의 피곤한 관계는 칠 년을 넘기지 못했고, 가비와 나는 결별하고 말았다. 그녀는 나에게 크로이츠베르크의 난방이 되는 낡은 집 한 채와 아무리 해도 통기가 되지 않는 베를린의 탁한 공기를 남겨 둔 채, 꼬마 콘라트와 함께 서독으로 이사했다. 그곳 묄른에는 그녀의 친척이 살고 있었다. 그녀는 곧 교직도 얻게 되었다.

호숫가에 단출하게 자리 잡은 그 소도시는 점령 지구 외곽지대에 있어서 목가적인 분위기였다. 경치가 그다지 나쁘지 않은 이 지역은 오만하게도 '라우엔부르크 공작령'이라고 불린다. 한 마디로 고풍스러운 분위기이다. 묄른은 여행 안내서에는 '오일렌슈피겔 시(市)'[24]로 소개되어 있다. 그리고 가비는 그곳에서 어린 시절을 보냈기 때문에 금방 그 도시에 익숙해

---

24) 틸 오일렌슈피겔은 14세기에 살았던 익살꾼이다.

졌다.

그러나 나는 점점 더 침체되어 갔다. 베를린을 벗어나지 못했다. 통신사 고용원으로 간신히 연명할 뿐이었다. 아울러서 「녹색 주간[25]에는 무엇이 푸른가?」라든지 「크로이츠베르크의 터키인들」 같은 르포 기사를 《복음교회 일요신문》에 싣기도 했다. 그리고 그 밖에는? 다소간 무미건조한 여성 편력 몇 건 그리고 불법 주차 범칙금 납부 고지서. 결국 가비가 집을 나간 지 일 년 만에 우리는 이혼을 하고 말았다.

내 아들 콘라트를 나는 아주 드물게 불규칙적으로 방문한다. 내가 보기에, 안경을 낀 너무 조숙한 아이는 제 어머니 견해에 따르면 학교 성적이 뛰어나고 재능도 있으며 아주 예민하다는 것이었다. 그러나 베를린 장벽이 무너져, 묄른과 이웃하며 라체부르크와는 지척지간인 무스틴 시에 국경이 개방되었을 때, 코니는 즉시 나의 옛 아내에게 함께 슈베린으로 가서 (자동차로 한 시간가량은 족히 걸리는 거리이다.) 거기 사는 툴라 할머니를 방문하자고 재촉했다고 한다.

그 애는 자기 할머니를 그렇게 불렀다. 아마도 그녀의 주문에 따랐을 것이다. 그러나 유감스럽게도 요즘 내가 말하는 것처럼 그것은 단순한 방문에 머무르지 않았다. 그 둘은 만나자마자 서로 의기투합했다. 열 살 무렵에 이미 코니는 상당히 건방지게 지껄여 대곤 했다. 어머니가 그 애에게 랑푸르의 엘젠 거리 목공소 마당에서 있었던 일을 비롯하여 여러 이야기를

---

25) 베를린에서 매년 개최되는 농림 박람회이다.

요란하게 들려주었음이 분명하다. 지난 전쟁 동안 전차 차장 일을 하면서 겪었던 모험담까지 포함하여 온갖 이야기를 풀어놓았다. 아이는 스폰지처럼 그 수다를 빨아들였음이 분명하다. 물론 그녀는 영원히 가라앉고 있는 배에 대한 스토리도 그 애 머릿속에 입력했을 것이다. 그때부터 코니 혹은 어머니가 부르듯이 '콘라트헨'[26]은 그녀의 커다란 희망이었다.

그 무렵 어머니는 이따금 베를린으로 왔다. 그동안 연금을 받게 되었기 때문에, 그녀는 트라비[27]를 타고 여행하기를 즐겼다. 하지만 그녀가 길을 떠나는 것은 오로지 여자 친구인 예니를 방문하기 위해서였다. 나는 곁다리였다. 그것도 만남이라 할 수 있단 말인가! 예니 아주머니의 인형의 방이나 나의 크로이츠베르크의 낡은 방에서 그녀는 오로지 콘라트헨과 늘그막에 그녀를 찾아온 행복에 대해서만 되뇌었다. 이제 이 애를 돌볼 수 있게 되어 정말 다행이다, 인민 소유의 대목공소 콤비나트가 그녀의 도움을 받아 해체되었기 때문이며, 또 다른 일도 잘 진척되도록 기꺼이 도울 것이다, 벌써 자문이 들어오고 있다, 그리고 손자 녀석에 관해서는 온갖 계획을 세우고 있다는 등의 이야기였다.

예니 아주머니는 그처럼 과도한 호들갑에 대해 그저 얼어붙은 미소로 응답할 뿐이었다. 나는 어머니로부터 이런 소리도 들었다. "콘라트헨은 언젠가는 큰 인물이 될 거야. 너 같은

---

26) 콘라트의 애칭이다.
27) 구동독 트라반트 마크의 자동차이다.

무능한이 아니고 말이야……."

"그래요." 하고 내가 대답했다. "난 사람값도 못 했고, 앞으로도 그럴 테지요. 하지만 어머니도 보시다시피 골초 쪽으로 발전하긴 했어요. 발전이란 말을 써도 되는지 모르겠지만."

나와 마찬가지로 성냥개비를 연신 그어 대는 그 유대인 프랑크푸르터에 대해 나는 보충 설명을 해야 한다. 그 사람에 대해 이제 글을 써야 한다. 왜냐하면 그동안 발사된 총알이 그 목표물을 맞혔기 때문이며, 함부르크에서 건조대에 올려져 있던 배의 공사가 진전되었기 때문이다. 그리고 흑해에서는 마리네스코라는 항해사가 연안에서 활동하는 잠수함에 복무하고 있었고, 1936년 12월 9일 스위스 그라우뷘덴 주의 법정에서는 유고슬라비아 출신으로 제국독일인 빌헬름 구스틀로프를 죽인 살인자, 프랑크푸르터에 대한 재판이 시작되었기 때문이다.

쿠르에서는 민간인 복장을 한 감시인 세 명이 판사석과 피고석 사이에 서 있었고 피고는 두 경관 사이에 꼭 끼여 앉아 있었다. 그 감시인들은 주 경찰 지시에 따라 방청객뿐만 아니라 국내외 기자들을 끊임없이 감시하고 있었다. 어느 진영으로부터든 상관없이 예상되는 공격에 대비하기 위해서였다.

제국으로부터 사람들이 몰려들었기 때문에 주 법정에서의 심리를 그라우뷘덴 주 소위원회 회의장으로 옮길 수밖에 없었다. 흰색 턱수염을 뾰족하게 기른 나이 지긋한 변호사 오이겐 쿠르티가 변론을 맡았다. 피살자의 미망인을 대신하여 유명한 교수인 프리드리히 그림이 제2 원고 역할을 했는데, 이 사람은 전쟁 직후에 정평이 난 그의 책 『정치적 사법권 — 우리 시대의 질병』으로 주목을 받았다. 그러므로 나는 인터넷에서 그 책의 새로운 판 — 독일계 캐나다인 극우주의자인 에른스트 췬델이 판매하였다. — 을 발견하고도 그다지 놀라지 않았다. 그리고 또 이 선동적인 저작은 그 사이에 절판되었다고 한다.

그럼에도 나는 슈베린의 웹사이트 운영자가 제때에 그 책 한 권을 입수했으리라고 어느 정도 확신한다. 그의 인터넷 사이트에는 그림 교수로부터의 인용문과 변호인 쿠르티의 세세한 변론에 대한 답변들로 가득 차 있었기 때문이다. 마치 재판이 다시 한 번 열리고 있는 듯했다. 이번에는 가상 공간에 방청객이 가득 차 있는 세계 극장에서 말이다.

나중에 내가 조사한 바에 의해 드러났지만, 우리의 외로운 전사는《민족의 관찰자》의 도움을 교묘하게 이용하였다. 즉 나는 구스틀로프 부인이 두 번째 재판일에 검은 상복을 입고 법정에 들어섰을 때, 참석한 제국독일인과 스위스의 몇몇 지지자 그리고 제국에서 도착한 저널리스트 들이 그녀에게 기립한 상태로 히틀러식 경례를 바쳤다는 사소한 보고가 '대독일 국가사회주의 운동의 기관지'에서 베껴 온 것임을 간파했다.《민족의 관찰자》는 역사적으로 유명한 나흘간의 재판 동안뿐만 아니라 인터넷에도 등장한다. 인터넷망을 통해 전파된 인용문, 즉 엄격한 아버지가 그의 탕아에게 보내는 편지에서 따온 인용문도 마찬가지로 당 기관지에서 빌려 온 것이다. 왜냐하면 랍비의 편지 구절 — "나는 네게 더 이상 아무것도 기대하지 않는다. 넌 편지도 없구나. 이제는 더 이상 쓸 필요도 없다." — 은 피고의 무자비한 심성에 대한 새로운 증거물로 검사 측이 법정에서 인용한 것이었다. 그리고 그 골초에게는 휴정 동안에 한 개비, 또 한 개비의 담배를 피울 수 있도록 허락되었다는 이야기도 나온다.

잠수함 사관인 마리네스코가 바다에 있거나 흑해의 항구 제바스톨에서 상륙 허가를 받아 아마도 사흘 동안 곤드레만드레 취해 있을 거라고 짐작되는 시기에, 함부르크에서는 건조대에 올린 새 선박이 그 모습을 드러내고 있었다. 리벳을 박는 소리가 밤낮으로 울렸다. 그리고 그동안 피고 다비드 프랑크푸르터는 주 경찰 두 명 사이에 앉거나 서 있었을 것이다. 그는 성심껏 죄를 자백했다. 그래서 재판은 긴장감이 없어져 버렸다. 그는 앉아서 듣다가 일어서서 말했다. "나는 결심했습니다. 구입하고, 연습하고, 차를 타고 가서, 기다리다가, 발견하고, 집으로 들어가서, 앉았다가, 다섯 차례 쏘았습니다." 그는 이따금씩만 더듬거리면서 단도직입적으로 고백했다. 그는 침착하게 선고를 받아들였다. 하지만 인터넷에서는 "가련하게 울면서"라고 표현되어 있다. 그라우뷘덴 주에서는 사형이 금지였기 때문에, 그림 교수는 법정 최고형인 종신형을 요구했다. 18년 징역과 이후 국외 추방이라는 선고에 이르기까지 인터넷에서의 모든 발언은 순교자에 대한 극단적인 옹호 일색이었다. 하지만 그다음부터 우리 웹사이트 운영자는 슈베린 동지회와 의견을 달리했다. 그 애에게 갑자기 동지라도 생겼단 말인가? 이미 한번 채팅 방을 다녀갔던 저 불평꾼 기질과 아는 체하는 습관이 다시 불거지기라도 했단 말인가? 어쨌든 논쟁적인 역할 분담극이 시작되었다.

계속해서 제기되는 논쟁은 이름을 앞세우고 진행되었는데, 거기에서 빌헬름이란 아이디는 살해된 지구당 지도관 역할을 맡았고 다비드라는 아이디는 자살 미수자로서 무대에 등장했다.

이 상호간의 난타전은 마치 저세상에서 벌어지고 있는 것 같았다. 아울러 지상에서의 처절한 싸움이기도 했다. 살인자와 피살자가 만나면서 그 행위와 행위 동기를 둘러싸고 끊임없이 설전이 전개되었다. 한 사람은 장광설로 선전을 늘어놓았고 재판이 진행되고 있는 동안에 제국 내에서는 그전 해보다 실업자가 80만 명 줄었다는 사실도 말하면서 "그 모든 것은 오로지 총통 덕택이었다."라고 열광했다. 반면에 상대방은 불평하면서, 수많은 유대인 의사와 환자 들이 병원과 휴양지에서 쫓겨났으며, 나치 정부가 이미 1933년 4월 1일에 유대인 배척을 촉구했고, 이어서 유대인 상점의 진열장에 '유대인 뒤져라!'라는 선동 문구가 썬 사건들을 일일이 열거했다. 그런 식으로 설전이 오갔다. 빌헬름은 아리안 족의 순수성 보존과 독일 혈통 강화는 필연적이라는 자신의 명제를 입증하기 위해 『나의 투쟁』에서 총통의 말을 인용하여 인터넷에 올렸고, 그에 대하여 다비드는 한때 집단 수용소 포로였던 사람이 망명지 출판사에서 간행한 『늪지의 병사들』에서 일부를 발췌하여 답변했다.

논쟁은 심각하고 완강한 기세로 진행되었다. 그러다가 갑자기 어조가 느슨해졌다. 채팅 방에서 잡담이 오갔다. 빌헬름이 물었다. "말해 봐, 왜 너는 나에게 다섯 발을 쏘았니?" 그러자 다비드가 대답했다. "미안, 첫 발은 불발탄이었어. 그러니까 네 발만 맞은 거지." 이어서 빌헬름이 말했다. "그런데 누가 네게 연발 권총을 줬니?" 다비드가 대답했다. "내가 연발 권총을 샀어. 10스위스프랑만 주고 말이야." "50프랑은 지불해야 하는 무긴데 너무 싸게 샀잖아." "그렇군. 그러니까 넌 누군가가 그것을 내게 줬다고 말하고 싶은 거지, 안 그래?" "나는 네가 명령을 받아서 쏘았다고 확신하거든." "그래, 맞아! 전 세계 유대인의 명을 받들었지."

그 후 며칠 동안에도 그들의 인터넷 대화는 그런 식으로 진행되었다. 그들은 서로 녹초가 될 만큼 논쟁을 하고 난 후에, 곧 친구간에 장난질이라도 하듯이 농담을 주고받았다. 채팅 방을 떠나기 전에 그들이 말했다. "안녕, 복제한 나치 돼지!" "잘해 봐, 유대인 녀석!" 그러나 누군가가 발레아렌 군도(群島)나 오슬로에서 그들의 대화 사이에 서퍼(surfer)로 끼어들려고 하면 그들은 "꺼져 버려!" 또는 "나중에 들어와!"라고 하면서 내쫓아 버렸다.

이 둘은 또 분명히 탁구 애호가였다. 다비드의 말에 따르면 그들은 중국 선수권자까지 격파한 독일의 탁구 에이스인 외르크 로스코프에게 열광하고 있음이 드러났기 때문이다. 이 둘은 페어플레이를 하기로 맹세했다. 또 이 둘은 상대방이 가지고 있는 새로운 정보들을 서로 칭찬하는 전문가임이 분명했다. "좋아! 그레고르 슈트라서 인용문은 어디서 난 거니?"

라든지 "나는 몰랐어, 다비드, 힐데브란트가 좌익 편향 때문에 총통에 의해 해고되었지만, 기특한 메클렌부르크 시민들의 소망에 따라 다시 대관구 지도관에 임명되었다는 사실을 말이야."라고도 했다.

그들이 서로에 대한 증오를 마치 도덕적 의무인 것처럼 행하느라고 애쓰긴 했으나, 서로 친구 사이가 아닌가 하는 의문도 들 만했다. 채팅 방에서 빌헬름이 "총통이 나에게 다시 생명을 불어넣어 준다면, 너는 다시 나를 쏘겠니?"라고 묻자 다비드는 즉각 대답했다. "아니야, 다음 번에는 네가 나를 쏘아 죽이도록 해."

무엇인가 어렴풋이 느껴졌다. 나는 어느새 단 한 명의 웹사이트 운영자가 능숙하게 유령을 내세워 서로 역할 분담극을 하고 있으리라는 생각을 떨쳐 버렸다. 나는 심각하게 서로 논쟁하는 두 익살꾼의 속임수에 넘어갔던 것이다.

나중에 그 일과 관계된 모든 사람들이 예기치 않게 전모를 알고는 깜짝 놀랐을 때, 내가 어머니에게 말했다. "나는 처음부터 그 일이 우습게 보였어요. 요즈음 어린애들이 어째서 저 구스틀로프나 그와 관련된 일에 홀딱 반해 있을까요? 온라인으로 시간이나 보내는 완고한 노인네들도 아니고, 또 어머니처럼 맨날 옛날이야기나 하는 것도 아니면서 말예요. 그래요, 처음부터 분명했어요……."

어머니는 아무 대답도 하지 않았다. 어머니는 어떤 일이 자기에게 너무 자명한 경우에 언제나 그런 것처럼 멀뚱멀뚱한 표정을 지었다. 말하자면 더 이상 그러는 것이 불가능할 때까지 눈을 부릅떴다. 어쨌든 어머니는 그런 일이 일어날 수밖에 없다고 확신했다. 왜냐하면 수십 년 동안이나 '구스틀로프에 대해서 말할 수 없었기' 때문이다. "우리 동독에서는 이래저래 불가능했지. 그리고 너희들 서독에서도 말이야. 옛날 이바구라면 언제나 아우슈비츠나 그 밖의 나쁜 일만 입에 올렸지. 세상에! 우리 당원 모임에서 내가 한번 짤막하게 카데에프 선박에 대해서 좋은 말을 했더니, 아, 글쎄, 구스틀로프호가 계급 차별 없는 배라고 했더니, 모두들 길길이 뛰잖아……."

그러고 나서 즉시 어머니는 노르웨이 여행길에 오른 자기 어머니와 아버지 이야기를 꺼냈다. "우리 어머니는 정신을 차릴 수가 없었지. 넓은 식당에서 휴가 여행객들이 모두 섞여 같이 밥을 먹었거든. 거의 우리 동독에서처럼 말이야. 아마도 좀 더 근사했겠지……."

계급 차별 없는 배라는 아이디어는 실제로 대성공이었다. 내 생각으로는 그래서 1937년 5월 5일, 새로 건조한 8층 높이 배가 진수대를 떠났을 때 부두 노동자들이 미친 듯이 환호성을 질렀던 것이다. 아직 굴뚝과 사령교의 갑판은 완성되지 않은 상태였다. 함부르크 전체가, 수만 명이 참석하였다. 그러나 곧 이어진 배의 명명식에는 라이 자신이 초대한 동포들 만 명만 참석했다.

히틀러의 특별 열차가 오전 10시 담토르 역에 도착했다. 그러고 나서 무개(無蓋) 메르세데스에 오른 총통이 때로는 팔을 쭉 뻗고 때로는 팔을 굽혀 경례하면서 함부르크 거리를 지나가고, 도로변에서 사람들이 환호했을 것임은 자명하다. 모터보트 한 척이 그를 상륙용 잔교로부터 조선소로 데려갔다. 외국 선박을 비롯하여 항구에 정박한 모든 배들은 깃발을 꽂았다. 그리고 시에라 코르도바에서 성 루이에 이르기까지의 선박들로 구성된 카데에프 선단 전체는 돛대 위에 기를 장식한 채 정박하고 있었다.

나는 종대를 이루어 행진하는 장면이라든지 경의를 표하기 위해 신발 뒤축으로 요란한 소리를 내는 장면을 지금 일일이 열거하고 싶지는 않다. 총통이 계단을 오르는 동안, 선박 명명식을 위한 연단 아래쪽에는 부두 노동자들이 경의를 표하기 위해 몰려들었다. 사 년 전 자유 선거 때만 해도 그들 대부분이 사회민주당이나 공산당에 표를 던졌다. 그러나 이제는 단하나의 당만 남았다. 그리고 그 화신인 총통이 있었다.

명명식 연단에서 총통은 처음으로 그 미망인을 만났다. 그는 아주 초기 투쟁 시기 때부터 헤트비히 구스틀로프를 알고 있었다. 1923년 뮌헨에서 유혈 사태, 즉 야전군 공회당으로의 행진이 실패하기 전에 그녀는 그의 비서였다. 나중에 그가 란츠베르크 요새에 수감되었을 때, 그녀는 스위스에서 일자리와 그녀의 남편을 얻었던 것이다.

그 밖에도 누가 연단에 오를 수 있었던가? 부두 경영 감독관인 블롬, 그리고 당 간부인 파울리였다. 물론 로버트 라이도 총통 옆에 자리를 같이했다. 다른 당 간부들도 있었다. 함부르크의 대관구 지도관인 카우프만, 슈베린 메클렌부르크의 힐데브란트도 자리를 함께할 수 있었다. 그리고 레더 총독이 해군을 대표하여 참석했으며, 다보스로부터는 국가사회주의 당 지구당 지도관인 뵈메가 먼 거리를 마다하지 않고 달려왔다.

연설이 행해졌다. 총통은 이번에는 나서지 않았다. 카우프 만에 이어 블룸 포스 조선소의 경영 감독관이 연설을 했다. "총통 각하! 그대에게 조선소의 이름으로 선언합니다. 건조 번호 511, 휴가선이 출범 완료되었습니다!"

다른 모든 것은 생략해 버리기로 하자. 하지만 로버트 라이 의 명명식 연설 중에 멋진 부분만은 몇 군데 골라 소개하고 싶 다. 그의 인사말은 "독일인이여!"로 시작한다. 그러고 나서 그 는 민족을 보살피는 '카데에프' 이념에 대해 장황하게 칭송을 늘어놓은 다음 마지막으로 그 주창자의 이름을 거명한다. "총 통께서는 당시 저에게 이렇게 명령을 내리셨습니다. '그대는 독일의 노동자들이 긴장을 풀고 휴식을 취할 수 있도록 조처하 라. 그래야만 내가 원하는 것을 할 수 있고 이룰 수 있기 때문이 다. 독일 민족이 휴식을 취하지 못한다면 아무 의미도 없는 것 이다. 독일의 대중들이, 독일의 노동자들이 나의 생각을 바르 게 이해할 만큼 충분히 강력해진다는 것, 그것이 중요하다.'"

미망인이 "나는 그대를 빌헬름 구스틀로프호로 이름 짓노 라."라는 말로 명명식을 마친 후에, 신경이 튼튼한 대중의 환 호성이 뱃머리에서 샴페인 병 부수는 소리를 압도했다. 새로 건조한 배가 진수대에서 미끄러져 내려가는 동안 노래 두 곡 이 불렸다……. 그러나 구스틀로프호에서 살아남은 나에게 는, 내가 기자로서 참관해야 하거나 텔레비전에서 방영되는 진수식 장면을 볼 때마다, 아름다운 5월에 명명되어 진수대 위를 미끄러져 내려간 배의 침몰이 머릿속에 떠오른다.

다비드 프랑크푸르터가 이미 쿠르의 젠호프 감옥에서 복역 중이고 함부르크에서는 샴페인 병이 산산조각으로 박살 났을 무렵 알렉산더 마리네스코는 사령부 지시에 따라 레닌그라드 아니면 크론슈타트에 있었을 것이다. 어쨌거나 그는 명령에 따라 흑해를 떠나 발트 해 동쪽 연안으로 옮겨 갔다. 벌써 여름에, 스탈린이 지시한 숙청 작업에 의해 발트 해 함대 수뇌부도 제거되었을 때, 그는 어느 잠수함의 함장이 되었다.

M96은 비교적 낡은 선박에 속했기 때문에 영해에서의 항해와 전투 배치에 적합했다. 내가 입수한 자료에서 알아낸 바에 따르면, M96은 배수량 250톤에, 길이 45미터의 비교적 작은 잠수함으로 승무원 18명이 승선하고 있었다. 마리네스코는 핀란드 만 깊숙이까지 작전을 수행하는, 단 두 개의 어뢰 발사관을 장착한 이 잠수함의 함장으로 오랫동안 근무했다. 내 생각에는 그가 연안 가까이에서 수상 공격을 한 후 재빨리 잠수하는 연습을 끝없이 반복한 것으로 보인다.

3

배 밑바닥, E 갑판으로부터 상갑판, 굴뚝, 사령교에 이르기까지 내부 공사가 마무리되고, 발트 해 연안을 따라 잠수 연습이 계속되는 동안, 쿠르에서는 11개월간의 감옥 생활[28]이 지나갔다. 그때서야 그 배는 부두를 떠나 엘베 강 하류 쪽으로 시험 항해하여 북해로 갈 수 있었다. 그러므로 나는 몇 초 동안 눈앞에서 사라졌다가 다시 서술이 시작될 수 있을 때까지 기다리고 있는 중이다. 아니면 그동안 나는 그 불평을 함부로 무시해 버릴 수 없는 그 사람[29]과 함께 논쟁이라도 벌여야 한단 말인가?

그 사람은 분명한 기억을 요구한다. 그는 내가 어렸을 때 세

---

28) 다비드 프랑크푸르터의 감옥 생활을 말한다.
29) 귄터 그라스를 가리킨다.

살 이후로 보았던 어머니의 모습과 냄새와 감촉이 어땠는지를 알고 싶어 한다. 그 사람이 말한다. "첫인상이 이후 삶에 결정적인 것이네." 내가 대답한다. "기억할 수 있는 게 없어요. 내가 세 살이었을 때 그녀는 막 목공 수업을 마쳤지요. 그래요, 나는 그녀가 작업장에서 가져온 대팻밥과 통나무 조각 들을 곱슬곱슬하게 쌓아 올렸다가 무너뜨리곤 했지요. 대팻밥과 통나무 조각이 내 장난감이었던 거죠. 그리고 그 밖에는? 어머니에게서는 아교질 냄새가 났어요. 그녀가 서 있거나, 앉았거나, 누웠거나 — 맙소사, 그녀 침대에서도! — 그 냄새가 계속 남아 있었지요. 그러나 아직 탁아 시설이 없었기 때문에 처음에는 이웃집 여자에게 그리고 나중에는 유치원에 맡겨졌답니다. 노동자와 농민의 나라 언제 어디에서나 어머니가 직장 활동을 하는 경우에 사정이 그랬던 것이죠. 슈베린에서뿐만 아니라 말입니다.

우리들에게 이래라저래라 했던 뚱뚱한 여자들도 마른 여자들도 기억이 납니다. 그리고 숟가락이 가운데 서 있던 뻑뻑한 밀죽도 생각나는군요."

그러나 이러한 단편적인 기억들은 그 사람을 거의 만족시키지 못한다. 그는 물러서려고 하지 않는다. "내가 보았을 때 열 살쯤 된 툴라 포크리프케는 두 눈이 마침표와 쉼표 같았지. 하지만 1950년 이후 그녀가 스물세 살쯤의 처녀로 목수 기능공이었던 때 모습은 둥근 모자를 썼던가? 머리카락은 쭉 늘어뜨리고 있었던가, 아니면 파마를 했던가? 주말이면 어디에선가 파마용 롤을 머리에 감고 돌아다니지 않았던가?"

내가 제공한 정보가 그 노인을 만족시킬 수 있을지 나는 모른다. 젊었을 때 어머니 모습은 섬세하면서도 동시에 희미하게 새겨져 있다. 하얀 머리는 선명히 기억난다. 처음부터 그녀는 하얀 머리였다. 은백색이 아니라 순백색이었다. 누군가가 어머니에게 그것과 관련하여 묻는다면 이런 답을 듣게 된다. "우리 애가 태어날 때 이렇게 되었어요. 우릴 구해 준 어뢰정에서 말이지요⋯⋯." 더 귀 기울일 자세가 된 사람은 알게 된다. 그녀는 생존자가, 즉 젖먹이와 어머니가 어뢰정 뢰베호를 떠났던 그때, 콜베르크에서 새하얀 백발이 되었다는 것이다. 당시에 그녀는 머리를 중간 길이 정도로 기르고 있었다. 그러나 그녀의 머리는 "최고위층으로부터 명령이라도 받은 것처럼" 하얗게 새어 버리기 전에는, 원래 약간 붉은 기를 띤 금발에 가까웠고 어깨까지 치렁치렁 닿았다고 한다.

계속 질문을 해 대자 ─ 그 사람은 수그러들지 않는다. ─ 나는 내 고용주에게 1950년대의 어머니 사진은 몇 장 남아 있지 않다고 확인해 주었다. 사진 한 장에는 그녀가 흰머리를 성냥개비 길이만큼 짧게 자른 모습이 있다. 그리고 그녀의 허락을 받아 손으로 머리를 쓰다듬으면 바스락거리는 소리가 났다. 그리고 노부인인 터에 오늘날까지도 그런 모습으로 돌아다닌다. 그녀가 순식간에 백발이 되었을 때는 겨우 열일곱 살이었다. "왜 그랬을까요! 어머니는 한 번도 머리를 염색하거나 염색을 시키지 않았어요. 그녀 동지 중 그 누구든 그녀가 감청색이나 적갈색 머리를 한 걸 보지 못했지요."

"더 없는 거요? 그 밖에 기억에 남은 게 또 더 없소? 예컨대 남자들은 어땠지?" 밤을 같이 보낸 남자들을 말하는 것이다. 왜냐하면 툴라 포크리프케는 미성년일 때부터 남자들이라면 사족을 못 썼기 때문이다. 브뢰젠의 수영장에서든 혹은 단치히, 랑푸르와 올리바 사이에서 근무를 하던 전차 차장 시절이든 언제나 어린것들이 그녀를 둘러싸고 있었고, 또한 휴가 나온 군인처럼 구실깨나 하는 남자들도 있었다. "나중에 그녀가 백발이 되고 나서도 바람기가 멎지 않았단 말인가?"

그 노인네는 그런 식으로 머리를 굴린다. 그 노인네는 쇼크로 머리가 희어졌다는 이유 때문에 그녀가 수녀처럼 살았을 가능성이 있다고 믿는 것이다. 남자라면 넘치고 넘쳤다. 하지만 그들은 오래 머무르지 않았다. 한 사람은 미장이 감독으로, 아주 다정했다. 그는 시장에 잘 나오지 않는 것들을 가져왔다. 예컨대 간 소시지 같은 것을. 그가 렘 거리 7번지 뒤뜰에 앉아 바지 멜빵으로 탁탁 소리를 내고 있었을 때, 나는 이미 열 살이었다. 요헨이라고 불렸던 그 남자는 무조건 나를 그의 무릎 위에 앉혀 놓고 말을 달리게 했다. 어머니는 그를 '요헨 2번'이라고 불렀다. 왜냐하면 미성년 시절에 사귄 한 고등학생 이름이 요아힘이었지만, 그녀가 요헨이라고 불렀기 때문이다. "그 사람은 나한테 아무것도 안 바랐어, 내 손 한번 안 잡았다니까……."

어머니가 언제 그리고 무엇 때문에 요헨 2번을 내쫓아 버렸는지 나는 모른다. 그리고 내가 열세 살 무렵이었을 때, 인민 경찰 한 명이 근무를 마친 후에 그리고 종종 일요일에도 우리 집으로 왔다. 계급은 소위였고 작센 사람으로 피르나 출신인 것으로 기억된다. 그는 서독산 치약 콜게이트와 그 밖의 압수 물품들을 가져왔다. 게다가 그도 요헨이라고 불렸다. 그래서 어머니가 말했다. "내일은 3번이 온다. 오거든 친절하게 대하거라." 요헨 3번은 내쫓기고 말았는데, 그 이유는 어머니의 말에 따르면 이랬다. "맙소사, 나하고 결혼하겠다는구나."

그녀는 결혼하고는 담을 쌓은 여자였다. "넌 잘해 내고 있어." 그녀는 열다섯 살쯤 되어 모든 것에 넌더리를 내고 있을 무렵에 내게 말했다. 학교 성적 때문에 질린 건 아니었다. 그 당시 나는 러시아어를 제외하고는 모두 '수'를 받았으니까. 그러나 자유독일청년단의 요란한 몸 동작, 추수 작업 돕기, 행동 주간, 끝도 없이 부르는 건설 찬가 그리고 또 어머니가 나를 질리게 했던 것이다. 대개는 일요일에 그녀가 고기 경단과 감자죽에 곁들여 구스틀로프 이야기를 들려줄 때면 나는 더 이상 맞장구를 치면서 듣고 있을 수 없었다. "모든 게 한꺼번에 무너졌어. 그런 건 잊을 수가 없지, 결코 중단되지 않아, 종말이 왔을 때 물 위로 외마디 고함 소리가 터져 나오는 장면도, 아이들이 얼음덩이 사이로 둥둥 떠다니는 꿈도 계속 꾸거든……."

어머니는 종종 일요일 성찬 후에 커다란 커피 잔을 앞에 놓고 식탁에 앉아서 "정말이지 멋진 배였어."라고 말하고는 더 이상 한 마디도 하지 않았다. 하지만 그녀의 멀뚱멀뚱한 시선은 이미 충분한 말을 하고 있었다.

그랬을는지 모른다. 빌헬름 구스틀로프호는, 온통 새하얀

차림으로 처녀 항해에 나섰을 때, 선두에서 선미까지 하나로 둥둥 떠다니는 듯한 느낌이었다고 한다. 애초부터 확신에 찬 반파시스트주의자였던 것처럼 행세한 사람들조차도 그런 말을 했다. 승선할 수 있었던 사람들은 나중에 마치 신세계를 처음 경험한 것 같은 기분으로 상륙했다고 한다.

이틀간의 시험 항해 동안 이미 ─ 폭풍우가 치는 날이긴 했지만 ─ 블롬 포스 조선소 노동자와 직원 들 그리고 특히 함부르크 소비조합 여점원들도 승선을 했다. 하지만 1938년 3월 24일 구스틀로프호가 사흘 예정으로 출항했을 때, 승객 중에는 당이 선발한 1000명가량의 오스트리아인이 있었다. 왜냐하면 두 주 후에 독일 동쪽 오스트리아 국민이, 이미 독일군이 신속한 진군으로 이루어 놓은 일, 즉 오스트리아 합병에 대해 투표하기로 했기 때문이다. 또한 함부르크에서 소녀 300명이 승선했는데, 독일소녀단에 선발된 단원들이었다. 그리고 100명이 훨씬 넘는 기자들도 같은 배에 탔다.

그저 재미로 시험 삼아, 이제 이 불초(不肖) 언론인이 어떻게 행동했을까를 상상해 보기로 한다. 항해가 시작되자마자 선박 연회장과 영화 상영관에서 프로그램에 따른 언론인 리셉션이 열렸다고 가정하고 말이다. 물론 나는 어머니가 그렇게 말하고 가비도 그렇게 알고 있는 것처럼 영웅하고는 전혀 상관없는 인물이다. 하지만 이번에는 주제넘게도 새로 건조한 배의 자금 조달과 독일노동전선의 자산에 대해 물어보게 된다. 왜냐하면 다른 기자들과 마찬가지로 나도 라이라는 이 전도유망한 사나이가 모든 금지된 노동조합으로부터 양도받은 자금만으로 그처럼 커다란 도약을 어떻게 이룰 수 있었는지 알고 싶었기 때문이다.

때늦은 담력 테스트! 사실 아무리 용기를 내 봤자 이런저런 단서를 장황하게 붙여 가며, 남은 돈이 얼마나 되느냐 정도로 물었을 것이고, 그러면 이 확신에 찬 카데에프 여행의 지도자는 신속하게 답변했을 것이다. 독일노동전선은 보시다시피 돈 속에서 헤엄치고 있는 중입니다. 며칠 내로 호발트 조선소에서는 심지어 거대한 전동선이 진수식을 열 것이고, 추측대로라면 아마도 로버트 라이라고 명명될 것입니다.

그러고 나서는 초대된 기자들을 위한 선박 시찰이 시작되었다. 더 묻고 싶었지만 꾹 삼켰다. 실제로 기자 생활을 하는 동안 어떠한 추문도 폭로하지 못했고, 지하 창고에서 시체 하나도, 자선금을 통한 뒷거래도, 뇌물 받은 장관도 적발해 내지 못했던 나는 이번에도, 즉 상상 속에서도 다른 모든 기자들과 마찬가지로 입을 다물었다. 다만 우리는 의무적으로 갑판에서 갑판으로 눈이 휘둥그레진 채 돌아다녔다. 관람이 금지된 히틀러의 특별 선실과 라이의 특별 선실을 제외하고 그 선박은 완벽하게 등급 차별이 없도록 설비되었다.

그 모든 세부적인 부분을 사진과 전해져 오는 자료에서 보았을 뿐이지만, 나는 그 현장에 열광하면서 또한 동시에 겁에 질려 땀을 삐질삐질 흘리고 있는 듯한 느낌이 든다. 나는 내 눈앞에서 성가신 구조물들이 없는 드넓은 상갑판과 샤워룸과 위생 설비들을 보았다. 나는 보았고 또 열심히 기록했다. 나중에 우리는 아래쪽 산책 갑판에서는 흠집 하나 없는, 니스로 칠

한 벽을, 그리고 사교실에서는 호두나무 목재의 널빤지들을 보고 즐거워했다. 우리는 연회실, 의상실, 독일 회랑과 음악 강당을 보고 눈이 휘둥그레졌다. 모든 홀에는 우리 머리 위를 넘어 진지하게 그러나 단호하게 미래를 보고 있는 총통 사진들이 걸려 있었다. 몇몇 홀에는 로버트 라이의 보다 작은 사진이 눈길을 끌었다. 그러나 유화 물감으로 대가답게 그린 풍경화 장식이 압권이었다. 우리는 일제히 화가들의 이름을 물었고 또 기록했다.

그러다가 방금 마개를 딴 맥주를 마시도록 초대받았을 때, 나는 '바(Bar)'라는 퇴폐적인 말을 쓰는 것을 피했고 나중에 고대 독일어 어휘에 따라 카데에프 선상에 있는 '일곱 개의 아늑한 샹크(주점)'에 대해 썼다.

그러고 나서 우리는 온통 숫자의 홍수에 묻혀 버렸다. 예컨대, A 갑판 부엌에서는 초현대식 식기 세척기의 도움으로 매일 더러운 접시 3만 5000개가 반들반들하게 닦였다. 한 번 항해할 때마다 3400톤의 음료수가 준비되며, 단 하나 있는 굴뚝 내부에 설치된 높다란 탱크가 급수를 하고 있다는 사실도 듣게 되었다. 함부르크의 독일소녀단이 소위 '떠다니는 유스 호스텔'에 작은 침실들을 배당받은 E 갑판을 관람할 때, 우리는 같은 갑판에 있는, 60톤 물을 풀에 저장할 수 있는 실내 수영장을 보았다. 나는 그 밖의 숫자 자료들은 더 이상 기록하지 않았다. 우리 중 몇몇은 물고기 몸통을 한 처녀들과 상상 속 바다 동물들이 그려진 화려한 색깔의 장식 타일과 모자이크 작품 개수에 대해서는 듣지 않게 된 것이 기뻤다.

나는 어머니가 좌지우지했던 나의 어린 시절 이후로 두 번째 어뢰가 수영장과 타일과 모자이크 작품 들을 와장창 절단 내 버렸다는 사실을 알고 있었다. 그 때문에 나는 어린 처녀들이 잔뜩 무리 지어 즐겼던 풀장을 눈앞에 보는 순간 그것이 해수면 아래 어느 정도 깊이에 있는가 하는 의문을 떠올릴 수도 있었을 것이다. 그리고 상갑판 위에 있는 구명보트 22개도 충분하지 않다는 생각이 들었을지도 모른다. 그러나 나는 더 이상 파고들지 않았고, 대참사를 떠올리지도 않았으며, 칠 년 후 전쟁 중 차가운 밤에 일어났던 사건을 예측해 보지도 않았다. 사실 그때는 1500명 정도의 승객이 평화 시에 그런 것처럼 일상의 근심에서 벗어나 가벼운 마음으로 배에 타고 있었던 것이 아니라, 만 명가량의 사람들이 눈앞의 종말을 예감하고 절체절명의 순간을 실제로 겪은 그런 순간이 아니었던가. 오히려 나는 먼 나라 일을 말하듯이 ―《민족의 관찰자》기자로서든 아니면 건실한《프랑크푸르트 차이퉁》기자로서든 ― 가능한 한 어조를 낮추거나 냉정한 어조로 배에 실려 있는 멋진 구명보트들에 대한 찬가를 읊었다. 마치 그 구명보트들이 '카데에프' 조직이 선사한 친절한 보너스였다는 듯이 말이다.

하지만 얼마 후에 그 구명보트 중 하나가 물 위로 내려져야 했고, 곧이어 다시 한 척이 내려졌다. 훈련 삼아 한 것이 아니었다.

구스틀로프호는 두 번째 항해에서 도버 해협을 건너갔다. 그러다가 북서 폭풍에 빠져들어, 전력을 다해 거친 바다를 헤쳐 나가던 중 선적용 해치가 파괴되고 방향타가 부서진 영국의 석탄 운반 기선 페가웨이호로부터 구조 요청 신호(SOS)를 받았다. 그 즉시 뤼베 선장은 — 그는 마데이라 섬을 목표로 한 근거리 카데에프 여행의 초기에 심장마비로 죽었다. — 조난 지점으로 항해토록 명령을 내렸다. 두 시간 후에 어둠 속에서 서치라이트가 이미 깊이 가라앉고 있는 페가웨이호를 발견했다. 그리고 이른 아침에서야 북서 폭풍이 더욱 거세지는 가운데 구명보트 22개 가운데 하나를 물 위로 내리는 데 성공했다. 하지만 그 보트는 삼각 파도에 의해 모선의 뱃전에 충돌하여 심하게 파손된 채 휩쓸려 가 버렸다. 뤼베 선장은 즉시 모터보트를 내리게 했고, 여러 차례 시도 끝에 선원 19명을 태웠으며 그동안 폭풍우가 잔잔해졌기 때문에 안전하게 모선에 승선시킬 수 있었다. 마지막으로 휩쓸려 가 버린 보트와 거기에 탄 승무원들도 구출할 수 있었다.

거기에 대해서 신문들이 기사를 썼다. 국내외 신문들이 구조 행위를 칭송했다. 그러나 상세하게 시간적 거리를 두고 묘사한 것은 하인츠 쇤뿐이다. 그는, 내가 지금 그러는 것처럼, 당시의 잡다한 신문 기사들을 잘 활용하여 정리하였다. 그의 발전 과정은 나와 마찬가지로 그 불행한 배를 출발점으로 한다. 전쟁이 끝나기 거의 일 년 전에 그는 재정관 조수로 구스틀로프호에 승선했다. 원래 하인츠 쇤은 해군 히틀러유겐트에서 두각을 나타낸 후 해군이 되려고 했으나, 약시라는 이유 때문에 상선 선원이 되어야 했다. 그는 처음에는 카데에프 여객선이었고, 이어서 병원선, 병영용 폐함 그리고 마지막으로 피란민 수송선이 되었던 구스틀로프호에서 살아남았기 때문에, 전쟁 후에 구스틀로프호의 좋았던 시절과 불운했던 시절과 관계되는 그 모든 자료를 모으고 정리하기 시작했다. 그는 오로지 이 주제에만 몰두했다. 아니, 오직 이 주제만이 그를 사로잡았다.

그러므로 나는 어머니가 처음부터 하인츠 쇤의 책을 즐겁게 읽었으리라고 확신한다. 그러나 서쪽에서 출판된 그의 책들은 동독에서는 환영받지 못했다. 그의 기록을 읽은 사람들은 침묵을 지켰다. 여기 동쪽에서나 저기 서쪽에서나 쇤의 보고문들은 별다른 반응을 얻지 못했다. 그의 자문과 협력을 얻어 1950년대 말에 「고텐하펜에 어둠이 지다」라는 영화가 상영되었을 때조차도 그 반향은 미미했다. 그리고 얼마 전에는 텔레비전에서 구스틀로프와 관련된 기록 영화가 방영되기도 했지만, 그 어느 것도 타이타닉호의 참사를 능가할 수 없으며, 빌헬름 구스틀로프호라는 배는 결코 존재한 적도 없고, 타이타닉호를 제외한 더 이상의 불행은 있을 수 없으며, 구스틀로프호가 아니라 타이타닉호 사망자들만 애도의 대상이 될 수 있다는 식의 반응만 있을 뿐이었다.

물론 나 자신도 침묵을 지키고 자제하고 거리를 두었지만, 중압감을 느끼지 않을 수는 없었다. 그리고 마찬가지로 생존자로서 내가 하인츠 쇤에게 조금이나마 친근감을 느낀다면, 내가 그의 신들린 듯한 작업으로부터 이익을 볼 수 있다는 오직 그 이유 하나 때문이다. 그는 온갖 사실들을 목록에 수록하였다. 선실 수, 엄청난 양의 먹을거리, 제곱미터로 잰 상갑판 넓이, 완비되었긴 하지만 결국에는 결함을 드러낸 구명보트의 수 그리고 마지막으로 중판(重版)을 거듭할수록 점점 더 증가하는 사망자와 생존자 수 등. 그의 수집 열기는 오랫동안 빛을 보지 못했다. 그러나 이제 하인츠 쇤은 — 어머니보다 한 살이 많으며 내 마음의 부담을 덜어 버리기 위해 내 아버지라고 상상해 버릴 수도 있을 것이다. — 인터넷에서 점점 더 자주 인용된다.

근래에는 할리우드에서 상영된 타이타닉호의 침몰이 인기를 끌었는데, 엄청난 연출 방식으로 제작된 감상적인 작품, 곧 모든 시대를 통틀어 가장 규모가 큰 선박 참사로 상품화되었다. 이 어처구니없는 난센스는 하인츠 쇤이 객관적으로 입증한 숫자들과 극단적으로 대비되었다. 그 반향이 있을 것임은 당연했다. 즉 그 후로 구스틀로프호가 사이버 공간에서 떠돌아 다니면서 가상의 파도를 만들고 있으며, 증오 진영이 온라인에 자기 모습을 드러내고 있는 것이다. 마침내 유대인에 대한 사냥이 시작되었다. 다보스에서의 살인이 마치 어제 일어난 사건이기라도 한 것처럼 극우주의자들은 그들의 웹사이트에서 '구스틀로프를 위한 복수!'를 촉구한다. 가장 격렬한 어조로 외치는 '구타 사이트'는 아메리카와 캐나다에서 온 것이다. 그러나 독일어가 통용되는 인터넷에서도 월드와이드웹 내의 '민족적 저항'이나 '툴레넷' 같은 주소로 그들의 증오심을 분출하는 홈페이지들이 증가하고 있다.

첫 번째 사이트가 덜 과격하긴 하지만 www.blutzeuge.de였다. 이 웹사이트는, 침몰했을 뿐만 아니라 기억에서 내쫓겨 아득한 전설이 되어 버린 어떤 배를 발견해 냄으로써 수천 혹은 그 이상의 유저를 끌어모았다. 그리하여 그동안 '다비드'라는 아이디를 사용하는 적대자이자 스포츠 경기의 맞수를 얻게 되었던 우리의 외로운 전사(戰士)는 어린애 같은 자부심을 보이면서 구스틀로프호가 영국의 해상 조난자들을 구출하였다는 사실을 인터넷으로 연결된 전 세계에다 알렸다. 그는 영국의 신문이 독일의 구출 행위에 대해 칭송하는 말을 마치 어제 찍은 생생한 신문 기사라도 되는 양, 새삼스럽게 인용했다.

그러고 나서 그는 인터넷에서의 자기 적대자인 다비드에게 쿠르에서 복역하고 있는 유대인 살인자 프랑크푸르터가 저 영웅적인 구조 행위에 대해 들었는지 알고 싶어 했다. 그러자 다비드는 "젠호프 교도소에서는 죄수들이 날이면 날마다 덜 컹거리는 베틀 앞에 쪼그리고 앉아 있기 때문에 신문 읽을 시간이 거의 없지."라고 대답했다.

어쨌든 다비드는 이제 다음과 같은 사실 정도는 알아 두었어야 하리라. 즉 발트 해 영해를 순항하는 잠수함의 마리네스코라는 장교가, 구스틀로프호 선원들이 페가웨이호 조난자들을 구출했다는 사실을 알고 있었는지 혹은 자신에게 운명적으로 주어진 목표물 이름의 철자를 제대로 알고 있었는지를 말이다. 그러나 이 질문은 제기되지 않았다. 오히려 웹사이트 운영자인 빌헬름은 얼마 후 영국 해안에 카데에프 선박을 투입한 것을 "떠다니는 투표소"라고 재차 눈앞에 보듯이 열광적으로 칭송하였다. 심리전을 위한 이러한 술수가 거의 육십 년 전에 일어난 일이 아니라 이제 새로이 효과 만점의 영향을 미치기라도 하는 듯이 말이다.

그것은 오스트리아가 대독일제국에 이미 합병된 것에 대한 차후적인 성격의 국민투표와 관련된 일이었다. 영국에 살고 있는 독일인과 오스트리아인에게 투표 기회를 제공한다는 명분이었다. 틸버리에서 상륙용 다리들을 걸어 넘어간 유권자들은 배에 올라, 말하자면 3마일 영해 밖으로 나가 투표를 했던 것이다. 거기에 대해 빌헬름과 다비드 둘 사이에 논쟁이 벌어졌다. 선거 과정에 대해 마치 탁구 게임이라도 하듯 유희적인 말들이 오갔다. 빌헬름은 새로 설치한 기표소에 의해 비밀 선거가 보장되었노라고 주장했다. 다비드는 2000명 가까운 유권자 가운데 합병에 반대한 사람이 4명뿐이라고 빈정대면서 말했다. "뻔한 일 아냐, 99.9퍼센트 찬성이라니!" 빌헬름은 1938년 4월 12일자《데일리 텔레그라프》를 인용하면서 반대 의견을 말했다. "강제는 없었어! 이봐, 다비드, 다른 경우에는 가능한 한 우리 독일인을 깎아내리던 영국인들도 그렇게 말했다니까……."

나는 그 얼토당토않은 채팅 방의 언쟁에 흥미를 느꼈다. 그러나 나는 빌헬름의 반론에서 상당히 의심스러운 점을 눈치챘다. 나도 알고 있었던 사실 아닌가! 그는 다비드의 조롱을 무력화하기 위해 이렇게 억지 주장을 했던 것이다. "그렇게 칭송받는 민주주의식 선거란 명백하게 금권 정치가, 즉 세계 유대인 조직에 의해 조작된 거야, 모든 게 사기란 말이야!"

최근에 내 아들이 나에게 비슷한 말을 한 적이 있었다. 코니를 만나러 갔다가 대화를 나누기 위해 아버지답게 지나가는 말투로, 다가오는 슐레스비히 홀슈타인 지방의회 선거에 대해 언급했을 때, 이런 말을 들었던 것이다. "모든 게 사기예요. 월스트리트에서나 여기서나, 온통 금권 정치판이라고요, 돈이 전부예요!"

뤼베 선장이 죽고 리스본에서부터 남은 항해 구간 지휘를 페테르젠 선장이 맡았던 첫 번째 마데이라 여행 이후, 이제 하인리히 베르트람의 지휘 아래 하절기 노르웨이 여행이 시작되었다. 그때마다 닷새씩 걸리고, 도합 열한 차례 있었던 이 여행은 특히 인기가 있었기 때문에 표가 빨리 매진되었다. 이 여행은 그다음 해에도 카데에프 프로그램에 포함되었다. 그리고 피요르드 만으로의 이 마지막 선박 여행 중 하나에 — 내 추측으로는 끝에서 두 번째 여행이었다. — 어머니의 양친이 참여했다.

원래는 랑푸르의 지구당 지도부가 도목수 리베나우와 그 부인을 노르웨이 여행 참가자로 선발했었다. 왜냐하면 도목수 소유의 하라스라는 셰퍼드가 자유도시 치안경찰 종축장에서 암캐 한 마리를 임신시키는 데 성공했고, 그 암캐 배에서 총통의 애견 프린츠 — 대관구 지도관이 선사했다. — 가 태어났으며, 따라서 종견(種犬) 하라스가 《단치히 전초(前哨)》에 여러 차례 언급되었기 때문이다. 이 동화 같은 이야기를 어머니는 어린 시절부터 나에게 들려주었다. 족보를 포함한 그녀의 개 이야기는 소설 한 권 길이는 되었다. 개 이야기가 나올 때면, 언제나 어린애 툴라에 대한 이야기가 따라왔다. 예컨대 어머니는 일곱 살 때, 오빠 콘라트가 발트 해에서 수영하다가 익사하자 목공소의 개집으로 기어 들어가 일주일 동안이나 머물렀으며, 한나절 동안 단 한 마디도 하지 않았다고 한다. "심지어는 개 밥그릇에 있는 걸 먹었어. 내장고기 말이야! 그래, 개들이 먹는 거였지. 개집에서 일주일을 보내면서 한 마디도 하지 않았지, 우리 오빠 콘라트 때문에 그만큼 슬펐던 거야. 오빠는 날 때부터 귀머거리였거든……."

하지만 개 소유주인 리베나우 — 그의 아들 하리가 어머니의 종형제였다. — 에게 모두들 가고 싶어 하는 카데에프 선박을 타고 가는 노르웨이 여행이 제안되었을 때, 그는 유감스럽게도 포기할 수밖에 없었다. 왜냐하면 그의 목공소가 공항 인근의 막사 증축으로 호기를 맞고 있었기 때문이다. 그는 지구당 지도부에게 그의 유능한 조수이자 열성적 당원인 아우구스트 포크리프케와 그 부인 에르나가 여행을 하면 어떻겠느냐고 제안했다. 선실 비용과 어쨌든 할인된 함부르크까지의 왕복 차표에 대한 비용은 그가 공장의 금고에서 지불하겠다는 뜻도 밝혔다.

"구스틀로프호에서 찍은 스냅 사진이 아직 있다면야, 네게 보여 줄 수 있을 텐데. 그분들이 며칠 동안 보았던 모든 걸 말이야……." 툴라의 어머니는 특히 의상실, 욕실, 아침 시간의 합창과 저녁때 연주하는 선상 악단에 열광했다고 한다. 유감스럽게도 피요르드 만에서의 상륙은 허락되지 않았는데, 아마도 제국 내에서의 강력한 외환 통제 때문이었을 거라고 한다. 그러나 '배가 끝장이 났을 때' 다른 모든 스냅 사진들처럼 앨범과 함께 사라져 버린 사진 중 한 장에는 아우구스트 포크리프케가, 방문차 선상에 오를 수 있었던 노르웨이 민족 의상 무용단 사이에서 웃으면서 춤추는 모습이 담겨 있었다고 한다. "원래부터 아주 유쾌한 분이었던 우리 아버지는 노르웨이에서 돌아온 후 아침부터 밤중까지 흥분해 떠들었지. 그분은 원래 150퍼센트 완벽주의자라서 내가 소녀단에 입단하기를 바랐단다. 하지만 난 그러고 싶지 않았어. 나중에도 아니었어. 우리가 제국으로 되돌아왔을 때도, 모든 소녀들이 '독일소녀단'에 입단해야 했을 때도 말이야."

어머니 주장이 맞을 것이다. 그녀는 조직에 들어가지 않았다. 모든 것을 언제나 자발적으로만 했다. 하지만 그녀 자신이 독일사회주의 통일당 당원이었고, 러시아인을 위해 대량으로 침실 가구를 생산하고 또한 나중에는 그로서드레쉬의 조립식 건축물 내부 공사에서 대개는 의무량을 초과 달성한 목공 작업반 여성 반장이 되어서 어려움을 겪을 때가 많았다. 왜냐하면 그녀는 도처에서 수정주의자와 그 비슷한 계급의 적대자들에 둘러싸여 있는 자신을 발견했기 때문이다. 그러나 내가 자발적으로 자유독일청년단 단원이 된 것 역시 그녀의 마음에 들지 않았다. "그래선 안 되지. 여기에서 나쁜 놈들을 위해 악착같이 일해야 하다니!"

내 아들은 명백하게 어머니로부터 많은 것을 물려받았다. 전처 말대로 하자면 유전자 작용임에 분명하다. 어쨌든 코니는 어떤 단체에도 회원으로 가입하려 하지 않았다. 라체부르크 조정 클럽은 두말할 것도 없고, 가비가 그에게 충고한 대로 소년단원[30]에도 결코 가입하지 않았다. 그녀가 내게 말했다. "그 애는 사회화되기 어려운 전형적인 외톨이예요. 내 동료 선생 몇몇의 말에 따르면, 코니의 사고 방식은 전적으로 과거 지향적이라는군요. 겉으로는 아무리 기술적 혁신, 그러니까 컴퓨터와 현대 통신 수단에 흥미 있더라도 말이에요……."

그렇다! 발트 해 휴양지 담프에서 있었던 생존자들의 만남 직후에 내 아들에게 컴퓨터와 부속품 일체를 선사한 사람은 어머니였다. 어머니가 그 애를 컴퓨터에 빠져들게 만든 것은 그 애가 겨우 열다섯 살 때였다. 그 애가 어긋난 길로 빠져들게 된 것은 오로지 어머니, 그녀의 책임이다. 하여간 가비와 나는 코니가 컴퓨터를 선물받았을 때부터 그 모든 불행이 시작되었다는 점에서는 의견이 일치했다.

오로지 한 점만을 응시하며 마침내 거기에 불기운이 스며들어 연기가 나다 불이 붙게 만드는 사람들은 결코 나에게 섬뜩한 느낌을 주지 않는다. 예컨대 구스틀로프는 오로지 총통의 의지에 따라 목표를 정했다. 그리고 마리네스코는 평화 시에 오로지 배를 침몰시키는 연습만 했다. 또한 다비드는 원래는 자신을 쏘려고 했으나, 나중에는 자기 민족에게 그 어떤 신호를 보내기 위해 다른 사람의 몸뚱이에다가 네 발의 총탄으로 구멍을 뚫었다.

---

30) 영국의 보이스카우트를 본받아 창설되었다. 히틀러유겐트의 성립으로 없어졌다.

1960년대 말 리시 감독이 만든 영화에서 그는 우수 어린 인물로 그려져 있다. 나는 집에 있는 텔레비전 화면으로 그 비디오테이프를 보았다. 영화관에서 그 흑백 영화가 상영되지 않은 것은 이미 오래전이다. 리시 감독은 사실들을 꽤나 정밀하게 다루었다. 우리의 의대생은 처음에는 챙 없는 모자를, 다음에는 챙 있는 모자를 쓰며, 절망적으로 담배를 피워 대고 알약을 삼키기도 한다. 베른의 구시가지에서 연발 권총을 사는 장면에서 그는 탄환 스물네 발에 3프랑 70을 지불한다. 구스틀로프가 평복을 입고 그의 서재로 들어서기 전에, 프랑크푸르터는 나의 판본과는 달리 기다리면서 모자를 쓰고, 안락의자에서 걸상으로 옮겨 앉는다. 그러고 나서 머리에 모자를 쓴 채 총을 쏜다. 그는 다보스의 경찰서에 출두하여 마치 교과서에서 배운 시를 읊듯이 무표정하게 자백한 다음 증거물로 연발 권총을 탁자 위에 놓는다.

그 영화에 새로운 것은 없다. 그러나 재미있는 것은 눈이 내리는 가운데 갈고리 십자 기(旗)로 싼 관을 보여 주는 주간 뉴스가 삽입된 부분들이다. 장례 열차가 지나가는 동안 슈베린 전역에 눈이 내린다. 기록과는 달리 고작 시민 몇몇만이 손을 치켜들고 그 관에 경의를 표한다. 살인자 프랑크푸르터 역을 맡은 배우는 재판 중 두 명의 주 경찰관 사이에 끼여 상당히 초라한 인상을 준다. 그가 말한다. "구스틀로프는 내가 접근할 수 있었던 유일한 대상이었습니다……." 그가 또 말한다. "나는 사람이 아니라 세균을 쏘려고 했습니다……."

더 나아가서 영화는 죄수 프랑크푸르터가 다른 수감자들

사이에 끼여 날마다 베틀 앞에 앉아 있는 장면을 보여 준다. 세월은 지나간다. 분명한 것은 쿠르의 젠호프 교도소에서 처음 감옥 생활을 하는 동안 — 그와 동시에 그리고 다른 영화에서처럼 잠수함 함장인 알렉산더 마리네스코는 동부 발트 해 연안에서 수상(水上) 공격 후의 신속한 잠수를 연습하고 있고, 카데에프 선박 빌헬름 구스틀로프는 노르웨이 피요르드 만과 심야 태양을 목표로 항해를 되풀이하고 있다. — 프랑크 푸르터는 천천히 관절염에서 치유되고, 영양 섭취를 잘해서 뺨이 두툼하게 보이며, 이제 담배는 더 이상 피우지 않는다.

물론 리시의 영화에서는 구스틀로프호도, 소련 잠수함도 보이지 않는다. 다만 여러 차례 서서히 조명을 받으면서 나타나는 베틀 돌아가는 소음과 함께, 맨들맨들한 직물이 많아짐에 따라 시간이 흐르고 있음을 알 수 있다. 그리고 교도소 전속 의사가 수감자 프랑크푸르터는 지속적인 형무소 생활에서 점차로 건강해지고 있음을 서류로 증명한다. 마치 범인이 자신의 형기를 다 마치고 이제 다른 사람이 된 것처럼 보인다. 여하간 오로지 하나의 목표만을 염두에 두고 있는 모든 사람들이 낯설기는 하지만 섬뜩하게 여겨지지는 않는다. 예컨대 내 아들 경우도 마찬가지다…….

어머니가 내 아들에게 그런 영향을 주었다. 그 때문에, 그리고 어머니 당신이 그 배가 침몰할 때 나를 낳았기 때문에 나는 당신을 미워한다. 또한 내가 살아남았다는 것이 어느 정도 원망스럽다. 수천의 다른 사람처럼 "각자 알아서 자신을 구하시

오."라는 말이 떨어졌을 때, 어머니 당신이 만삭의 몸으로 배 위에 구명조끼를 걸치긴 했지만, 차가운 물속에서 얼어 버렸거나 뱃머리 쪽으로 가라앉는 배가 일으키는 소용돌이에 배 속 아이와 함께 휩쓸려 들어가 버렸더라면 차라리……

그러나 아니다. 아직은 나의 우연한 생존을 가능케 한 '딱' 소리 나는 결정적 순간을 이야기할 때가 아니다. 왜냐하면 그 배는 평화로운 카데에프 여행을 여러 차례 더 해야 했기 때문이다.

그 배는 시칠리아를 포함하여 장화 모양 이탈리아 반도를 열 번에 걸쳐 빙 돌아서 항해했다. 그리고 나폴리와 팔레르모에서는 상륙할 수도 있었는데, 이탈리아가 모범적으로 파시스트화된 우방 국가였기 때문이다. 여기서나 거기서나 오른손을 쳐들고 인사하기는 마찬가지였다. 언제나 세심하게 선택된 승객들은 밤 동안 기차 여행을 한 후 제노바에서 배에 탔다. 그리고 일주 항해를 하고 나서는 베네치아에서 기차 편으로 돌아왔다. 당과 재계 거물이 승선하는 일이 점점 더 잦아졌고, 그것이 카데에프 선상에서의 계급 차별 없는 모임을 한쪽으로 기우뚱하게 만들었다. 예컨대 어떤 때는 저 유명한 폭스바겐 — 처음에는 카데에프바겐으로 불렸다. — 발명자가 초대 손님으로 승선했다. 포르쉐 교수도 그 배의 초현대적인 기계 설비에 특별한 관심을 보였다.

제노바에서 겨울을 지낸 후 구스틀로프호는 1939년 3월 중순에 다시 함부르크로 왔다. 그 며칠 후 로버트 라이호가 출범했을 때, 카데에프 선단 선박은 열세 척이 되었다. 하지만 노동자와 직원 들을 위한 휴가 여행은 당분간 실시되지 않았다. 알려지지 않은 목적지를 향해 승객도 없이 선단 소속의 배 일곱 척은 — 라이호와 구스틀로프호도 포함되어 있었다. — 처음에는 엘베 강을 따라 내려갔다. 그러다가 브룬스뷔텔코크 해역에서야 비로소 그때까지 비밀에 붙여졌던 스페인 항구 '비고'가 여행 목적지로 통보되었다.

배들은 처음으로 병력 수송선 역할을 했다. 내란이 끝나고 프랑코 장군 그리고 그와 함께 팔랑헤 당이 승리를 했기 때문에, 1936년 이래로 프랑코 편에서 싸웠던 독일 의용군 '콘도르 군단'이 귀향할 수 있게 되었던 것이다.

물론 이 부대는 모든 것을 씹고 되씹는 인터넷에 새로운 먹거리를 제공했다. 특히 웹사이트 www.blutzeuge.de는 공군 제88 고사포 연대의 귀국 수송에 대해 이야기하였다. 마치 어제 적군(赤軍) 부대를 쳐부수고, 오늘 병사들이 구스틀로프호를 타고 귀환하는 듯한 어조였다. 우리의 웹사이트 운영자는 혼자 보고를 하면서, 채팅 방을 폐쇄하고 이중주를 허락하지 않았다. 빌헬름 대(對) 다비드의 이중주는 바스크 족의 도시인 게르니카를 우리의 융커 비행기와 하인켈 비행기가 폭격한 것을 주제로 삼을 우려가 있었기 때문이다. 비록 이러한 비행기들이 급강하든 폭탄을 투하하든, 승리를 환호하는 웹사이트의 배경 그림으로 계속 나타나긴 했지만 말이다.

처음에 슈베린 동지회 대변인은 초연하게 전쟁사가인 양 행세하면서 — 마치 몇 년 전에 걸프 전쟁이 미국인에게 그들의 새로운 미사일 체계를 시험하는 기회가 되었던 것처럼 ─ 스페인 내전이 신무기들을 시험할 수 있는 기회를 제공했음을 입증했다. 그러다가 갑자기 그는 '콘도르 군단'에 대해 찬사를 늘어놓기 시작했다. 하인츠 쇤의 세밀한 조사를 바탕으로 쓴 책의 도움을 받았음은 분명하다. 왜냐하면 쇤처럼 열광하면서 그도 그 배의 귀환과 고향 사람들의 환영을 보고했기 때문이다. 그리고 구스틀로프호의 연대기 저자와 비슷하게, 온라인에서 끊임없이 그 책을 인용하면서 목격자 역할을 맡았다. "선상에는 아주 유쾌한 기분이 넘쳐흘렀다……." 그리고 나중에 총원수인 괴링이 군단에 대한 환영사를 했을 때 "우레와 같은 박수갈채"가 터져 나왔음을 보고했다. 심지어는 함부르크의 국제선 전용 부두에 구스틀로프호와 라이호가 정박할 때 크게 울려 퍼졌던 프로이센 보병 행진곡에 맞추어 그는 모든 심벌즈와 북이 내는 소리를 음표로 표시하여 자신의 웹사이트에 올리기도 했다.

구스틀로프호가 처음으로 병력 수송선으로 투입되고, 다비드 프랑크푸르터는 건강이 좋아진 상태에서 삼 년째 젠호프 교도소에서 수감 생활을 하는 동안, 알렉산더 마리네스코는 연안 지역에서 시험 항해를 쉬지 않고 계속하고 있었다. 발트 해 적기함대 해군 문서보관소에서 잠수함 M96에 관한 기록이 발견되었는데, 그에 따르면 함장은 자신의 승무원들에게 수상 공격 연습을 맹렬하게 시켜 마침내는 19.5초 만에 잠수하는 기록을 세우는 데 성공했다고 한다. 다른 잠수함들의 평균 기록은 28초였다. M96은 말하자면 전시 사태에 대한 만

반의 준비를 갖추었다. 그리고 슈베린 동지회 웹사이트에서도 반복적으로 인용되는 노랫말 가사 "언젠가는 복수의 날이……"와 함께 사람들이 그 어떤 불확실한 미래 — 복수의 날을 가리키는가? — 에 대해 완벽한 태세까지는 아니라 하더라도 언제나 준비 태세를 갖추고 있는 것처럼 보였다. 그러나 나는 어머니같이 끊임없이 과거를 되새기는 그 어떤 사람이 진부한 이야기를 장황하게 늘어놓으면서 천년 제국의 승리를 마치 제자리에서 맴도는 레코드판처럼 되풀이하는 것이 아니라, 어떤 젊은이, 아마도 지적인 부류의 스킨헤드 족이거나 집착심이 강한 고등학생 하나가 자신의 궤변을 인터넷에서 유포하고 있는 게 아닌가 하는 생각을 떨쳐 버릴 수가 없었다. 그러나 나는 내 예감을 확인해 보려고 애쓰지 않았고, 디지털 방식으로 전파된 소식의 어떤 표현들이 — 예컨대 "구스틀로프호는 아름다운 배였다."처럼 그 자체로는 무해한 가치 평가는 — 교묘한 방식으로 조작되었다는 느낌을 받았지만 인정하고 싶지는 않았다. 어머니다운 어조가 아니었다. 하지만……

거듭해서 덮어 버리긴 했지만 그 어떤 확신이 재깍거리며 계속 들려왔다. 내 아들일지 모른다. 아니, 내 아들이다. 여러 달 동안 여기에서…… 콘라트야…… 저 뒤에는 코니[31]가 숨어 있어…….

오랫동안 나는 내 예감에 의문을 제기했다. 네 혈육이 설마

---

31) 콘라트의 애칭이다.

그럴 수 있단 말인가? 어느 정도 좌익자유주의적인 교육을 받은 자가 그처럼 길을 잃고 심하게 우익화된다는 게 가능한 일인가? 가비 눈에도 띄고 말았을 텐데…… 그게 아니면?

하지만 얼마 후에 내가 기대했던 대로 그 정체불명의 웹사이트 운영자가 너무나 친숙한 동화를 내게 들려주었다. "옛날 옛날에 한 꼬마 소년이 살았어요! 귀머거리였던 그 소년은 어느 날 수영을 하다 익사했답니다. 하지만 그의 여동생은 익사하지 않았어요. 소년을 마음속으로 뜨겁게 사랑했고 나중에, 훨씬 나중에 전쟁의 공포를 피해 커다란 배 위에서 자신을 구하려 했던 그녀는 피란민으로 가득한 그 배가 적군이 발사한 어뢰 세 발을 맞고 차가운 물속으로 침몰했을 때도 익사하지 않았답니다……."

나는 앗, 뜨거라 싶었다. 바로 그 애다! 여기 몇 획으로 간단히 그려 놓은 익살맞은 인물 스케치가 있는 이 웹사이트에서 내 아들이 세계를 향해 동화를 이야기하고 있는 것이다. 게다가 그는 돌려서 말하지 않고 대놓고 직접적으로 가족 이야기를 함부로 발설했다. "하지만 콘라트의 누이동생은 그녀의 곱슬머리 오라버니가 죽은 후 사흘 동안이나 소리치며 울었고, 그다음에는 일주일 동안이나 말문을 닫았는데, 바로 그분이 나의 사랑하는 할머니랍니다. 나는 슈베린 동지회 이름으로, 할머니의 백발 앞에서 맹세를 했어요. 우리 독일인을 영원토록 형벌 기둥에 매달아 놓으려는 것은 바로 세계의 유대인들이라는 진실을, 다름 아닌 진실만을 입증하겠노라고 말입니다……."

그리고 계속 그런 식이었다. 나는 어머니에게 전화를 했다가, 호된 질책을 받았다. "뭐라고! 몇 년이고 우리 콘라트헨을 돌보지도 않더니, 이제 갑작스럽게 똑똑한 체하면서 자상한 애비 역을 해 보겠다는 거니……."

나는 가비와도 통화를 했고, 마침내 주말을 끼고 그 활기 없는 시골 마을인 묄른으로 갔다. 심지어 꽃까지 사 들고서 말이다. 코니는 할머니를 만나러 슈베린으로 가고 없었다. 내가 전처를 향해 걱정 보따리를 늘어놓자, 그녀는 대뜸 정색하며 말했다. "내 집에서는 그런 이야기를 꺼내지 마세요. 내 아들이 극우파와 어울리는 걸 나무랄 생각도 말아요."

나는 평정을 유지하려고 애쓰면서, 여기 전원도시 묄른에서 삼 년 반 전에 터키인들이 살던 주택 두 채에 악질적인 방화 사건이 일어났다는 사실을 생각해 보라고 말했다. 당시에 모든 신문이 특보를 싣느라고 난리법석이었고 별 볼일 없는 나 자신도 통신사에 기사를 제공했었다. 심지어는 외국에서도 "독일에 다시……." 하는 우려의 목소리가 들려왔다. 어쨌든 세 사람이 죽었다. 몇몇 아이들이 체포되었으며 범인 두 명은 중형에 처해졌다. 하지만 추종자 조직, 그 요란스러운 스킨헤드 족이 우리 코니와 접촉을 시도했을 수도 있다. 여기 묄른에서 아니면 아마도 슈베린에서……. 주로 이런 이야기였다.

그녀가 내 면전에 대고 큰소리로 웃었다. "아니, 그 고래고래 소리 지르는 녀석들과 콘라트를 한패로 본단 말예요? 설마! 외톨이가 그런 무리에 낀다? 가소로운 일이군요. 그런 의심은 당신이 늘 봉사해 왔던 그런 저널리즘에나 꼭 어울리는 거예요."

가비는 인정사정도 없이 세세한 일까지 마구 들추면서 거의 삼십 년 전에 내가《슈프링거》에서 근무했던 일이며 "좌파에 대한 편집증적인 선동 기사"를 썼던 때를 기억해 보라고 윽박질렀다. "게다가 누군가가 남몰래 우파 성향에 물들어 있다면, 그건 바로 당신이, 아직도 여전히……."

그래, 그렇고말고! 나는 자신의 타락을 안다. 나의 타락을 덮어 두는 것이 얼마나 진땀 나는 일인지도 안다. 나는 제자리에 머물고자 노력했으며, 이편도 저편도 아니려고 한다. 대개 중립적인 입장에 서고자 하는 것이다. 나는 누구로부터든 위임을 받으면 확인 기사만 쓰고 사실 보고만 할 뿐, 자세를 흐트리지 않으려 한다…….

그래서 나는 코니로부터 직접 관련 사실을 알고자 했고, 그 때문에 내 전처 집 근처에 있는, 호수 쪽으로 트인 호텔에 숙박했다. 나는 가비 집으로 가서 여러 차례 초인종을 눌렀고, 내 아들과 이야기를 나누고자 했다. 그 애는 마침내 일요일 저녁에 버스를 타고 슈베린으로부터 도착했다. 어쨌든 그 애는 스킨헤드 족 장화가 아니라, 청바지에다 아주 정상적인 부츠를 신고 있었으며 색상이 화려한 노르웨이 스타일 스웨터를 입고 있었다. 아주 단정해 보였고, 자연스럽게 곱슬곱슬한 머리를 기르고 있었다. 그 애는 안경 너머로 똑똑한 척하면서 나를 바라다보면서 거의 아무 말도 건네지 않았고, 다만 자기 어머니와 단 몇 마디를 나눌 뿐이었다. 식탁에는 샐러드, 햄을 끼운 빵, 그리고 사과 주스가 차려져 있었다.

함께 저녁 식사를 한 후 코니가 자기 방으로 사라지려고 하기 전에 나는 복도에서 그 애를 가까스로 붙들었다. 별일 아닌 체하면서 나는 질문을 던졌다. 학교에서는 어떤지, 친구가 있는지 혹시 또 여자 친구라도 있는지, 어떤 운동을 하는지, 값비싸 보이는 할머니의 생일 선물 — 나는 그 가격을 대충 들어서 알고 있었다. — 이 마음에 드는지, 컴퓨터와 현대적 통신 수단, 예컨대 인터넷에서 새로 배우는 것이 있는지, 그리고 그렇게 새로 얻는 것이야말로 인터넷에서 서핑할 때 가장 중요한 점이 아닌지 등 요모조모로 물었다.

내가 지루한 소리를 늘어놓는 동안 그 애는 귀를 기울이는 것 같았다. 또한 그 애의 눈에 띄게 작은 입가에 미소가 지나가는 것 같기도 했다. 그 애가 웃었다! 그러고 나서 그 애는 안경을 벗었다가 다시 끼고는 조금 전 식탁에서 그랬던 것처럼 나를 찬찬히 들여다보았다. 그 애가 나지막하게 대답했다. "언제부터 제가 하는 일에 관심을 가지셨어요?" 잠시 침묵이 흐른 뒤에 — 그 애는 어느새 자기 방 문간에 서 있었다. — 나는 다시 한 마디를 더 들었다. "저는 역사 공부를 해요. 이제 됐어요?"

문이 닫혔다. 그 애를 향해 소리치고 싶었다. 나도 그래, 코니, 나도 마찬가지야! 순전히 옛날이야기지만 말이야. 어떤 배와 관련된 거야. 1939년 5월에 그 배는 승리한 '콘도르 군단' 소속 의용군들을 1000명이나 고향으로 데려갔거든. 그런데 그것이 오늘날 무슨 상관이란 말인가? 코니, 너하고 어떤 관계라도 있다는 거니?

4

그[32]가 주선한 한 모임에서 — 그는 그것을 연구 토론이라고 부른다. — 나는 다음과 같은 말을 듣게 되었다. 단치히 시 및 그 주변 지대와 직결되어 있거나 느슨하게 연결되어 있는 모든 이야기 줄거리는 원래부터 자기 몫이라는 것이다. 그러므로 다른 누구도 아닌 바로 자기야말로 구스틀로프호와 관련된 모든 것, 그런 이름이 붙게 된 원인, 그리고 전쟁이 발발한 후에 그 배가 어떤 목적을 달성해야 했는지에 관해 보고해야 마땅하며 또한 슈톨페방크 해역에서 맞은 그 배의 최후에 대해서도 간단하게든 장황하게든 자기가 이야기해야 한다는 것이었다. 두꺼운 책 『개들의 시절』이 출판된 직후부터 이 소재가 그에게 맡겨졌으며, 그가 — 다른 누가 한단 말

---

32) 귄터 그라스를 가리킨다.

인가? ─ 그 소재를 한 꺼풀 한 꺼풀 벗겨 내야 했다는 것이다. 왜냐하면 툴라를 필두로 한 포크리프케 일가의 운명에 관한 암시점들이 없지 않았기 때문이다. 임신한 툴라를 포함한그 일가의 나머지 구성원이 ─ 툴라의 두 오라버니는 전사했다. ─ 이미 가득 찬 구스틀로프호에 최후로 승선했던 수천피란민 중에 섞여 있었다는 사실만은 최소한 예감할 수 있었다는 것이다.

그가 말했다, 유감스럽게도 자신은 그러한 일에 익숙하지않다고! 그의 태만, 애석하게도 더 나아가서 그의 거부적인 태도가 문제였다. 하지만 변명하고 싶지는 않고, 다만 1960년대중반에 과거 일이라면 이미 충분하게 다루어 보았고, 또 끊임없이 '지금 지금 지금' 하고 말하는 현재가 200여 쪽에 달하는 이 책이 제때에 나오는 것을 방해했다는 사실만은 인정한다는 것이다⋯⋯. 여하간 그러다 보니 때가 너무 늦어 버렸다.그래서 편법을 동원하여 그가 나를 창안해 낸 것이 아니라, 오랜 탐색 끝에 생존자 명단에서 마치 그 어떤 습득물처럼 나를찾아낸 것이다. 그리하여 나는 별다른 특징도 없는 인물이긴하지만, 배가 가라앉는 동안 태어나는 인물로 운명 지어져 버렸던 것이다. 이어진 그의 말에 따르면, 내 아들 관련 문제에서는 유감스러운 일이 아닐 수 없지만, 툴라의 손자가 그 수상쩍은 홈페이지 www.blutzeuge.de 뒤에 숨어 있는지는 알 수없었다고 한다. 물론 할머니로서 툴라 포크리프케가 그러한후손을 용납한다 하더라도 아무도 놀라지는 않을 테지만 말이다. 그녀는 언제나 극단적인 것에 익숙했고, 더군다나 우리가 알다시피 기가 꺾이는 그런 인물이 아니었다. 하지만 이제 그가 힘껏 도와줄 테니 나보고 다시 그 배 운명이, 저 악명 높은 '콘도르 군단' 부대원들을 스페인 항구에서 함부르크로 수송한 후 어떻게 되었는지를 보고해 달라는 것이었다.

짧게 요약하자면, 그러고 나서 전쟁이 시작되었다. 하지만 그 이야기는 좀 미루기로 하자. 그전에, 멋지고 긴 여름 동안 그 카데에프 선박은 정해진 항로를 따라 노르웨이 여행을 여섯 차례 마칠 수 있었다. 승객 대개는 루르 지역과 베를린, 하노버와 브레멘에서 온 노동자와 직원 들이었다. 그 밖에도 외국 거주 독일인이 포함되어 있었다. 배는 비피요르드 만으로 입항했고, 사진을 찍는 휴양객들에게는 베르겐 시를 일별할 수 있도록 허락되었다. 또한 하르당거피요르드도 프로그램에 있었고, 마지막으로 조그네피요르드에도 입항했는데, 휴양객들은 여기에서 특히 많은 기념 사진을 찍었다.

7월까지는 덤으로 심야의 태양을 놀란 눈으로 쳐다보면서 체험으로 저장할 수 있었다. 그리고 그때부터 닷새간의 여행경비는 약간 인상되어 45제국마르크였다.

그러고 나서도 전쟁은 아직 시작되지 않았고 구스틀로프호는 오히려 체조 교육에 투입되어 있었다. 스톡홀름에서는 두주 동안 '링기아데'라는 평화로운 체조 대회가 열렸는데, '링기아데'라는 그 체조 대회 이름은 추측건대 체조의 아버지 얀의 스웨덴판 인물이라 할 수 있는 페터 헨리크 링에게서 따온 것이었다. 휴양선은 유니폼을 입은 1000명이 넘는 남녀 체조 선수들의 주거용 선박이 되었다. 그들 중에는 노동 봉사대 소녀들, 철봉 체조 국가대표 선수팀뿐 아니라 아직도 평행봉 체조를 하는 나이 든 남자들, 또한 '신앙과 아름다움' 협회 소속 체조 선수들 그리고 운동장에서 집단 체조 훈련을 받은 많은 아이들이 포함되어 있었다.

베르트람 선장은 배를 항구에 갖다 대지 않고, 도시가 보이는 시계(視界) 안에 정박시켰다. 남녀 체조 선수들은 전동 구명보트들로 규칙적으로 왕복 수송되었다. 그런 식으로 체조 선수들은 감시를 받았다. 내 자료들에 따르면, 이 특별 투입은 독일과 스웨덴 간의 친선 관계에 공헌한 성공적인 작품이었다. 모든 체조 교사들에게는 스웨덴 왕의 특별 선물로 기념 배지가 수여되었다. 1939년 8월 6일 구스틀로프호는 함부르크 항구에 입항하였다. 그리고 카데에프 여행 프로그램은 즉시 재개되었다.

하지만 그때 실제로 전쟁이 개시되었다. 즉 그 배가 평화롭던 시절 마지막으로, 노르웨이 해안으로 항로를 잡았을 때, 8월 24일에서 25일로 넘어가는 밤 사이에 선장에게 무선 통신문이 전달되었다. 암호 해독된 그 전문은 선장의 선실에 봉인된 채로 놓여 있던 편지를 개봉하도록 촉구하는 것이었다. 이어서 선장 베르트람은 명령 QWA7에 따라 휴양 항해를 중단하고 — 사태를 설명함으로써 승객들을 불안하게 만들지 않고 — 선적항으로 항로를 잡도록 명령을 내렸다. 배가 입항한 지 나흘 후에 2차 세계 대전이 발발했다.

'카데에프'는 이제 과거지사가 되었고, 바다 휴가 여행도 지나가 버렸다. 상갑판 위에서 기념 사진을 찍고 수다를 떠는 일도 이제 다시는 없게 되었다. 계급 차별 없이 즐겁게 뒤섞여 있던 휴가 여행단도 없어져 버렸다. 독일노동전선에 편입되어 있던 카데에프 조직은 이제 모든 국방군 부대와 처음에는 느리게 증가하던 부상자들의 오락을 전담하게 되었다. 카데에프 극단은 이제 전선 극단이 되었다. 카데에프 선단 배들은 해군의 지휘 아래 들어갔고, 빌헬름 구스틀로프호도 500개의 병상을 갖춘 병원선으로 개조되었다. 해고된 민간인 승무원 일부를 대신하여 위생병이 승선했다. 굴뚝 양옆을 빙 두른 녹색 띠와 적십자 표시와 함께 배는 새로운 모습을 띠게 되었다.

그렇게 국제 협약에 따른 외관을 갖춘 후에, 구스틀로프호는 9월 27일 발트 해 쪽으로 나아가면서 제란트 섬과 보른홀름 섬을 지나 아무런 장애도 없이 항해한 후, 얼마 전의 전투에서 획득한 단치히 노이파르바서의 베스터플라트 항구에 정박했다. 즉시 수백 명의 폴란드 부상병들이 실려왔고, 특히 단치히 만에서 폴란드군 기뢰와 충돌하여 침몰한 독일 소해정 M85 소속의 부상당한 승무원 10명도 승선했다. 여하간 처음에는 아군 쪽 피해가 더 이상 없었다.

중립국인 스위스 땅에 수감되어 있던 죄수 다비드 프랑크푸르터 —— 그는 정해진 목표물에 총격을 가함으로써 지금은 병원선이 된 선박 이름을 짓는 데 본의 아니게 협조했다. —— 는 전쟁 발발로 어떤 체험을 하게 되었을까? 아마도 9월 1일 낮 동안에는 젠호프 교도소에서 아무런 특별한 사건도 일어나지 않았을 것이다. 하지만 그 후로는 수시로 전황이 변함에 따라서 유대인 프랑크푸르터가 치욕을 감수해야 했는지 아니면 때때로 인기를 누렸는지 죄수들의 태도에서 읽어 낼 수 있었을 것이다. 어떤 점에서 보면 교도소 내 반유대주의자들의 관심은 담장 바깥으로부터 전해져 오는 소식에 좌우되었을 것이다. 동맹국 스위스의 입장과 연관되어 있는 하나의 균형 잡힌 관계라고나 할까.

그런데 함장 마리네스코는, 처음에는 독일군이, 나중에는 히틀러 스탈린 협정에 따라 러시아군도 폴란드로 진격했을 때 무엇을 하고 있었던가? 여전히 250톤급 잠수함 M96의 함장이었던 그는, 전투 투입 명령이 떨어지지 않고 있었기 때문에, 그의 승무원 18명과 함께 동부 발트 해에서 신속하게 잠수하는 연습을 하고 있었다. 상륙 허가 시간 동안 늘 그래 왔듯이 곤드레만드레 퍼마시곤 했던 그는 여성 편력이 약간 있기는 했지만, 그때까지 징계를 받은 적은 없었다. 그래서 두 개 넘는 어뢰 발사관이 있는 보다 큰 잠수함의 함장이 되기를 꿈꾸었을지도 모르는 일이다.

사람이란 시간이 지나다 보면 보다 현명해지는 법이다. 그 사이에 나는 내 아들이 스킨헤드 족과 느슨한 교우 관계를 맺고 있었다는 사실을 알게 된다. 묄른에는 그러한 부류가 조금 있었다. 죽음을 초래한 그 지역에서의 돌발 사고 때문에 그들은 아마도 감시를 받은 것 같았다. 그래서 그들은 다른 장소에, 즉 비스마르라든지 브란덴부르크의 보다 큰 모임에 공공연하게 모습을 드러냈다. 코니는 묄른에서는 그들과 일정한 거리를 두었지만, 슈베린의 할머니 댁에 머무르면서, 보다 규모가 큰 스킨헤드 족 모임 — 메클렌부르크 외곽 지대 그룹들도 거기에 포함된다. — 에서 강연을 하기도 했다. 하지만 너무 장황한 연설이 되고 말았음이 분명하다. 왜냐하면 순교자이자 그 도시의 위대한 아들에게 바치는 상세한 원고였음에도 중간중간 생략하고 읽어야 했기 때문이다.

어쨌든 코니는, 흔한 일이지만 증오에 찬 구호와 외국인 탄압에 집착하는 그 지방의 몇몇 어린 나치주의자들이 자기 주제에 관심을 갖도록 만드는 데 일단 성공했다. 왜냐하면 잠시 동안이긴 하지만 그 지역 패거리가 '빌헬름 구스틀로프 동지회'라고 불렸기 때문이다. 나중에 드러난 사실이지만, 그 모임은 슈베린 거리에 있는 한 식당의 뒷방에서 회합을 가졌다. 한 극우 정당의 당원과 관심 있는 중산층 시민들로 대략 50명의 청중이 모였다. 어머니는 거기에 참석하지 않았다.

나는 마른 체구에 키가 큰 데다가 안경을 끼고 곱슬머리를 한 내 아들이 노르웨이 스타일 스웨터를 입고 스킨헤드 족 사이에서 어떻게 행동했을지를 상상해 보려고 한다. 과일 주스를 마시는 애송이가 맥주병을 들이켜는 육중한 고깃덩어리들에 둘러싸여 있다. 그 애의 낭랑하고 끊임없이 미끄러지는 듯한 소년다운 음성이 허풍선이들의 목소리에 묻혀 버린다. 외톨박이 스타일인 그 애가 땀 냄새 진동하는 탁한 공기 속에 매몰되어 버린다.

그렇다. 그 애는 적응하지 못했고, 으레 그렇듯이 모든 낯선 것을 배척해 버리는 장면 가운데서 이물질로 남아 있었다. 터

키인에 대한 증오, 심심풀이로 해 대는 흑인에 대한 험담, 그
리고 외국인 노동자들을 싸잡아서 욕설을 퍼붓는 행위를 그
에게 바랄 수는 없었다. 그러므로 그의 강연은 폭력을 호소하
는 메시지를 담고 있지 않았다. 다보스에서의 살인을 묘사하
는 그 애의 강연은 범죄 동기를 밝히려는 형사와도 같이 냉정
하게 그 모든 세부적인 부분들까지 파헤쳤다. 그러면서 그 애
는 자신의 웹사이트에 게시된 것처럼 살인을 교사한 배후 용
의자들, '세계 유대인 조직', 그리고 '유대족의 금권 정치'라는
말을 했다. 하지만 '유대인 돼지들'이나 '뒈져라, 유다!' 같은
욕설은 그의 강연 원고에 들어 있지 않았다. '1937년 이래로
순교자를 추모하기 위한 높다란 화강암 비석이 서 있었던 바
로 그 자리', 즉 슈베린의 호숫가 남쪽에 추모비를 재건립하자
는 요구도 그 애는 보통의 민주주의적인 관례를 존중하는 예
의 바른 제안 형태로 제기하였다. 하지만 그 애가 그 자리에서
이번 건과 관련하여 메클렌부르크 주 의회에 시민청원을 하
자고 제안했을 때, 청중은 조롱 섞인 폭소로 답변했다고 한다.
어머니가 그 자리에 없었던 것은 실로 유감이다. 코니는 그래
도 개의치 않고, 즉시 출범 이후의 그 배에 관해서 보고하기
시작했다. 그가 '카데에프 단'의 의미와 목적에 대해 소개할
때는 청중이 지루해했다. 반면에 국방군 부대와 해군이 노르
웨이와 덴마크를 점령하는 동안에 있었던 개조된 병원선 투
입에 대해 보고할 때는 맥주를 들이켜는 술꾼들 사이에서 약
간 주목을 받았다. 특히 몇몇 '나르비크 영웅들'이 그 배에 실
린 부상자들에 포함되어 있었기 때문이다. 하지만 프랑스 출

정에서의 승리 이후에 '바다사자 작전', 즉 영국 점령과 더불어 구스틀로프호를 병력 수송선으로 투입한 것과 관련된 이야기가 나오지 않고, 즉시 그 배가 지루하게 고텐하펜 항에 정박해 있던 때에 대한 보고가 나오자, 그 지루함은 청중에게로 전염되었다.

내 아들은 강연을 끝까지 마무리 지을 수 없었다. "그만해!"라든지 "헛소리 집어쳐!"라는 고함 소리와 맥주병으로 쿵쿵 두들기는 소음 때문에, 그 애는 그 배에 닥쳐올 운명, 침몰에 이르는 과정을 짧게 추려 버리고 곧바로 어뢰에 의한 격침으로 보고를 끝내고 말았다. 코니는 그러한 사태를 침착하게 참아 냈다. 어머니가 그 현장에 없었던 게 얼마나 다행인가. 곧 열여섯 살이 되는 그 애가 스스로를 달랬으리라. 결국 그 애에게 인터넷은 언제나 개방되어 있지 않은가. 그 후 스킨헤드 족들과 교류를 계속했다는 증거는 없다.

그는 스킨헤드 족과는 맞지 않았다. 그 직후 코니는 자기가 다니는 김나지움 교사들과 학생들 앞에서 발표할 보고문을 준비하기 시작했다. 일이 그렇게 돼 버리고 말았지만 청중이 그 애의 강연을 거부하게 되는 과정에 대해서는 앞으로 설명하고, 우선은 전쟁 동안의 구스틀로프호에 대해서 보고하겠다. 병원선이 되었지만 보급이 제대로 이루어지지 않았기 때문에, 구스틀로프호는 다시 개조되어야만 했다.

그 배의 내장이 끄집어 내어졌다. 1940년 11월 말에는 방사선 장비들이 사라졌다. 수술실들이 해체되었고, 응급실도 마찬가지였다. 선상에서는 간호사들이 더 이상 활동하지 않았고, 열을 지어 있는 병상들도 없어졌다. 민간인 승무원 상당수와 함께 의사와 위생병 들이 해고되거나 다른 배로 전출되었다. 기관사들 중에는 기관실을 맡은 정비 근무자만 남았다. 그때부터는 수석 의사 대신에 해군 소령 잠수함 사관이 지휘권을 맡았다. 제2 잠수함 교육 함대의 사령관으로서 그는 '떠 있는 병영'으로 정박하고 있는 병영선 및 훈련선 기능에 대해 결정하였다. 선장 베르트람은 선상에 머무르긴 했으나, 별도로 표시할 항로는 없었다. 그는 내 앞에 놓인 사진들에서는 위풍당당하게 보이지만, 근무 대기 중인 제2 순위 선장이었다. 상선대에서 근무했던 노련한 선원에게는 군대의 지침을 따르는 게 어려웠다. 그것도 모든 것이 바뀌어 버린 선상에서 말이다. 로버트 라이의 사진 대신에 액자에 넣은 해군 대장의 사진들이 걸려 있었다. 아래쪽 산책 갑판의 끽연실은 사관실로 변했다. 넓은 식당들은 하사관과 병사용으로 이용되었다. 배 앞쪽에는 나머지 민간인 승무원들을 위한 휴게실이 마련되었다. 구스틀로프호는 한때 폴란드의 항구 도시였던 그디니아의 — 전쟁 발발 이후 고텐하펜으로 불렸다. — 부두 중 하나에 더 이상 계급 차별 없이 정박해 있는 것이 아니라, 그곳에서 몇 년간 움직이지 않고 제자리를 지키고 있었다.

교육 함대 소속 4개 중대가 선상에서 살았다. 인터넷에서 아주 충실하게 인용되고 그림 자료도 첨부되어 널리 퍼지게 되었던, 지금 내가 입수하고 있는 서류들 — 내 아들은 지금은 내 것이 된 자료를 사용하였다. — 을 보면 해군 소령인 빌헬름 찬이 노련한 잠수함 함장으로서 지원병들의 엄격한 훈

런을 책임지고 있었음이 분명히 드러난다. 점점 더 어린 나이에 입대하게 되는 잠수함 수병들은 — 전쟁 마지막 무렵에는 열일곱 살에 입대한 수병도 있었다. — 석 달 동안 선상에 머물렀다. 그러고 나서 그들 중 다수가 죽음을 맞이하게 될 것은 명백했다. 대서양에서든 지중해에서든, 그리고 나중에는 무르만스크로 향하는 최북단 항로 — 이 항로에서는 미국 호송 선단이 소비에트 연방에 제공할 군수 물자를 싣고 항해하고 있었다. — 에서든 상관없이 말이다.

1940년, 1941년, 1942년이 지나가는 동안에는 뉴스 속보에 값할 만한 승리들이 이어졌다. 죽음에 지원한 병사들에 대한 교육, 훈련 요원과 나머지 승무원 들이 앞다투어 지원하는, 위험 없는 편안한 후방 근무를 제외하고는 그 배 선상에서는 — 선상 영화관에서는 우파[33] 영화사가 제작한 옛날 작품과 새 작품 들이 상영되었고, 동부 전선에서는 포위 전투에서 패배하고 리비아의 사막에서는 아프리카 군단이 토브루크를 점령했던 동안 — 아무 일도 일어나지 않았다. 다만 해군 제독 되니츠가 고텐하펜 옥스회프트에 방문차 나타났던 사건 — 그것도 사건이라고 한다면 — 을 제외한다면 말이다. 물론 그 일과 관련해서는 공식 사진만 몇 장 남아 있을 뿐이다.

1943년 3월의 일이었다. 그때 스탈린그라드는 이미 함락되었다. 모든 전선에서 독일군이 밀리고 있었다. 제국에서의 제공권(制空權)을 오래전에 상실했기 때문에, 여기에서도 전쟁

---

33) 1917년에 창립된 독일 최대의 영화사이다.

이 목전으로 다가왔다. 하지만 가까이에 있는 단치히 시가 아니라 고텐하펜이 제8 미국 항공단 소속 폭격기 편대들의 목표였다. 병원선 슈투트가르트호는 전소되었다. 잠수함 호위정 '오이펜'은 침몰되었다. 예인선 여러 대, 핀란드 기선 한 척, 스웨덴 기선 한 척이 적중탄을 맞고 가라앉았다. 도크에 있던 화물선 한 척은 손상을 입었다. 하지만 구스틀로프호는 우현 외벽이 찢어지는 정도로 그쳤다. 항만 가까이에서 터진 폭탄이 손상의 원인이었다. 배는 도크에 올려져야 했다. 그 후 '떠다니는 병영'은 단치히 만에서 시험 항해 결과 여전히 쓸 만한 것으로 드러났다.

그동안 배를 지휘하는 선장은 더 이상 베르트람이 아니고 카데에프 시절에 이미 이 배를 맡은 경험이 있는 페테르젠이었다. 더 이상 승리는 없었고 모든 동부 전선에서 전황이 급속도로 악화되었다. 리비아 사막에서도 철수해야 했다. 융단 폭격으로 도시들이 붕괴되었다. 그러나 단치히에서는 모든 합각머리와 탑 들이 무사했다. 랑푸르 교외 지대에 있는 한 목공소에서는 막사에 사용될 창문과 문 들이 아무 장애도 없이 만들어지고 있었다. 뉴스 속보뿐 아니라 버터와 고기와 계란, 그리고 콩도 모자랐던 그 무렵에 툴라 포크리프케는 전차 차장으로서 전시 복무를 하게 되었다. 그녀는 처음으로 임신을 하게 되었지만 태아를 잃고 말았다. 랑푸르와 올리바 사이에서 전차가 달리는 동안 반복적으로 매번 정거장에 도착하기 직전에 고의로 뛰어내렸던 것이다. 어머니는 이 일을 마치 운동 연습이라도 한 듯이 내게 말해 주었다.

그리고 또 다른 무엇이 그 사이에 일어났다. 다비드 프랑크 푸르터는, 스위스가 여전히 강력한 이웃 국가에 점령될까 두려워하고 있었을 때, 쿠르의 감옥에서 나와 벨쉬란트에 있는 교도소로 이송되었는데, 이유인즉 경호 때문이었다. 그리고 250톤급 잠수함 M96의 함장 마리네스코는 3급 선장으로서 새로운 잠수함을 지휘하게 되었다. 이 년 전에 그는 수송선 한 척을 침몰시켰는데, 그 배는 그의 보고에 따르면 7000톤급이었고, 소련 함대 지휘부의 보고에 따르면 800톤급일 뿐이었다고 한다.

마리네스코가 멀쩡한 정신일 때나 만취했을 때나 늘 꿈꾸어 왔던 새로운 잠수함 S13은 스탈린급에 속했다. 운명에 의해서, 아니, 우연이, 아니, 베르사유 조약의 엄격한 제한 조건들이 그가 현대식으로 무장한 그 배를 맡는 데 공헌했는지도 모른다. 왜냐하면 1차 세계 대전이 끝난 후 독일제국은 잠수함 건조를 금지당했기 때문에, 킬에 있는 크루프 게르마니아 조선소와 선박 기계 회사인 A. G. 브레멘이 그들의 계획에 따라 그리고 제국 해군의 위임을 받아 헤이그에 있는 '엔지니어 칸토르 포어 쉽스바우' 사로 하여금 최고의 기술 수준으로 원양 선박을 설계하도록 했다. 독일과 소련의 합작으로 새로 건조된 선박은 나중에 그전의 다른 스탈린급 선박들처럼 소련에서 진수되었으며, 독일의 러시아 침공 직전에 발트 해 적기 함대에 투입되었다. S13은 핀란드 항구 투르쿠에 있는 스몰니 함대 기지를 떠날 때면 언제나 어뢰 열 발을 장착하였다.

선박에 관한 해박한 지식을 자신의 웹사이트에서 늘어놓는 내 아들은 네덜란드에서 설계된 이 잠수함에서 '독일적인 고도의 정밀 작업'이 그 진가를 발휘했다는 견해를 표명하였다. 그럴지도 모른다. 어쨌든 함장 마리네스코는 포머른의 앞바다에서 '지크프리트'라는 원양 예인선 한 척을 세 발의 어뢰로 적중하지 못한 후에 대포를 쏘아 침몰시키는 데 성공했다. 물위로 떠오르자마자 10센티미터 선수포(船手砲)가 불을 뿜었던 것이다.

이제 그 배를, 공습만 없다면 어느 정도 안전했던 장소에 있도록 내버려 두도록 하고, 그 대신 게걸음으로 나의 사적인 불행에 대한 이야기로 돌아가기로 한다. 그래, 콘라트가 처음부터 의도적으로 잘못된 길로 들어선 것은 분명 아니었다. 내 생각으로는 그 애가 사이버 공간의 체조 선수로서 행했던 무해하고 유치한 장난질이 도화선이 되었던 것 같다. 예컨대 그 애는 선전의 필요성 때문에 싼값으로 가능했던 카데에프 여행을 오늘날의 단체 관광 상품, 소위 말하는 '꿈의 선박'을 타고 카리브 해에서 선박 유람 여행을 할 수 있는 티켓의 가격과 비교하거나 TUI[34] 관광 상품과 비교했다. 그러면 '계급 차별 없이' 노르웨이 항로에 오른 구스틀로프호와 노동전선의 다른 배들이 언제나 좋은 점수를 받게 되는 것은 당연지사였다. 이거야말로 진정한 사회주의라며, 그 애는 자신의 웹사이트에서 환호성을 질렀다. 공산주의자들은 독일 민주주의 공화국에서 그와 비슷한 것을 이끌어 내 보려고 헛발질만 했다는 것

---

34) 독일 최대의 여행사이다.

이다. 그의 말에 따르면 유감스럽게도 그 시도는 성공하지 못했다. 뤼겐 섬에 있는 거대한 카데에프 시설 프로라를 ─ 평화시에 휴양객 2만 명을 수용할 수 있도록 설계되었다. ─ 전쟁이 끝난 후에 완공하지 않았기 때문이다.

"이제." 하고 그가 촉구했다. "카데에프 잔해는 보호 문화재로 지정되어야 한다!" 그러고 나서는 서투른 초심자의 방식으로 그가 꾸며 낸 ─ 나는 오랫동안 그렇게 생각했다. ─ 대화 상대자인 다비드와 함께 민족주의적일 뿐만 아니라 사회주의적인 민족공동체의 미래와 관련된 논쟁을 벌였다. 그는 그레고르 슈트라서뿐만 아니라 로버트 라이도 인용했는데, 이 라이의 이념에 대해 그 애는 평점 '수'를 주며 칭송했다. 그 애는 "건강한 민족공동체"라는 말을 했고, 그에 대해 다비드는 "사회주의적인 무차별주의"라고 경고하면서 라이를 "시도 때도 없이 술에 취해 있는 허풍선이"라고 불렀다.

나는 그저 조금 흥미로울 뿐인 중언부언을 바라보고만 있다가 다음과 같은 사실을 깨달았다. 즉 내 아들이 '카데에프'라는 놀라운 업적을 미래 프로젝트로서 열광적으로 강조하면 할수록, 그리고 마찬가지로 사회주의적인 휴양 천국을 꽃피우기 위해 노동자 농민의 국가가 시행하는 노력들을 그 단점들에도 불구하고 칭송하면 할수록, 더욱더 곤혹스럽게도 그 애에게서 어머니의 목소리가 들려오는 것이었다. 내가 코니의 채팅 방으로 들어서는 순간 이미 영원한 과거 속에 살고 있는 어머니의 확고부동한 음성이 들려왔다.

그런 식으로 어머니는 한때 나와 다른 사람들을 선동했다.

내가 서쪽으로 넘어가기 전 시절에 나는 그녀가 최후의 스탈린 추종자로서 우리 부엌 식탁에서 큰소리로 호언장담하는 것을 들은 적이 있다. "여러분께 말씀드리지요, 친애하는 동지 여러분, 우리의 발터 울브리히트[35]가 아주 어렸을 때 목공 견습생으로 일을 시작했던 것처럼 나도 처음에는 목공 일을 배우면서 아교풀 냄새를 풍겼더랬지요……."

나중에 제1서기가 퇴장하자 그녀는 역정을 냈다고 한다. 내가 공화국에서 도주했기 때문이 아니라, 그녀가 울브리히트의 후계자를 '약골 기와장이'라고 욕하면서 도처에서 개량주의자들의 냄새를 맡았기 때문이다. 그리고 당 집회에 초빙되어, 빌헬름 구스틀로프라는 인물을 시오니즘의 희생자라고 하면서 이렇게 말했다고 한다. "……그처럼 비극적으로 살해된 사람은 우리 아름다운 슈베린 시가 낳은 아들이었지요."

그럼에도 어머니는 자기 지위를 유지할 수 있었다. 그녀는 애정의 대상인 동시에 두려움의 대상이었다. 여러 차례 표창을 받은 모범 노동자로서 그녀는 할당량을 늘 성공적으로 달성했고, 구스틀로프 거리에 있는 인민 소유의 가구 콤비나트에서 그녀의 목공 작업반을 끝까지 이끌었다. 그녀는 또한 여성 목공 견습생들의 지분을 20퍼센트 이상 올리기도 했다.

그 후 노동자와 농민의 국가가 사라지고 나서 — 도시나 시골이나 마찬가지로 — 베를린의 트로이한트[36] 신탁관리공사

---

35) 동독의 제1서기이다.
36) 독일 통일 직후 구동독 기업의 매각을 관장한 신탁관리 공사이다.

가 슈베린에 지점을 열었을 때, 어머니는 인민 소유 케이블 공장, 플라스트 기계 공장과 그 밖의 대기업들, 즉 선박 부속품을 생산하는 클레멘트 고트발트 공장과 심지어는 이전에 그녀가 근무했던 인민 소유 가구 공장들의 청산과 사유화 작업에 관여했다고 한다. 하여간 어머니는 동독에서 대청산 작업이 시작되었을 때, 헐값으로 매입하는 과정에 참여하면서 손해를 입지는 않은 것 같다. 왜냐하면 어머니는 새 화폐가 통용되자마자, 연금 수혜자의 혜택도 덤으로 받았기 때문이다. 그리고 어머니가 내 아들에게 값비싼 주변 기기들과 함께 컴퓨터를 선물했지만, 그 때문에 그녀가 궁핍해지지는 않았다. 그러한 관대함의 원인을 ─ 어머니는 나에 대해서는 상당히 인색한 편이었다. ─ 나는 독일 연방의 언론에는 아무 반향도 일으키지 않았지만 코니에게는 결정적인 계기가 되었던 저 사건 때문이라고 생각한다.

생존자 모임에 대해 언급하기 전에 나는 그 어떤 곤혹스러운 사건을 먼저 보고해야만 한다. 자신의 툴라에 대해 지나치게 흠집 하나 없는 일관된 상을 만들어 왔던 그 사람[37]은 그 사건에 대해 그만 못 본 척하라며 나를 달래고 싶어 한다. 1990년 1월 30일, 그 저주받은 날짜가 잊힐 만한 때에 ─ 도처에서 「독일, 통일된 독일」 멜로디에 맞추어 춤을 추고 모든 동독인이 독일 마르크에 홀딱 반해 있었기 때문이다. ─ 어머니는 자기 방

---

37) 귄터 그라스를 가리킨다.

식대로 적극적인 행동에 나섰다.

슈베린 호수의 남쪽 호반에 쥐색 2층 건물인 유스호스텔 하나가 외따로 떨어져 낡아 가고 있었다. 그 건물은 1950년 대 초에 지어졌고 쿠르트 뷔르거라고 불렸는데, 이 사람은 전쟁 직후에 검증된 반파시스트주의자로서 모스크바에서 파견되었고 메클렌부르크에서는 단호한 조처로 여러 업적을 남긴 늙은 스탈린주의자였다. 이 '쿠르트 뷔르거' 유스호스텔 뒷편에 어머니가 줄기 긴 장미꽃 다발 하나를 놓아두었는데, 그 장소는 한때 순교자를 기리기 위한 커다란 화강암 비석이 호수를 향한 채 서 있었던 곳이라고 한다. 그녀는 어두운 밤 10시 18분에 그렇게 꽃다발을 갖다 놓았다. 어쨌든 그녀는 나중에 자기 친구 예니와 나에게 자신이 야밤에 한 행동에 대해 정확한 시간 기록을 대면서 이야기해 주었다. 혼자서 그녀는 겨울 동안 비어 있는 유스호스텔 뒤편에서 손전등을 가지고서 그 장소를 찾았다고 한다. 분명치 않아 오랫동안 망설였지만, 구름 덮인 하늘 아래 보슬비마저 내리는 가운데 그녀는 바로 여기다 하고 확신했다는 것이다. "내가 구스틀로프 때문에 꽃을 들고 간 건 아니었어. 그는 암살당한 많은 나치들 중 한 사람일 뿐이지. 그래, 나는 그 배와 그때 얼음같이 찬 바다에 빠져 죽은 그 어린것들 때문에 정확하게 10시에 흰색 장미꽃 다발을 갖다 놓았어. 사십오 년이 지나서야 실컷 울어나 본 거지……"

오 년 후에 어머니는 이제 더 이상 혼자가 아니었다. 쇤 씨와 발트 해의 담프 휴양소 관리국 그리고 '해상 구호청' 소속 사람들이 초대장을 보냈던 것이다. 십 년 전에도 같은 장소에서 생존자 모임이 있었다. 당시에는 아직까지 장벽과 강철 철조망이 있었기 때문에 동독 쪽에서는 아무도 참석할 수가 없었다. 그러나 이번에는 오랫동안 국가에 의해서 침묵을 강요당했던 그 배의 침몰과 관계 있는 사람들이 참석하게 되었다. 통일되어 새로운 연방의 주에서 온 손님들은 특히 진심 어린 환영을 받았다. 생존자 간에 오씨[38]니 베씨[39]니 하는 구분은 없어야 했다.

휴양소 대연회장에는 무대 위로 현수막이 하나 걸려 있었는데, 거기에는 한 줄 한 줄 분명히 알아볼 수 있는 커다란 글씨로 이렇게 씌어 있었다. '빌헬름 구스틀로프호 침몰 50주기 추도식, 1995년 1월 28일에서 30일까지 발트 해 담프 휴양소에서.' 그런데 이 날짜가 동시에 1933년 히틀러의 대권 장악, 그리고 다비드 프랑크푸르터의 — 그는 유대 민족에게 하나의 신호를 보내기 위해서 그렇게 했다. — 총격을 받아 죽은 구스틀로프의 생일을 기억 속에 떠올리게 했다는 우연한 상황은 공식적으로는 언급되지 않았다. 하지만 커피를 마시면서든, 행사 중간 휴식 시간이든 아니면 이런저런 소규모 대화 모임에서든 나직이 소리를 낮추어 지나가는 말로 언급되었다.

어머니는 나더러 그 모임에 참석할 것을 종용했다. 그녀는

---

38) 서독 사람들이 동독 사람을 얕잡아서 부르는 말이다.
39) 동독 사람들이 서독 사람을 비하하며 부르는 말이다.

반박할 수 없는 논거를 대면서 내게 말했다. "너도 이제 쉰이 되었는데 말이지……." 그녀는 우리의 아들 코니도 초대했는데, 가비가 반대하지 않았기 때문에 그 애는 마치 노획물인 양 딸려왔다. 어머니는 옅은 황색 트라반트를 몰고 도착했는데, 이곳 담프의 메르세데스와 오펠 자동차 사이에서 하나의 구경거리가 되었다. 나로 만족하고 코니에게는 제발 넋두리를 늘어놓지 말아 달라고 미리 부탁한 말을 그녀는 흘려듣고 말았다. 아버지로서 그리고 그 밖의 것에서도 나는 자격 없는 인물이었다. 왜냐하면 다른 모든 일에서는 서로 견해가 다른 어머니와 내 전처가, 나라는 인물의 평가에서는 의견 일치를 보았기 때문이다. 그녀가 흔히 말하듯이 어머니에게 나는 '칠칠맞지 못한 녀석'이었고, 가비로부터는 기회가 있을 때마다 무능한이라는 소리를 들었다.

그러므로 담프에서 보낸 이틀하고 반나절이 나에게 고통의 연속이었다고 해서 그리 놀랄 일은 아니었다. 멍청하니 서 있으면서 굴뚝처럼 담배 연기만 뿜어 댔다. 저널리스트로서 나는 물론 르포나 최소한 짧은 보고문 정도라도 쓸 수 있었다. 아마도 휴양소 측 사람들은 나에게서 그런 기사를 기대했을지도 모른다. 왜냐하면 어머니가 처음에 나를 "《슈프링거》기자인데 자기 신문을……."이라는 식으로 소개했기 때문이다. 나는 반박하지 않았다. 다만 "현재 날씨는"이라는 문장을 제외하고는 단 한 자도 쓰지 않았다. 내가 무슨 자격으로 보고문을 쓴단 말인가? '구스틀로프호의 아들'로서? 아니면 직업상 국외자로서?

어머니는 모든 것에 척척 대답했다. 그녀는 모인 사람들 가운데서 생존자 몇 명을 다시 알아보았고 어뢰정 뢰베호의 옛 승무원들도 즉흥적으로 어머니에게 말을 걸어왔기 때문에, 기회가 날 때마다 나를 《슈프링거》 기자로보다, '불행 중에 태어난 아이'로 소개했다. 그리고 물론 그녀는 빠뜨리지 않고, 비록 프로그램상 조용한 추도 시간을 갖는 것으로 되어 있지만 마침 30일이므로, 나의 쉰 번째 생일을 축하해 줄 만하지 않으냐고 암시했다. 침몰되기 전에 그리고 그 며칠 후에도 아이들 몇 명이 태어났다고 하지만, 29일에 태어난 한 사람을 제외하고 나와 동년배는 담프 휴양소에서 찾아볼 수 없었다. 당시에 아이들은 거의 구조되지 못했기 때문에 지금 참석자 중에는 노인만이 압도적인 다수를 차지했다. 조금 젊은 축에 드는 경우로는 엘빙 출신으로 당시 열 살이었던 사람이 있었다. 지금 캐나다에서 살고 있는 이 사람은 휴양소 관리국으로부터 청중 앞에서 자신이 구출된 과정을 세세하게 보고해 달라는 요청을 받았던 것이다.

대체로 납득할 만한 이유 때문에 불행의 목격자들은 점점 더 줄어들었다. 1985년도 모임까지만 해도 생존자와 구조자가 500명 이상 모였다. 하지만 이번에는 잘해야 200명 정도였는데, 바로 그 점 때문에 어머니가 추모식이 거행되는 동안에 나에게 귓속말로 이렇게 말했던 것이다. "곧 우리 중에 아무도 살아 있지 않을 테지. 너 빼고 말이야. 하지만 넌 내가 벌써부터 이야기해 온 모든 것들을 기록으로 남길 생각도 안 하지."

덧붙이자면, 나는 베를린 장벽이 무너지기 오래전에 우회로를 통해 그녀에게 하인츠 쉰의 책을 보낸 적이 있었는데, 사실인즉 그녀의 들볶아 대는 욕설에서 벗어나고 싶어서였다. 그리고 담프에서의 모임 직전에 나는 그녀에게 문고본 한 권을 전해 주었는데, 영국인 세 명의 저작으로 울슈타인 출판사에서 간행한 것이었다. 하지만 나도 인정하는 바로, 그 배에 닥친 재앙에 대해 상당히 객관적이긴 하지만 너무 냉담한 입장에서 쓰인 그 책이 그녀 마음에 들 수는 없었다. "죄다 직접 겪어 보지도 못한 사람들이 쓴 거야. 가슴에서 우러나오는 게 아니야!" 그러고 나서 내가 그로서드레쉬에 있는 그녀 집에 잠시 방문했을 때 그녀가 말했다. "좋아, 내 새끼 콘라트가 언젠가는 그 일에 대해서 쓸 테지……."

그래서 그녀가 콘라트를 담프로 데려가게 되었던 것이다. 그녀는 도착했다. 아니, 발목까지 닿고 목을 가리며, 짧게 깎은 흰머리를 돋보이게 하는 검정색 벨벳 옷을 입고 등장했다. 그녀는 서 있거나 커피와 과자를 먹으면서 앉아 있거나, 언제나 중심인물이었다. 그녀는 특히 남자들을 끌어당겼다. 알다시피 언제나 그래 왔던 대로다. 그녀의 학교 동창인 예니는, 젊은 시절에 어머니에게 홀딱 빠져 들러붙어 있었던 모든 젊은 애들에 대해 이야기해 주었다. 그리고 어머니는 어린 시절부터 아교풀 냄새를 풍겼다고 한다. 그리고 나도 주장하는 바이지만, 담프에서조차도 그 냄새가 나는 것처럼 느껴졌다.

대개는 검푸른 색 양복을 입은 노인들 사이에서 그녀는 검정색 옷을 입고 마르고 강인한 모습으로 서 있었다. 살이 찐 백발 노인들 중에는 해군 대위로서 어뢰정 T36의 함장이었던 사람도 있었는데, 그 배 승무원들이 몇백 명의 조난자들을 구출했던 것이다. 그리고 침몰한 배에서 살아남은 장교도 있었다. 특히 어뢰정 뢰베호 승무원들은 어머니를 생생하게 기억했다. 마치 그 남자들이 어머니를 기다리고 있지나 않았나 하는 생각조차 들었다. 그들은 은근히 처녀 행세를 하는 어머니를 둘러싸고서 그녀로부터 떨어지지 않았다. 나는 어머니가 킥킥거리면서 웃는 소리를 들었고, 팔짱을 끼고 잰 체하는 모습을 보았다. 하지만 침몰 동안의 나와 나의 탄생에 대해서는 이야기하지 않았고, 오히려 코니가 화제에 올랐다. 어머니는 연로한 남자들에게 내 아들을 자기 아들인 양 소개했다. 나는 거리를 유지했는데, 뢰베호 노병들로부터 질문을 받고 싶지 않았으며, 더더군다나 칭송은 받고 싶지 않았다.

약간 거리를 두고 보니, 수줍어하는 소년 이라고 알고 있었던 코니가 아주 자신감에 차서, 할머니가 자신에게 기대하는 역할을 해내는 것이 눈에 띄었다. 그 애는 간결하지만 분명하게 답변하고 질문하고 귀기울여 듣고 천진난만한 웃음도 감히 터뜨렸으며 심지어는 사진기를 의식해서 멈추어 서기도 했다. 열다섯 살쯤 된 나이에 — 3월이면 만으로 열다섯이 된다. — 그 애는 조금도 어린애 티가 나지 않았다. 오히려 그 애를 저 불행의 내막을 속속들이 같이 아는 사람, 그리고 — 나중에 사실로 드러났지만 — 어떤 배의 전설을 전도하는 사람으로 만들려는 어머니의 의도를 감당할 만큼 성숙해 보였다.

그때부터 모든 것은 그 애를 중심으로 돌아갔다. 생존자 모임에는 침몰하기 전날 구스틀로프호에서 태어났던 사람도 그 자리에 있었고 나와 마찬가지로 작가인 쇤으로부터 책 한 권을 증정받았는데도 — 그 어머니들은 무대에서 영예를 누렸다. — 나에게는 그 모든 일이 내 아들에게 의무를 부여하기 위해 일어나는 것처럼 생각되었다. 우리의 코니가 미래의 총아로 떠올랐다. 사람들은 그 애가 생존자들을 실망시키지 않으리라고 확신했다.

어머니는 그 애를 검푸른 색 양복 속으로 밀어넣었다. 그리고 교직원용 넥타이를 지정해서 매도록 했다. 곱슬머리에 안경을 낀 그 애는 마치 견진 성사를 받는 소년과 대천사의 혼합물 같은 모습이었다. 그 애는 선교라도 하는 것처럼, 그 어떤 숭고한 것을 곧 공포하는 것처럼, 그 어떤 깨달음이라도 받은 것처럼 등장했다. 어뢰들이 배에 명중한 것을 애도하는 추도 예배 시간에, 누구의 제안에 따라 콘라트가 제단 옆에 매달려 있는 종을 — 1970년대 말에 폴란드 잠수부들이 폐선박 선미 쪽 상갑판에서 건져 낸 것이었다. — 울렸는지 나는 모른다. 이제 생존자 모임을 맞이해서 발굴선 스츠크발호 승무원들이 그 종을 폴란드와 독일 간 친선 관계에 대한 표시로 증정했던 것이다. 하지만 추도 예배를 마치면서 그 종을 망치로 세 차례 두들길 수 있었던 사람은 쇤 씨였다.

배가 가라앉았을 때 구스틀로프호의 재정관 조수는 열여덟 살이었다. 나는 그 재난 후에 힘들게 찾아낸 거의 모든 것을 수집하고 조사했던 그 사람이 담프에서 별다른 대접을 받지 못했다는 사실을 숨기고 싶지 않다. 그가 기념 행사 시작과 더불어, '러시아인 관점에서 본 1945년 1월 30일 빌헬름 구스틀로프호의 침몰'이라는 강연을 하면서, 연설 중간에 자신이 조사를 위해서 소련을 얼마나 자주 방문했는지 그리고 심지어는 잠수함 S13의 승무원과 만났고, 더욱이 함장 지시에 따라 어뢰 세 발을 쏘았던 저 블라디미르 쿠로츠킨과 친근한 관계이며, 또 그 노인과 악수를 나누는 사진까지 찍었다는 사실이 드러나자, 그는 ── 나중에 하인츠 쇤은 그 점에 대해 조심스럽게 말했다. ── "몇 명의 친구를 잃게 되었다는 것이다."

강연이 끝나자 사람들은 그를 못 본 체했다. 이후 많은 청중들은 그를 러시아의 동지로 여겼다. 그들에게 있어서 전쟁은 아직 끝나지 않았던 것이다. 그들에게 있어서 러시아인은 이반이었으며, 세 발의 살인 무기였다. 하지만 블라디미르 쿠로츠킨에게 있어서 그 배는 자신의 관점에서 보면, 자기 조국을 침공했고 후퇴하면서 불에 타 버린 대지만을 남겨두었던 나치들로 가득 찬, 이름 없이 침몰하는 배에 지나지 않았다. 그는 하인츠 쇤의 책을 보고서야 비로소 어뢰 공격 후에 4000명 이상의 아이들이 익사하고 얼어 죽거나 배와 함께 물속 깊이 가라앉아 버렸다는 사실을 알게 되었던 것이다. 그리고 이 승무원은 오랫동안 반복해서 그 아이들 꿈을 꿨다고 한다.

침몰한 배에서 건져 낸 선박용 징을 두들기도록 허락받음으로써 하인츠 쇤에게 가해졌던 모욕은 어느 정도 경감되었다. 그러나 구스틀로프 연구자와 함께 어뢰 발사자를 하나의 사진 위에 나란히 찍어 그의 홈페이지에 실어 전 세계에 소개한 내 아들은, 그 여파로 민족들을 서로 결집한 비극의 세세한 부분을 논평하면서 그처럼 명중률이 높은 잠수함을 누가 만들었는지 은근히 암시하였다. 즉 그는 "독일적인 고도의 정밀 작업"을 강조하면서, 독일의 건조 설계도에 따라 제작된 잠수함 덕택으로 소련이 슈톨페방크 해역에서의 작전을 성공시킬 수 있었다고 주장하기까지 했다.

그런데 나는? 추모 예배가 끝난 후에 나는 밤의 어둠으로 덮인 바닷가로 슬쩍 사라져 이리저리 거닐었다. 혼자서 아무 생각도 없이. 바람이 불지 않았기 때문에 발트 해도 흐릿하고 맥 빠지는 소리로 철썩거리고 있었다.

5

그 노인[40]은 그 문제 때문에 괴로워한다. 그는 동프로이센 피란민의 참상을 기록하는 것이 원래 자기 세대 과제가 아니었겠느냐고 말한다. 엄동설한 속 서쪽으로의 행렬, 눈보라 속에서의 죽음, 길가에서의 비참한 죽음, 얼어붙은 석호가 폭탄 투하와 마차 무게 때문에 깨어지기 시작했을 때 얼음 구덩이에 빠져 맞은 개죽음. 그런데도 하일리겐바일 쪽으로부터는 점점 더 많은 사람들이, 러시아인의 복수에 대한 공포로, 끝없는 설원 위를 지나갔다……. 도주……. 백색 죽음……. 자신의 죄가 너무도 크고 그 오랜 세월 동안 참회를 고백하는 것이 너무나 절실한 문제였다는 바로 그 이유 때문에, 그처럼 많은 고통에 침묵을 지켜서는 안 되며, 또한 그 기피 주제를 우파 인

---

40) 귄터 그라스를 가리킨다.

사들에게 내맡겨서도 안 된다. 이러한 태만은 용납되어서는 안 된다…….

글 쓰느라고 지칠 대로 지친 그 노인은 그래서 이제 나를 두고, 그를 대신하여 ── 그의 말대로 하자면 그의 "대리자가 되어" ── 소련군의 독일제국 침공에 대해, 네머스도르프 마을 학살과 그 결과에 대해 보고할 의무를 진 사람을 발견했다고 생각하는 것이다. 그렇다. 나는 단어들을 찾고 있다. 하지만 그가 아니라, 어머니가 나에게 강요한다. 그 노인도 다만 그녀 때문에 끼어든다. 그도 마찬가지로 나에게 압력을 넣으라고 강요를 받았다. 마치 강요에 의해서만 글이 쓰일 수 있기라도 한 것처럼, 이 종이 위에 어머니 없이는 아무것도 쓰일 수 없기라도 한 것처럼 말이다.

그는 그녀를 불가해한 존재, 어떤 판단에 의해서도 확정 지을 수 없는 존재로 보려고 했다. 그는 툴라를 산란하면서도 변함없는 광력(光力)과 같은 존재로 이해하고자 하지만, 지금은 실망하고 있다. 내가 듣기로 그는 살아남은 툴라의 삶이 여성 당 간부가 된다든지 의무 할당량을 억세게 달성한다든지 하는, 그런 진부한 방향으로 나아갈 것이라고는 결코 생각하지 않았다. 오히려 그는 그녀로부터 무정부주의적인 것, 비합리적인 행동, 어떤 특정한 동기도 없는 폭탄 공격, 혹은 차가운 빛 속에서의 경악스러운 통찰력 같은 것을 기대했었다. 그래서 결국 미성년인 툴라는 전쟁 동안 의도적으로 눈을 감고 있는 사람들 사이에서, 카이저하펜 고사포 부대에서 조금 떨어진 곳에 흰빛으로 뭉쳐 있는 덩어리를 인간 뼈로 보고 커다란 목소리로 저기 '해골산'이 있어요!라고 소리쳤던 그런 존재라고 그는 말한다.

그 노인은 어머니를 제대로 알지 못한다. 그렇다면 나는? 나는 그녀를 안단 말인가? 어쨌든 예니 아주머니는 언젠가 나에게 "근본적으로 보면 내 친구 툴라는 수녀의 꿈을 이루지 못한 여자로만 이해될 수 있어. 그러니까 낙인 찍힌 여자지……."라며 그녀라는 존재 혹은 비존재에 대한 일종의 예감을 말했다. 여하간 어머니가 불가해한 존재라는 점에서는 맞는 말이다. 그녀를 당 간부로 자리매김해 버릴 수도 없다. 내가 서쪽으로 가려고 했을 때 그녀는 다만 "그래, 나를 떠나 서쪽으로 가거라."라고 말하면서 밀고하지는 않았다. 그래서 그녀는 슈베린에서 상당한 압력에 시달렸고, 심지어는 슈타지[41]가 그녀 집을 여러 차례 방문하긴 했지만, 증거를 입수하지는 못했다고 한다…….

당시에 나는 그녀의 기대주였다. 하지만 나에게서 일말의 희망도 찾지 못하고 시간만 흐르자, 그녀는 — 장벽이 막 철거된 때였다. — 내 아들을 반죽하며 주무르기 시작했다. 코니가 할머니 손아귀에 들어가게 된 것은 그 애가 겨우 열 살 아니면 열한 살 때였다. 담프에서의 생존자 모임 이래로 — 나는 당시 아무것도 아닌 존재로 주변을 맴돌았지만, 그애는 왕자가 되었다. — 그녀는 그 애에게 피란민 이야기, 소름 끼치는 이야기, 강간에 대한 이야기 들을 잔뜩 들려주었다. 그녀가

---

41) 구동독의 비밀경찰이다.

몸소 체험한 것은 아니었다. 하지만 1944년 10월에 러시아 탱크들이 제국 동쪽 경계선을 넘어 굴러 들어와 골다프와 굼비넨 지역으로 침공했을 때 이후로 도처에서 들려오고 전파되어 공포심을 퍼뜨린 그런 이야기들이었다.

그렇게 되었고, 또 그럴 가능성이 있었다. 대충 일이 그렇게 되었다. 소련군 제2 친위대 침공 후 며칠 만에 네머스도르프 마을을 독일 제4 군단이 탈환됐을 때, 러시아 군인들이 얼마나 많은 여성을 강간한 후 때려죽여 헛간 문짝에 매달아 못질했는지를 냄새 맡고, 보고, 헤아리고, 사진으로 찍어 제국 내 모든 극장에 주간 뉴스로 내걸 수 있었다. T-34 탱크들이 피란민을 따라잡으며 깔아뭉갰다. 총에 맞은 아이들이 앞뜰과 길가 도랑에 널려 있었다. 네머스도르프 근처 농장에서 강제 부역을 해야 했던 프랑스의 전쟁 포로조차 살해되었는데, 들리는 바에 따르면 그 수는 마흔 명이라고 한다.

이런저런 상세한 내용들을 나는 그동안 익히 알려진 인터넷 웹사이트에서 발견하였다. 특히 러시아 작가인 일리야 에렌부르크가 쓴 호소문을 번역문으로 읽을 수 있었는데, 모든 러시아 병사들에게, 파시스트 야수들이 황폐화한 조국을 위해, '어머니 러시아'를 위해 살해하고 강간하고 복수할 것을 촉구하는 내용이었다. www.blutzeuge.de라는 주소로 나에게만 그 정체가 알려진 내 아들은 당시의 공식적인 성명문 어투로 고발했다. "러시아 인간 말종들이 비무장 여성들에게 만행을 저질렀다⋯⋯." "러시아 병사들이 그렇게 날뛰었다⋯⋯."

"이러한 테러는 유럽 전체를 계속해서 위협할 것이다. 만일 아시아인들의 홍수를 댐으로 막지 못한다면……." 덤으로 그 애는 1950년대 독일 기독교 민주당 선거 포스터를 스캔해 놓았는데, 아시아 스타일의 탐욕스러운 괴물 모습이었다.

인터넷에서 전파되어 얼마나 많은 네티즌들이 읽었는지는 모르지만, 이런 문장과 삽화 들은 마치 현재 일어나고 있는 사건을 겨냥하는 것처럼 보였다. 무기력하게 붕괴되는 러시아라든지 발칸 반도와 아프리카 르완다에서의 참상은 언급도 하지 않으면서 말이다. 최신 프로그램마다 넣을 삽화용으로, 내 아들에게는 지난 과거, 시체가 즐비한 들판만으로 족했다. 누가 그 그림들을 불러내어 보았는가와는 상관없이, 그것들은 언제나 공포심을 일으켰다.

다만 내가 말할 수 있는 것은, 네머스도르프 마을이 모든 경악스러운 것의 대명사가 되어 버렸던 그즈음에 러시아적인 것에 대한 관례적인 경멸이 러시아인에 대한 공포로 급변했다는 사실이다. 탈환된 마을 관련 신문 기사, 라디오 논평, 주간 뉴스는 동프로이센에 소련 대공세가 시작되었던 1월 중순 후부터 공황 상태에 이르게 되었던 집단 탈주를 일으켰다. 시골길로 도주하는 가운데 길가에서 비참한 죽음이 시작되었다. 나는 그것을 묘사할 수 없으며, 그 누구도 묘사하지 못할 것이다. 다만 피란민 일부가 항구 도시 필라우, 단치히와 고텐하펜에 도착했다는 정도는 말할 수 있다. 수십만 명은 뱃길로, 점점 다가오는 공포로부터 벗어나려고 했다. 수십만 명이 ― 통계에 따르면 서쪽으로 향한 200만 이상의 피란민이 구출되었다. ── 전투함, 여객선, 그리고 상선 들로 몰려들었다. 그리하여 오 년 전부터 고텐하펜의 옥스회프트 부두에 정박해 있던 빌헬름 구스틀로프호로도 피란민이 몰려들었다.

내 아들처럼 나도 그렇게 간명하게 말할 수 있으면 좋으련만. 내 아들은 자기 웹사이트에서 이렇게 분명하게 언급하였다. "그 배는 러시아의 야수들을 피해 달아나는 소녀와 부인 들, 어머니와 아이 들을 평화롭고 질서정연하게 받아들였다……." 무엇 때문에 그 애는 마찬가지로 배에 탔던 잠수함 수병 1000명과 여성 해군 보조원 370명, 그리고 또 급하게 훈련받은 고사포 사수들에 대해서는 언급하지 않았는가? 그 애는 지나가는 말로 시작 부분에 그리고 마지막 부분에 부상자들도 승선했다는 사실을 언급하였다. "그들 중에는 쇄도하는 적군의 공격에 여전히 맞섰던 쿠를란트 전선 병사들도 있었다……." 하지만 병영선을 항해 가능한 수송선으로 교체하는 것에 대해 묘사하기 시작하면서, 그 애는 밀가루와 분유 몇 킬로, 도살된 돼지 몇 마리가 선적되었는지 엄밀하게 열거하였다. 그러나 제대로 훈련받지도 않고 승무원들을 보충해야 했던 크로아티아 의용군들에 대해서는 침묵했다. 부족한 무선 장비들에 대한 언급, 재난에 대비한 '격벽 차단!' 연습에 대해서도 아무 말이 없었다. 그가 산과(産科) 병동의 용의주도한 설비를 강조한 것은 이해가 간다. 하지만 무엇 때문에 당시 만삭이었던 자기 할머니 상태에 대해 조금이라도 암시하지 않았단 말인가? 그리고 공습 시에 항구에 연막을 뿜기 위해 차출됨으로써 구명보트 열 척이 모자랐다는 것에 대해서, 그리고 그 구명보트들을, 급히 마련해 갑판에 매어 둔 구명용 뗏목 ─ 수용 인원이 적고 압착 케이폭[42]으로 만들었다. ─ 과 교체하였다는 사실에 대해서는 한마디 언급도 없다. 구스틀로프호가 네티즌에게 그저 피란선으로만 알려져야 한단 말인가?

코니는 왜 거짓말을 했는가! 그 애는 왜 자신과 남을 속였는가? 무엇 때문에 그 애는, 그렇게 지독한 꼼꼼쟁이면서, 카데에프 시절 이후 그 배의 터빈 회전용 파도 터널에 이르기까지 그리고 선상 세탁장 가장 후미진 곳까지 살펴볼 수 있었으면서, 적십자 수송선도 피란민으로만 가득 찬 대형 화물선도 아닌 해군 소속 무장 여객선 ─ 거기에 온갖 화물이 빽빽하게 실렸다. ─ 이 부두에 정박해 있었다는 사실을 인정하지 않으려 했단 말인가? 무엇 때문에 그 애는 오래전부터 출판되어 나와 있고, 끊임없이 어제 일을 되새기는 사람들조차도 거의 군말 없이 받아들이는 사실을 부정하였단 말인가? 그 애는 전쟁 범죄를 조작하고 실제 사건을 미화해 독일과 그 밖의 나라 스킨헤드 족을 감명시키고자 했단 말인가? 희생자 수를 완벽하게 계산해 내려는 욕구가 너무도 절실한 나머지, 민간인 선장 페테르젠의 군사 맞수인 해군 소령 찬 ─ 그의 셰퍼드도 포함하여 ─ 은 아예 등장시키지도 않았단 말인가!

나는 다만 무엇이 코니로 하여금 사기를 치게 했는지 짐작만 할 뿐이다. 다름 아니라 명료한 적대자 상(像)에 대한 요구

---

42) 케이폭 나무의 열매를 싸고 있는 솜. 가볍고 물에 젖지 않아 구명구 등의 제작에 사용된다.

이다. 개에 대한 이야기는 어머니가 나에게 하나의 사실로 전해 주었다. 그렇다, 그녀는 어린 시절부터 셰퍼드에 병적으로 집착했었다. 찬은 자기 셰퍼드 하산을 오래전부터 배에 데리고 있었다. 갑판이건 사관실이건 그는 언제나 셰퍼드와 함께 나타났다. 어머니가 말했다. "올라갈 수는 없고 우리가 기다리던 아래쪽에서 잘 볼 수는 있었어. 위쪽에서 그 선장이 난간도 없는 곳에 자기 개와 함께 서서 우리 피란민들을 내려다보았지. 그 개는 거의 우리 하라스처럼 보였어……."

그녀는 부두에서 어떤 일이 벌어졌는지 알고 있었다. "어찌나 밀치고 들어오는지 그야말로 북새통이었지. 처음엔 계단을 올라온 사람들 모두 정식으로 명단을 기록했어. 하지만 그러다가 종이가 떨어졌단다……." 그리하여 수치(數值)는 영원히 불확실하게 된다. 하지만 수치라는 것에 무슨 의미가 있단 말인가? 언제나 나머지를 존중해야 하는 법이다. 6600명은 기록되어 있다. 그들 중에는 대략 피란민 5000명이 포함되어 있다. 하지만 1월 28일 이후 더 이상 셀 수도 없는 인파들이 계단을 올라왔다. 수치에 포함되지 않고 무명으로 남은 사람들이 2000이었을까, 3000이었을까? 대략 그 정도의 식권이 선내 인쇄소에서 추가로 발행되었고, 보조 근무를 지시받은 해군 여성 보조원들에 의해서 배포되었다. 그러한 경우 몇백 명 정도 많고 적고는 중요하지 않았고, 또 지금도 마찬가지다. 정확한 것은 아무도 모른다. 마찬가지로 화물칸에 빽빽하게 쌓아 놓은 유모차 수는 알 도리가 없다. 다만 최종적으로 젖먹이 4500, 아이들, 어린 것들이 배에 있었다는 정도의 계산은 나온다.

마침내 더 이상 태울 수 없게 되었을 때, 또다시 부상병과 여성 해군 보조원 한 무리가 승선했다. 빈 선실도 없고 공간이란 공간에는 모두 매트가 깔려 있었기 때문에, 이 젊은 여성들은 물이 차 있지 않았던 마른 풀장, 즉 해수면 아래 E 갑판에 묵게 되었다.

이러한 장소 배정은 여기에서 반복적으로 강조되고 언급되어야 한다. 왜냐하면 내 아들은 여성 해군 보조원들과 떼죽음 구덩이인 풀장에 대해 끝까지 침묵을 지켰기 때문이다. 그 애는 자신의 웹사이트에서 강간에 대해 장황하게 설명하면서 "러시아 야수들의 손길로부터 벗어나 선상에서 그 순결성을 보호받아야 했던 새파랗게 어린 소녀들"에 대해 정신 나간 듯이 열중하였다.

그 헛소리를 듣는 순간, 나는 물론 아버지임을 드러내지 않고 다시 한 번 행동을 개시했다. 채팅 방이 열려 있을 때 나는 반론을 제기했던 것이다. "당신이 말하는, 궁지에 처한 여자들은 제복을 입고 있었다. 예쁘장한 제복을 말이다. 무릎까지 내려오는 스커트와 꼭 끼는 상의를 입고 있었다. 그들 모두는 순진무구하든 아니든 상관없이 군사 훈련을 받았으며, 그들의 총통에게 서약을 하였다⋯⋯."

하지만 내 아들은 나와 대화를 나누려고 하지 않았다. 기껏해야 그가 만든 논쟁 상대에게 마치 그림책에 나오는 인종 차별주의자처럼 설교하였다. "유대인으로서 너는 칼미크인, 타타르인과 그 밖의 몽고 족이 독일 처녀와 부인 들에게 저지른

능욕이 아직도 나를 고통스럽게 한다는 사실을 영원히 이해하지 못할 거야. 게다가 혈통의 순수함에 대해서 너희 유대인들이 무엇을 안단 말이야?'

아니다. 어머니가 그 애에게 그런 생각을 불어넣었을 수는 없다. 아니면 그럴 수도 있을까? 그로서드레쉬에 있는 어머니집에서 베를린 대학살 추도비 관련 논쟁에 대한 나의 상당히 객관적인 기사를 내가 커피 탁자 위에 놓았을 때 어머니가 내게 말했던 적이 있다. 그녀 삼촌의 목공소 마당에서 사슬에 묶인 개를 상당히 그럴듯하게 그렸다는 소문이 나도는 "주근깨가 잔뜩 있는 뚱뚱한 사내 녀석"이 눈에 띄었다는 것이다. "그녀석은 언제나 그런 우스꽝스러운 걸 생각해 내는 유대인이었어. 아버지가 알던 대로 그 녀석은 그저 반쪽 유대인이었던 게야. 아버지는 암젤이라는 그 반쪽 유대인을 우리 마당에서 내동댕이치기 전에 큰소리로 그렇게 말했어……."

30일 오전에 어머니는 그녀 부모와 함께 승선하는 데 성공했다. "마지막 순간에 우리는 겨우 올라갈 수 있었지……." 그러는 동안에 짐 일부는 사라져 버렸다. 정오에 닻을 올리고 출항하라는 명령이 떨어졌다. 부두에는 수백 명이 그대로 남아 있었다.

"아버지와 어머니는 물론 내 불룩한 배가 창피스러우셨지. 다른 피란민 누군가가 나에 대해 물으면 어머니가 대답했어. '그 애 약혼자는 전선에서 싸우고 있어요.' 혹은 '서부 전선에서 싸우고 있는 그 애 약혼자하고 원거리 결혼을 하기로 했어

요. 그 사람이 전사만 하지 않는다면 말이지요'. 하지만 내게
는 계속해서 창피해 죽겠다는 말만 하셨지. 그나마 배 위에서
금방 헤어진 건 참 다행한 일이었어. 아버지와 어머니는 아직
자리가 좀 남아 있었던 선복(船腹) 저 아래로 내려가야 했어.
나는 위쪽 임산부실에 있었고……."

하지만 아직은 이야기를 계속 진행할 때가 아니다. 앞으로
나아가기 위해 나는 다시 한 번 뒤쪽으로 게걸음을 해야 한다.
전날 그리고 이어진 긴 밤 동안 포크리프케 부부는 대부분 기
나긴 피란길에 녹초가 되어 버린 피란민 사이에 섞여 너무도
많은 가방과 짐 보따리 위에 앉아 있었다. 동프로이센 연안 사
주 지대, 잠란트, 마주렌 지역에서 온 사람들이었다. 마지막으
로 밀려온 사람들은 가까운 엘빙에서 피란 온 사람들이었는
데, 소련 탱크들이 깔아뭉갰지만 그곳에선 아직도 격전을 치
르고 있었다. 단치히, 초포트와 고텐하펜으로부터도 점점 더
많은 여자와 아이 들이 마차와 건초 마차, 유모차와 썰매 사이
에 섞여 밀려 들어왔다. 어머니는 배에 오르지 못해서 굶주린
채 선창가를 불안하게 만들었던 주인 잃은 개들에 대해서 내
게 이야기해 주었다. 동프로이센 농가에서 부리던 말들은 마
구를 벗겨 시내 국방군 부대에 양도하거나 도살장으로 끌고
갔다. 어머니는 거기에 대해 정확한 것은 몰랐다. 그녀는 특히
개들에 대해서만 동정심을 보였다. "그놈들이 밤새도록 쉬지
도 않고 늑대처럼 짖어 댔어……."

포크리프케 부부가 엘젠 거리를 떠났을 때, 그들과 친척간
인 리베나우스 일가는 피란 보따리를 꾸려 보조 직공 가족을

따라나서기를 거부했다. 도목수는 그의 대패질용 작업대, 원형 톱과 띠톱, 정류기, 창고에 쌓아 놓은 목재 그리고 자기 소유 19번지 셋집에 너무 큰 애착이 있었기 때문이다. 어머니가 이따금 내 아버지일지도 모른다며 끌어들이는 그의 아들 하리에게는 이미 지난해 가을에 징집 명령이 떨어졌다. 밀리고 있는 수많은 전선 중 그 어디에선가 그는 무선 통신병이거나 기갑 보병으로 참전 중이었을 것이다. 전쟁 후에 나는 폴란드 사람들이 내 할아버지와 그 아내일지도 모르는 분들을 남아 있던 다른 모든 독일인과 마찬가지로 종전 후에 쫓아내 버렸다는 이야기를 들었다. 두 사람은 서쪽에서 ─ 아마도 뤼네부르크일 것이다. ─ 곧 그리고 짧은 간격을 두고 연이어서 죽었는데, 그 남자는 잃어버린 자기 목공소 때문에 그리고 셋집 창고에 쌓인 창과 문 쇠장식 때문에 근심 걱정에 시달리다 죽은 것 같다. 어머니가 어렸을 때 그 경비견 집 안에 일주일이나 있었다고 주장하는 그 개는 죽은 지 오래다. 전쟁이 일어나기 전에 누군가가 ─ 어머니 말에 따르면 "그 암젤이라는 유대인의 한 친구 녀석이" ─ 그 개를 독살했다고 한다.

포크리프케 부부는 마지막으로 몰려온 피란민 중 한 무리에 끼어 배에 올랐는데, 그의 딸이 임신 중이 분명했으므로 승선 허락을 받았을 것으로 추측된다. 다만 아우구스트 포크리프케가 곤란을 겪었는지도 모른다. 부두를 통제하는 야전 경찰이, 밀려드는 인파에 대처하는 데 쓸모가 있을까 해서 그를 차출했을 수도 있는 것이다. 하지만 어머니 말에 따르면 그는 "덩치가 반 몫어치밖에 안 됐기 때문에" 차출을 모면할 수 있었다. 어쨌든 결국에는 통제선이 뚫리고 말았다. 대혼란이 초래되었다. 아이들이 어머니도 없이 배에 올랐다. 어머니들은 배로 연결되는 트랩에서 밀고 밀리는 가운데 아이를 놓쳐, 아이가 가장자리로 밀쳐졌다가 선체 벽과 부두 벽 사이 바닷물 속으로 사라져 버리는 모습을 목격하는 고통을 당해야만 했다. 아무리 고함을 질러도 소용없었다.

아마도 포크리프케 부부는, 아무리 피란민으로 초만원 상태였다 하더라도 기선 '오세아니아'와 '안토니오 델피노'에 자리를 잡을 수도 있었을 것이다. 두 선박도 — 사람들이 '밝은 희망의 부두'라고 불렀던 고텐하펜의 옥스회프트 부두에 정박해 있었다. 중간 크기인 이 두 수송선은 목표 항구인 킬과 고텐하펜에 무사히 도착했다. 하지만 에르나 포크리프케가 '죽기 살기로' 구스틀로프호를 고집했다. 왜냐하면 그녀에게는 노르웨이 피요르드 만으로의 카데에프 여행에 대한 그토록 많은 즐거운 기억과 당시 하얀색으로 빛나던 전동선에 대한 인상이 단단히 결합되어 있었기 때문이다. 그녀는 그 휴가 여행 때 찍었던 스냅 사진이 들어 있는 앨범을 피란 보따리 속에 밀어넣었던 것이다.

에르나 포크리프케와 아우구스트 포크리프케는 배 내부를 다시 알아보지는 못하게 된다. 왜냐하면 모든 연회실과 식당, 내용물을 비워 버린 도서관, 의상실과 음악 홀은 — 어떠한 그림 장식도 없이 — 매트리스가 가득 찬 시끌벅적한 장소로 황폐해져 버렸기 때문이다. 유리로 덮인 산책 갑판과 통로도 인파로 가득 메워졌다. 수천 아이들이 — 통계에 포함되었거나 그렇지 않았거나 ─ 인간 짐짝이 되어 버렸기 때문에, 아이들의 울부짖음이 확성기 방송과 뒤섞였다. 잃어버린 아이들과 소녀들 이름이 계속해서 방송되었다.

포크리프케 부부가 명부에 기록도 되지 않고 배에 올랐을 때 어머니는 부모인 그들과 헤어지고 말았다. 어떤 간호사의 결정에 따른 것이었다. 감독을 맡은 여성 해군 보조원들이 그 부부를 이미 꽉 찬 선실로 억지로 떠밀어 넣었는지, 아니면 남은 짐과 함께 사람들이 가득 찬 곳에 자리를 잡게 했는지는 불확실했다. 툴라 포크리프케는 사진 앨범과 부모를 다시는 보지 못할 운명이었다. 이 순서대로 적은 것은, 내가 보기에 어머니에게는 앨범 손실이 특히 고통스러웠을 것임이 분명하기 때문이다. 그 앨범과 함께 친근한 코닥 사진기로 찰칵거리며 찍은 모든 사진, 예컨대 곱슬머리인 그녀 오빠 콘라트와 함께 초포트 상륙 발판 위에서 찍은 사진, 친구 예니와 그 양아버지인 고등학교 교사 브루니스와 함께 예쉬켄탈 숲 속 구텐베르크 기념비 앞에서 찍었던 사진, 그리고 순종 셰퍼드이자 유명한 종견(種犬)인 하라스와 함께 여러 차례 찍었던 사진들이 사라져 버린 것이다.

어머니는 그녀의 끝도 없는 이야기 속에서 배에 탔던 시기를 가리킬 때면 언제나 임신 8개월째라고 했다. 아마도 8개월째였을 것이다. 하여간 몇 개월째이든 그녀는 해산실 겸 산모실에 배정되었다. 그 방은 중상을 입은 사람들이 빽빽하게 들어차서 신음 소리를 내고 있었던, 소위 말하는 '현관실' 바로 옆이었다. 현관실은 카데에프 시절 휴가 여행자들이 일종의 온실로 애호했으며, 사령교 밑에 있었다. 제2 잠수함 교육 함대 수석 군의관인 리히터 박사는 선의(善意)로 임신부와 산모를 위한 현관실 및 병실을 관장하였다. 어머니는 승선했을 때의 이야기가 나오면 언제나 이렇게 말했다. "어쨌든 따뜻했어. 뜨거운 우유도 금방 구할 수 있었고 말이야. 꿀을 한 숟가락 탄 거였어⋯⋯."

임산부 병실은 정상적으로 운영되었음이 분명하다. 승선이 시작된 후로 젖먹이들이 넷 태어났는데, 내가 듣기로는 "순전히 사내 녀석들"뿐이었다.

사람들은 주장한다. 불운하게도 구스틀로프호에는 너무 많은 선장들이 있었다고. 그럴지도 모른다. 그러나 타이타닉호에는 선장 단 한 명이 있었지만, 바로 처녀 항해에서 변을 당하고 말았지 않은가. 어쨌든 어머니가 말하기를, 배가 출항하기 전에 잠시 이리저리 거닐어 보려 했고, 그러다가 초병의 제지를 받지 않고 "한 층만 위로 올라가" 사령교에 발을 딛게 되었는데 "그곳에서는 한 노련한 물개가 뾰족 턱수염을 기른 다른 사람과 심하게 말다툼을 하고 있었다⋯⋯."

그 물개는 민간인 선원 프리드리히 페테르젠 선장으로, 평화 시에 여객선 여러 척을, 그리고 잠시 동안은 구스틀로프호도 지휘했으며, 전쟁이 시작되고 나서는 국경 봉쇄선 침입자로 영국 감옥에 갇히기도 했다.

그러나 그 후 나이 때문에 전투 부적격자로 분류되었고, 다시는 선장으로서 항해하지 않겠다고 문서로 굳게 약속하고는 독일로 추방되었다. 그리하여 60대 중반인 그는 옥스회프트 부둣가 '떠 있는 병영'에 '무보직 선장'으로 투입되었다. 뾰족 턱수염 사나이는, 자기 셰퍼드 하산을 언제나 발밑에 두고 있는 해군 소령 빌헬름 찬일 수밖에 없다. 별다른 성공을 거두지 못했던 전직 잠수함 함장은 피란민으로 가득한 이 배의 군인 수송 책임자였다. 거기에다가 그동안 항해 연습을 하지 못했던 늙은 선장의 업무 수행 짐을 덜어 주기 위해 젊지만 발트 해 영역에서 활동하던 노련한 선장 두 명이 — 이름은 쾰러와 벨러였다. — 그 사령교에 서 있었다. 이 두 사람은 상선대 출신이었기 때문에 찬을 비롯한 전함 사관들로부터 상당히 홀대를 받았다. 그들은 여기저기 사관실에서 식사를 했지만 쉽사리 말을 붙여 주는 사람은 없었다.

이처럼 사령교 지휘부에는 대립적인 사람들이 함께하고 있었지만, 또한 규정하기 힘든 그 배의 화물에 대한 공동 책임도 지고 있었다. 한편으로 그 배는 병력 수송선이었으며, 다른 한편으로는 피란선이자 병원선이었다. 잿빛 구스틀로프호는 쉽사리 판단을 내릴 수 없는 목표물이었다. 그 배는 있을 수 있는 공습을 제외한다면, 내항에 아직도 안전하게 정박하고 있었다. 지나치게 많은 선장들 사이에 벌어진 언쟁은 아직 위험 수위까지 도달하지는 않았다. 또 다른 선장 한 명도 아이와 군인, 어머니와 여성 해군 보조원 들이 승선하고 고사포로 무장된 배의 미래에 대해 아무런 예감도 하지 못하고 있었다.

S13은 12월 말까지 발트 해 적기함대 스몰니 기지 도크에

정박하고 있었다. 정비를 하고 연료를 가득 채우고 식량을 준비하고 어뢰를 장착했을 때, 그 잠수함은 언제라도 출항하여 적군 항로로 향할 수 있었으나, 아직 함장이 없는 상태였다.

알렉산더 마리네스코는 술과 여자 때문에 자신의 상륙 허가 기간을 넘기게 되었고, 발트 해 연안 제국과 동프로이센으로의 대공세가 시작되기 전에 시간을 맞추어 자기 잠수함으로 돌아오는 데 실패했다. 감자를 증류해 만든 폴란드 술 폰티카가 그를 제정신에서 벗어나게 하여 모든 기억을 앗아가 버렸다고 한다. 그를 찾으러 홍등가와 그 밖에 헌병에게 알려진 창녀 집들을 뒤졌지만 허사였다. 잠수함에 함장이 없었던 것이다.

1월 3일에서야 마리네스코는 술이 깬 상태로 투르쿠로 돌아와 신고를 했다. 그는 즉각 비밀경찰에 심문받고 간첩 혐의를 뒤집어쓰게 되었다. 그는 상륙 허가 기간을 넘기면서 머물렀던 모든 장소를 잊어버렸기 때문에, 자신을 변호하기 위해 기억나지 않는다는 말밖에 할 수 없었다. 결국에는 그의 상관인 일급 선장 오르엘이 지금 막 떨어진 스탈린 동지의 전투 투입 명령을 간곡하게 상기시킴으로써 군사 법정으로의 소환을 연기하는 데 성공했다. 그의 휘하에는 능력 있는 함장들이 몇 명 없었으므로 자기 부대의 전투력을 떨어뜨리고 싶지 않았던 것이다. 심지어 S13의 승무원들도 그들의 선장을 위한 사면 청원을 하여 미결 상태 소송 절차에 영향을 미쳤고, 러시아 비밀경찰의 견해로도 모반이 있었다면 그 낌새가 사전에 드러났을 것이므로, 오르엘은 상륙 허가 동안에만은 믿기가 어려운 이 잠수함 함장에게 즉각 항괴[43]로 출항하도록 지시했다. 그리고 S13은 그 항구를 일주일 후에 떠났다. 쇄빙선이 항로를 열어 주었다. 그 배는 스웨덴의 고틀란트 섬을 지나 발트해 연안으로 항해할 예정이었다.

1950년대 말에 상영된 흑백 영화 한 편이 있다. 제목은 「고텐하펜에 밤이 내리다」로 브리지트 호니와 소냐 치만 같은 배우들이 출연했다. 독일계 미국인인 프랑크 비스바르 감독은 — 전에는 스탈린그라드 영화를 찍은 적도 있다. — 구스틀로프호 전문가인 하인츠 쇤으로부터 자문을 받았다. 동독에서는 상영되지도 못했으며, 서독에서만 그저 미미한 성공을 거두었던 이 영화는 그 불행한 배와 마찬가지로 잊혔고, 기껏해야 기록 보관소에 저장되었을 뿐이다.

나는 당시 고등학생으로, 서베를린에 있는 어머니 학교 동창 예니 브루니스의 집에서 살았다. "내 친구 툴라가 우리가 함께 영화관에 가기를 얼마나 바라는지 아니."라는 예니 아주머니의 독촉에 못 이겨 나는 그 영화를 보았는데, 상당히 실망스러웠다. 줄거리는 한결같이 잔머리를 굴리는 식으로 진행되었다. 그 모든 타이타닉 영화들과 마찬가지로, 영화로 만들어진 구스틀로프호 침몰에도 고뇌에 찬, 영웅적인 사랑 이야기를 부차적인 소재로, 첨가제로 제시해야만 했다. 초만원 상태의 침몰이 그렇게 긴장감이 넘치지도 않고, 수천 명의 죽음

---

43) 핀란드 남서 해안 끝 지점에 있는 항구 도시 한코의 스웨덴식 이름이다.

이 충분히 비극적이지도 않다는 듯이 말이다.

요컨대 전쟁 동안의 얽히고설킨 남녀 관계를 다룬 이야기다. 「고텐하펜에 밤이 내리다」에서는 너무 긴 서막이 전개된 후, 동프로이센과 그 밖의 곳을 무대로 동부 전선의 한 병사가 배신당한 남편이자 나중에는 중상자로 배에 오른다. 그리고 젖먹이를 데리고 배에서 목숨을 건질 수 있었던 불성실한 아내는 이 남자 저 남자에게로 전전하며 사는 매력적인 인물로 등장한다. 또 간통한 남자이자 아버지이며 젖먹이의 구출자로 그저 대충대충 살아가는 해군 장교. 이 세 사람이 삼각 관계 주인공으로 등장한다. 예니 아주머니는 영화가 상영되는 동안 어느 대목에서는 눈물을 흘리기도 했다. 하지만 나중에 나를 파리 바에 초대하여 — 나는 리큐어 주(酒)인 페르노를 처음으로 맛보았다. — 나에게 말했다. "네 엄마는 그 영화가 별로 마음에 들지 않은 모양이야. 영화에서는 그 배가 침몰하기 전이든 침몰한 후이든 단 한 명의 아이도 태어나지 않았다면서 말이야……." 그러고 나서 그녀가 계속 말했다. "하긴 그처럼 경악스러운 걸 영화로 만든다는 건 전혀 불가능할 테지……."

선상에 어머니의 애인도 없었고, 내 아버지일 가능성이 있는 어떤 남자도 없었다는 걸 나는 확신한다. 늘 그래 왔던 대로 어머니는 만삭 상태에서도 남자 승무원을 사로잡을 수 있었을 것이다. 그녀에겐 자신이 '그 어떤 것'이라고 부르는 몸속의 자석이 있는 것이다. 그래서 닻이 올려지자마자 해군 신병 중 한 남자, 미래의 잠수함 승무원이 — "얼굴이 핼쑥한 사내 녀석"이 — 상갑판까지 임신부를 따라갔다는 것이다. 그 어떤 내면의 불안이 그녀를 일으켜 세웠던 것이다. 내가 추측하기로 어머니와 같은 나이인 열일곱이나 겨우 열여덟이었을 그 수병은 잔뜩 얼어붙어서 거울처럼 미끄러운 상갑판 위로 그녀의 팔을 부축해서 조심스럽게 데려갔다. 그러고 나서 어머니는 아무것도 그냥 보아넘기지 않는 그녀의 시선으로 구명보트를 매다는 기둥과 도르래 그리고 좌현과 우현을 단단히 묶어 놓은 구명보트 고정 장치, 그리고 롤러에 감긴 밧줄이 얼어붙어 있는 것을 보았다.

나는 그녀가 이렇게 말하는 걸 얼마나 자주 들었던가! "그걸 보는 순간 내가 얼마나 불쾌해졌겠니?" 그리고 그녀가 날씬한 검은색 옷을 입고 나이 든 남자들 사이에 둘러싸여 있고, 내 아들인 콘라트가 생존자들의 협소한 세계로 안내되었던 담프에서도, 나는 그녀가 이렇게 말하는 걸 들었다. "밧줄이 얼어붙었기 때문에 구조가 불가능하다는 걸 저는 분명히 알았지요. 저는 그 배에서 내리려고 했어요. 귀가 먹먹해질 정도로 소리를 질렀답니다. 하지만 이미 너무 늦었어요……."

내가 예니 아주머니와 함께 칸트 거리 한 극장에서 보았던 영화는 아무것도 보여 주지 않았다. 구명보트들을 매다는 기둥에 들러붙은 얼음덩어리도, 얼어붙은 난간도 나오지 않았으며 항만에 떠다니는 얼음덩이들도 보이지 않았다. 그것과 관련해서는 쇤의 책에서뿐만 아니라 영국인인 돕슨, 밀러, 페인의 연감에서도 1945년 1월 30일은 영하 18도로, 얼음처럼 찬 날씨였다고 기록되어 있다. 쇄빙선들이 단치히 만에서 항로를 열어 주어야 했다. 폭설과 세찬 돌풍이 예보된 날이었다.

어머니가 제때 배에서 내리지 않은 이유가 무엇이었을까 하고 내가 물을 수도 있다. 그리고 그 자체로 무의미한 이러한 생각에도 나름대로 확실한 사실에 근거한 이유를 댈 수가 있다. 즉 예인선 네 척으로 옥스회프트 항만에서 예인되었던 구스틀로프호가 출항한 직후에 연안 기선 레발호가 흩날리는 눈보라 가운데 갑자기 나타났고 불가피하게 반대 방향으로 항해해야 했다. 틸지트와 쾨니히스베르크에서 온 피란민을 가득 실은 그 배는 동프로이센 마지막 항구인 필라우에서 오는 길이었다. 하갑판에는 자리가 제한되어 있었기 때문에 피란민은 상갑판에 빽빽하게 밀집한 채로 서 있었다. 드러난 바와 같이 항해 중 많은 사람들이 얼어 죽었다. 하지만 그들은 쓰러지지도 않고, 서 있는 얼음덩어리에 들러붙어 있었다.

그 자리에 멈춰 선 구스틀로프호가 현문(舷門) 몇 개를 열어젖혔을 때, 생존자들은 ― 그들은 그렇게 생각했다. ― 큰 배에 옮겨 타 목숨을 구하는 데 성공했다. 통로와 계단에 빽빽이 들어찬 사람들이 내뿜는 온기 가운데서 그들은 빈자리를 발견했던 것이다.

어머니는 현문으로 나가 다른 배를 타고 갈 수는 없었을까? 그녀는 언제나 제때 선회하는 법을 터득하고 있지 않았던가, 기회! 말이다. 왜 그 불운한 배에서 내려 레발호에 타지 않았단 말인가? 그녀가 불룩한 배에도 불구하고 계단으로 감히 내려갔더라면, 나는 어디 다른 곳에서 ― 어딘지는 알 수가 없다. ― 1월 30일이 아니라 틀림없이 나중에 태어났을 것이다.

다시 그 저주받은 날짜가 문제다. 지난 역사, 더 정확히 말해서 우리와 관계되는 역사는 꽉 막힌 변소와도 같다. 우리는 씻고 또 씻지만, 똥은 점점 더 높이 차오른다. 예컨대 그 빌어먹을 30일의 경우를 보라. 그 날짜는 나에게 들러붙어서 낙인을 찍는다. 아무짝에도 의미 없는 것이었다. 그래서 나는 고등학생 시절이든 대학생 시절이든 혹은 신문 편집자이자 남편이었던 시절이든, 친구나 동료 아니면 가족과 함께 내 생일을 기념하는 것을 언제나 거부해 왔다. 나는 그러한 모임에서 — 건배의 말이든 아니든 — 그 세 번이나 저주받은 30일의 의미가 본의 아니게 강조될까 봐 늘 걱정해 왔다. 비록 폭발하기 직전까지 살이 쪘던 그 날짜의 덩치가 세월이 흐르는 동안 야위었고, 이제 무해해졌고, 다른 많은 날짜들과 마찬가지로 달력 속 하루가 되어 버린 것처럼 보이긴 했지만 말이다. 그래, 우리는 과거와 소통하기 위한 말들을 써 왔다, 과거는 속죄되고 극복되어야 한다. 과거 문제를 해결하려고 애를 쓴다는 것은 슬픔을 이기기 위한 정신적 노력을 다함을 뜻한다.

그런데 인터넷에서는 아직도, 아니, 또다시 국경일로 30일에 국기를 게양해야 한다는 주장이 제기되는 것 같다. 어쨌든 내 아들은 히틀러의 대권 장악 날을 붉은색으로 기념한 달력 낱장을 전 세계에다 보란 듯이 공표하였다. 슈베린의 조립식 주택 단지 그로서드레쉬 — 그 애는 신학기가 시작된 후로 할머니 집에서 살았다. — 에서 그는 웹사이트 운영자로 활동을 계속했다. 내 전처인 가비는 우리 아들의 이사 — 좌편향적인 어머니의 지속적인 설교에서 벗어나 할머니의 영감의 진원지로 옮겨 가는 ─ 를 막으려고 하지 않았다. 더 나쁜 것은 그녀가 어떤 책임도 지지 않으려 한다는 것이었다. "곧 열일곱 살이 되니 콘라트는 자기 일을 알아서 처리할 수 있어요!"

내게는 묻지도 않았다. 말하자면 그 둘은 '합의' 상태에서 헤어졌다. 그리하여 묄른에서 슈베린 호숫가로의 이사는 아무 잡음도 없이 이루어졌다. 전학조차도 '평균 이상의 성적 덕택으로' 순조롭게 진행되었다고 한다. 나는 내 아들이 동독 사람들의 고리타분하고 숨막히는 분위기에 휩싸여 있는 모습을 도저히 좋게 볼 수 없었는데도 말이다. "편견이에요." 하고 가비가 말했다. "코니는 우리의 느슨한 학사 운영보다는 그곳에서의 엄격한 수업 과정을 더 좋아하거든요." 그러고 나서 그녀는 덧붙였다. 자유로운 의사에 따른 교육과 열린 토론을 옹호하는 교육학자로서 그녀는 실망하기는 했지만 어머니로서 아들의 결정을 너그럽게 받아들여야 하며 코니의 여자 친구도 ─ 그 치과 보조사의 존재에 대해 나는 희미하게나마 듣고 있었다. ─ 그의 결정을 이해한다는 것이었다. 그리고 물론 로지는 라체부르크에 머물긴 하지만, 코니를 기꺼이 그리고 가능한 자주 보러 가리라는 것이었다.

대화 상대자인 다비드도 그에게 역시 충실했다. 마음대로 만들어 낸 인물이든 아니면 그 어딘가에 실제로 존재하는 대화 상대자이든 간에, 다비드는 이사에 반대하지 않았거나 이사한 사실 자체를 알지 못했다. 어쨌든 그는 내 아들 채팅 방에서 그 30일이라는 날짜가 문제되었을 때, 한동안 휴식을 취한 후 다시 그리고 여전히 반(反)파시스트적인 언변과 함께 등장했다. 그 밖에도 논쟁은, 항의하거나 맹목적으로 동의하기도 하는 다양한 목소리에 의해 진행되었다. 말하자면 진정한 열변의 무대가 선을 보였던 것이다. 총통 히틀러를 제국 수상으로 임명한 것과 같은 자극적 테마는 곧 수그러들고, 빌헬름 구스틀로프의 생일 관련 논쟁이 한꺼번에 쏟아져 나왔다. 코니의 견해대로 '섭리에 따라 정해진 사실인가 아닌가' 하는 문제가 열띤 토론의 주제였다. 섭리에 따라 그 순교자는 히틀러가 미래에 대권을 장악하는 바로 그날 예언이라도 하듯 이 세상에 태어났다는 것이다.

이 엉터리 같은 말이 채팅 참가자 전원에게 운명적인 것으로 받아들여졌다. 실제 인물이거나 가공 인물일지도 모르는 다비드가 다보스에서 총을 맞고 뻗어 버린 골리앗을 조롱하였다. "그렇다면 네 초라한 당 간부 이름을 딴 그 배가 그자의 생일에 그리고 히틀러 쿠데타 12주년 기념일을 맞이해 사람들과 쥐새끼들과 함께 침몰하기 시작했으며, 그것도 구스틀로프가 태어난 정확한 시각인 21시 16분에 세 차례 우지끈 소리를 내면서 침몰했다는 것 또한 섭리이리라."

그의 역할극은 마치 연습이라도 한 듯이 진행되었다. 하지만 나는 허구로 만들어 낸 다비드가 그때마다 클릭을 하고, 일종의 호문쿨루스[44]가 이런 각운 있는 문장들을 지껄였다는 내 가정이 점점 의심스러워졌다. "너희 독일인에게는 아우슈비

---

44) 괴테의 「파우스트」에 나오는 합성인간을 말한다.

츠가 죄의 표지로 영원히 낙인 찍혀 있다……." 혹은 "너는 뒤따라올 재앙의 명백한 본보기이다……." 혹은 다비드가 복수로 등장하는 문장, 즉 "우리 유대인에게 결코 끝나지 않을 고발", "우리 유대인은 결코 잊지 않으리!"에 대해 빌헬름은 인종차별주의 교범에 나오는 문장들로 맞받아쳤는데, 그에 따르면 '세계 유대인 조직'은 곳곳에, 특히 뉴욕 월스트리트에 강력하게 정착했다는 것이다. 설전은 가차없이 진행되었다. 하지만 그들은 이따금 자기 역할에서 벗어난다. 예컨대 빌헬름으로서 내 아들은 이스라엘 군의 전투력을 칭송하였고, 반면에 다비드는 팔레스타인 영토에 있는 유대인 정착촌들을 "공격적인 영토 약탈"이라고 비난했다. 또한 그들은 탁구 선수권 대회에 관한 논평에 있어서는 전문가적인 수준을 보이면서 의견 일치를 이루었다. 그러므로 때로는 날카로워졌다가 다시 친근하게 바뀌는 그들의 개인적인 어조는, 그 모든 적대적인 행동에도 서로 친구가 될 수 있는 두 젊은이가 가상 공간에 있었다는 사실을 드러냈다. 예컨대 다비드가 이렇게 말을 꺼냈다. "이봐, 고집불통 나치 돼지! 도살하기에 적당한 네 유대인 돼지가 약간의 정보를 주마. 대권 장악 날을 오늘도 어떻게 기념할 수 있는지를 말이야. 가령 아이스커피 같은 걸로……." 또는 빌헬름이 재담을 하려고 이런 식으로 애를 쓸 때도 있었다. "오늘은 유대인의 피가 충분히 흘렀다. 그대에게 기꺼이 청정한 갈색 소스를 데워 주는 그대의 전속 요리사가 이제 작별의 손짓을 보내면서 채팅 방에서 나갈까 하노라."

그 밖에도 그 둘은 30일과 관련하여 오래전에 알려진 것들만 떠올렸다. 하지만 코니가 자기 적대자이자 친구인 다비드에게 하나의 새로운 정보를 알려 주었다. "넌 알아야 돼. 죽을 운명에 처한 그 배의 모든 갑판에서 우리 사랑스러운 총통의 마지막 연설을 들을 수 있었다는 사실을 말이야."

사실 그랬다. 구스틀로프호 선상 확성기가 달려 있는 모든 곳에서 자기 민족에게 고하는 히틀러의 연설이 대독일 라디오 방송을 통해 중계되었다. 또한 병실 간호사 권고에 따라 야전 침대에 누워 있었던 어머니도 임신부와 산모 병실에서 뚜렷이 구분되는 목소리를 들었던 것이다. "오늘로부터 십이 년 전, 1933년 1월 30일, 진실로 역사적인 날에, 나는 섭리에 따라 독일 민족의 운명을 내 손에 두게 되었던 것입니다……."

그러고 나서 동프로이센의 대관구 지도관 코흐가 "사수하자."라는 구호를 십여 차례 이상 외쳤다. 이어서 비장한 음악이 들려왔다. 하지만 어머니는 총통의 연설에 대해서만 이야기했다. "나는 정말이지 공포를 느꼈어, 총통이 운명이니 무어니 하고 말했을 때 말이야……." 그리고 그녀는 잠시 침묵한 다음 여러 차례 말하곤 했다. "마치 묘지에서 들려오는 소리 같았어……."

나는 너무 앞질러 갔다. 라디오 방송은 나중에야 나왔으니까. 그 배는 그런대로 평온을 유지하고 있는 단치히 만에서 헬라 반도의 뾰족 나온 끝 부분을 향해 항해하고 있었다.

30일은 화요일이었다. 몇 년 동안 정박해 있었는데도 엔진들은 순조롭게 돌아갔다. 바다는 거칠었고 눈보라가 휘몰아쳤다. 갑판 내부에서는 식권과 교환하여 수프와 빵이 배급되었다. 그 배를 헬라까지 안전하게 호위하기로 했던 어뢰정 공격함 두 척은 점점 더 거세지는 풍랑을 감당할 수가 없어서 무선 통신문을 통해 철수를 통보해야 했다. 그리고 마찬가지로 무선 통신을 통해 도착지 항구에 대한 보고가 날아 들어왔다. 킬에서 제2 교육 함대 예비 잠수함 승무원, 부상병 그리고 여성 해군 보조원 들이 배에서 내리거나 옮길 예정이었다. 피란민들의 하선지는 플렌스부르크 항구로 정해져 있었다. 눈보라가 점점 더 거세어졌다. 처음으로 배멀미 환자들이 보고되기 시작했다. 헬라의 항외 정박소에서 역시 피란민으로 가득 찬 한자호가 시야에 들어왔다. 약속되었던 호위함 세 척을 포함해서 호송은 완벽했다. 하지만 그때 정박하라는 명령이 떨어졌다.

어째서 일이 그렇게 되었는지 지금 일일이 다 열거하고 싶지는 않다. 즉 온 세상으로부터 잊혔던, 아니, 기억으로부터 내몰렸다가 갑자기 인터넷을 통해서 유령처럼 불러내어진 그 불운의 배가 엔진이 손상된 한자호를 내버려 두고, 호위함 단 두 척의 호위를 받으면서 — 그중 한 척은 곧 차출되어 다른 곳으로 가 버렸다. — 항해를 계속했던 이유에 대해서 말이다. 다음 정도로만 이야기하기로 하자. 배 엔진들이 다시 돌아가자마자, 사령교에서 권한을 둘러싼 논쟁이 시작되었던 것이다. 선장 넷은 때로는 같은 편이 되어 때로는 반대편이 되어 서로 싸웠다. 페테르젠과 그의 수석 사관은 — 그자도 역시 상선대 출신이었다. — 항해 속도로 시간당 12해리만을 허용했다. 너무 오랫동안 정박해 있었기 때문에 배에 더 무리한 요구를 할 수 없다는 것이었다. 하지만 한때 잠수함 함장이었던 찬은 그에게는 익숙한 발포 위치에서의 적 공격이 두려웠기 때문에 항해 속도를 시속 15노트로 높이려고 했다. 페테르젠이 자신의 주장을 관철했다. 그러고 나서 수석 사관은 항해 선장인 쾰러와 벨러의 지원을 받으면서, 릭스회프트 해역에서 기뢰가 매설되긴 했지만 수심이 얕아 잠수함 공격으로부터 안전한 연안 항로로 가자고 제안했다. 하지만 이번에는 찬의 지원을 받은 페테르젠이 기뢰가 제거된 수심 깊은 항로로 결정하면서, 지그재그로 항해하자는 다른 모든 선장들의 제안을 철저히 거부해 버렸다. 일기예보에 대해서만은 논쟁 여지가 없는 것처럼 보였다. 서북서풍, 강도 6~7, 서풍으로 바뀌면서 저녁 무렵에는 강도 5로 떨어짐. 파고 4미터, 시계(視界) 1~3해리, 보통 추위.

사령교에서의 언쟁, 부족한 호위함 수 그리고 상갑판의 점차적인 결빙, 대공포 작동 불가 등 그 모든 것에 대해서 어머니는 아무것도 몰랐다. 그녀가 기억하는 것은 '총통의 연설' 이후 병실 간호사 헬가로부터 빵과자 다섯 개와 죽 한 접시를 설탕, 계피와 함께 건네받았으며, 옆에 있는 현관실로부터 중상자들의 신음 소리가 들려왔다는 것이다. 그리고 다행스럽게도 라디오는 춤곡인 「경쾌한 가락」을 내보내고 있었다. 그녀는 그 음악을 듣다가 잠이 들었으며, 초기 진통도 없었다. 그리고 어머니 생각으로는 그때가 임신 8개월째였다는 것이다.

구스틀로프호만 포머른 해안으로부터 12해리 간격을 두고 항해하고 있었던 것은 아니다. 소련 잠수함 S13도 같은 항로로 가고 있었다. 그 잠수함은 발트 해 적기함대의 다른 배 두 척과 함께, 격전지인 항구 도시 메멜 앞에서 출항하거나 제4군 잔존 병력에게서 증원 부대를 싣고 오는 적군의 배들을 헛되이 기다리고 있었다. 며칠 동안 아무것도 시야에 나타나지 않았다. 별다른 성과 없이 잠복 중이던 S13의 함장에게는 자신이 피고로 계류 중인 소송 절차와 비밀 정보 기관의 위협적인 심문이 머릿속에 떠올랐을지도 모른다.

알렉산더 마리네스코는 1월 30일 이른 아침 무선 통신을 통해 붉은 군대가 메멜 시 항구를 점령했다는 소식을 듣고는 사령부에 보고도 하지 않은 채 새로운 항로를 택했다. 구스틀로프호가 옥스회프트 부두에서 여전히 마지막 피란민 무리를 싣고 있는 동안 — 포크리프케 일가도 승선했다. — S13호는 승무원 47명과 어뢰 열 발을 싣고 포머른 연안 쪽으로 항해하고 있었다.

내 보고문에서 두 배가 서로 점점 더 가까이 접근하고 있지만 아직 결정적인 일은 아무것도 일어나지 않는 동안을 기회 삼아, 그라우뷘덴 주 교도소 내 일상을 알아보기로 하자. 그곳에서는 다른 모든 평일과 마찬가지로 바로 그 화요일에도 죄수들이 베틀 앞에 앉아 있었다. 한때 나치 지구당 감독관이었던 빌헬름 구스틀로프를 죽인 혐의로 18년형을 선고받은 살인자는 9년째 복역하고 있다. 결정적으로 달라진 전세 때문에 — 대독일제국으로부터 더 이상 어떠한 위협도 없었으므로 그는 쿠르의 젠호프 교도소로 도로 옮겨졌다. — 그는 사면 청원을 신청해도 좋으리라고 생각했다. 그러나 발트 해에서 배들이 이동하던 시기에 그 사면 청원은 스위스 최고연방법원으로부터 기각당했다. 결국 다비드 프랑크푸르터뿐만 아니라 그가 암살한 자의 이름을 따라 명명된 배도 신의 가호를 받지 못했던 것이다.

6

내 보고문은 노벨레로 쓰기에 적합하다고 그[45]가 말한다. 하지만 나와는 상관없는 문학적 평가일 뿐이다. 나는 다만 보고할 뿐이다. 섭리에 따라서든 혹은 그 어떤 달력 제작자가 그 배의 마지막 날로 정해 놓았든, 바로 그날 이미 대독일제국의 몰락을 알리는 종소리가 울려 퍼지고 있었다. 영국과 미국 사단들은 아헨 지역에 진주하고 있었다. 남아 있는 우리 잠수함들은 아일랜드 해역에서 화물선 세 척을 침몰시켰다는 소식을 전해 왔으나, 라인 전선에서는 콜마르에 대한 압박이 거세어지고 있었다. 발칸 반도 사라예보 지역에서는 게릴라 활동이 늘어나고 있었다. 동부 전선 병력 증강을 위해 덴마크 유틀란트 반도로부터 2개 산악 전투사단이 철수했다. 생필품 공급

---

45) 귄터 그라스를 가리킨다.

상황이 날로 악화되었던 부다페스트에서는 전선이 성(城) 바로 앞까지 와 있었다. 도처에 양 진영 사망자가 널려 있었고, 인식표들이 수거되었으며 훈장이 수여되었다.

출현이 예고되었던 기적의 병기들이 나타나지 않은 것 말고도 어떤 일이 더 일어났던가? 슐레지엔에서는 글로가우 근교에서 적군의 공격이 격퇴되었으나, 포젠 지역에서는 전황이 위태로워졌다. 그리고 쿨름에서는 소련 군대가 바이크셀 강을 넘었다. 적군은 동프로이센 바르텐슈타인과 비숍스베르더까지 진격해 왔다. 필라우에서는 아무 특별한 날도 아니었던 그날에 민간인과 군인 6만 5000명을 승선시키는 데 성공했다. 도처에서 기념비를 세워 줄 만한 영웅 행위들이 이루어졌고, 이후에도 계속 보고되었다. 빌헬름 구스틀로프호가 자기 항로를 따라 서쪽으로 슈톨페방크에 접근하고 있었고, 잠수함 S13이 탐욕스럽게 먹잇감을 찾고 있는 동안에, 야간 공습을 위해 함, 빌레펠트, 카셀 지역에 4발 엔진 적군 폭격기가 1100대 투입되었으며, 미국 대통령은 이미 미국 땅을 떠나 있었다. 루즈벨트는 크림 반도의 회담 장소 얄타로 향했는데, 그곳에서 그 병든 사람은 새로운 국경을 그음으로써 평화를 준비하기 위해 처칠과 스탈린을 만나려고 했다.

이 회담과 나중의 포츠담 회담 — 이때는 루즈벨트가 죽었고 트루먼이 대통령이었다. — 에 대해 나는 인터넷의 증오 진영에서, 그리고 모든 것을 아는 내 아들의 웹사이트에서 지나가는 말로 덧붙인 듯한 논평을 발견했다. "그들은 우리 독일을 잘게 쪼개 버렸으며" 대독일제국 영토는 전체적으로 현저하게 줄어들었다는 것이다. 이어서 그 애는 기적이 일어날 수도 있었을 거라고 이런저런 추측을 해 댄다. 가령 거의 훈련을 끝낸 젊은 수병들이 구스틀로프호를 타고 다행스럽게 목표 항구인 킬에 도착하여 새로 건조된, 믿을 수 없을 정도로 빠른 데다가 소음도 거의 내지 않는 XXIII급 12척 혹은 보다 많은 잠수함들의 승무원이 되어 전투에 성공적으로 투입되더라면 하는 식이다. 순전히 영웅적인 행위들과 특별 뉴스만을 종이 위에 열거해 놓은 희망사항일 뿐이었다. 코니는 차후에 최종 승리를 불러내려고 하기보다는 다음 사실을 확신했다. 즉 그 젊은 잠수함 사나이들에게는 그 기적의 잠수함들이 기뢰에 침몰된다 하더라도 슈톨페방크 해역에서의 가련한 익사보다는 차라리 나은 죽음이었으리라는 것이다. 그의 상대자인 다비드조차도 죽음의 유형에 가치를 매기는 이러한 비교에 찬동했다. 하지만 그러고 나서는 인터넷에서 의구심을 표명했다. "그 어린애들은 하여간 선택을 할 수가 없었어. 온전하게 정상적인 방식으로 성장할 수 있었던 기회를 어찌어찌하다 보니 갖지 못하게 된 거지⋯⋯."

그 배에서 살아남은 저 재정관 조수가 수십 년 동안 모은 사진들이 앞에 놓여 있다. 작은 여권용 사진 여러 장과 커다란 사진 한 장, 그 커다란 사진에는 제2 잠수함 교육 함대에서 보통 넉 달 걸리는 교육 과정을 밟고 있는 모든 수병들이 상갑판 위에서 열과 오를 맞추어 정렬 집합해 있다. 해군 소령 찬을 맞이하기 위해 '열중쉬어!'라는 명령에 따라 느슨한 자세로 서 있는 중이다. 가로로 긴 이 사진에서는 배 후미로 갈수록 점점 더 작게 보이는 수병 모자를 900개가 넘게 헤아릴 수 있으며, 그 얼굴 각각도 어쨌든 2열까지는 한 사람 한 사람 분명히 구분되어 알아볼 수 있다. 그 뒤로는 정열된 덩어리로만 보인다. 하지만 작은 여권용 사진들에서는 제복을 입은 한 사람 한 사람이 나를 쳐다보는데, 그 젊은이들의 표정은 어느 정도 구분되긴 하지만, 전체적으로 아직 완성되지 않아 보인다. 그들은 열여덟 살 정도일 것이다. 전쟁 마지막 몇 달 동안에 제복을 입고 사진을 찍은 몇몇 애들은 훨씬 어려 보인다. 그동안 열일곱 살이 된 내 아들도 그들 중 하나였을 수도 있을 것이다. 코니는 안경을 꼈기 때문에 잠수함에 탈 자격이 거의 없지만 말이다.

그들 모두는 보다시피 빙 두른 띠에 '전투 해군'이라고 쓰인 맵시 나는 수병 모자를 비스듬하게, 대개는 오른쪽으로 살짝 기울여 쓰고 있다. 나는 죽음을 기다리고 있는 자들의 둥근 얼굴, 좁다란 얼굴, 각이 지거나 볼이 포동포동한 얼굴을 보고 있다. 제복은 그들의 크나큰 자랑이다. 그들은 심각한 얼굴로 나를 바라본다. 그 어떤 예감이, 마지막으로 사진에 찍힌 그들 표정을 지배하고 있기라도 한 듯이.

내 앞에 놓인 승선한 여성 해군 보조원 373명을 찍은 사진 몇 장에서는, 정면에 구겨진 독수리 문양이 있는 작고 길쭉한 군모를 비스듬하게 쓰고 있는데도, 그 여성들이 민간인이라는 인상을 준다. 어린 처녀들은 유행에 따라 돌돌 말리는 파마를 하고 세심하게 머리를 손질했다. 몇몇 처녀들은 약혼한 것

같고, 또 적게는 결혼했는지도 모른다. 생머리 두세 명은 차가운 느낌을 주며, 내 전처와 비슷한 인상이다. 서베를린에서 꽤나 열심히 교육학을 공부하고 나를 단숨에 시시한 남자로 만들어 버렸을 때 가비의 모습이 그랬다. 거의 모든 여성 해군보조원들은 첫눈에 예쁘게, 심지어는 사랑스럽게 보이며, 몇몇은 때 이르게 이중 턱 기미를 보인다. 그 애들은 남자애들보다는 덜 심각한 표정이다. 나를 보는 그들 모두가 아무 예감도 없이 천진난만하게 미소 짓고 있다.

그 불운한 배에 승선한 4000명이 훨씬 넘는 젖먹이, 어린아이, 소년소녀 들 중에서 채 100명도 구출되지 못했기 때문에, 그들을 찍은 사진은 우연히 발견될 뿐이었다. 왜냐하면 동프로이센, 서프로이센, 단치히와 고텐하펜에서 온 피란민 가족들의 짐과 그 짐 속에 든 앨범들이 배와 함께 사라져 버렸기 때문이다. 나는 그 시절 아이들의 얼굴을 본다. 땋은 머리와 리본을 맨 소녀들, 오른쪽 아니면 왼쪽으로 가르마를 탄 소년들. 어떤 식으로든 시대와 무관해 보이는 젖먹이들 사진은 거의 없다. 발트 해가 무덤이 되어 버린 어머니들 그리고 대개는 아이도 없이 혼자 살아남은 몇몇 어머니들을 찍어 전해져 오는 사진들은 그 불행이 닥치기 오래전이거나 오랜 세월이 지난 후 가족 기념 행사에서, 어머니 말대로, '찰칵' 하고 찍은 것들이다. 물론 젖먹이 때 내 사진은 단 한 장도 없다.

승선할 수 있었던 저 늙은 남자와 여자 들, 마주르의 남녀 농부들, 퇴직 관리들, 연금 생활을 하는 명랑한 과부들과 수공업자들, 피란의 공포로 당혹해했던 노파와 영감 들을 찍은 사진도 역시 남아 있지 않았다. 모든 중년 남자들은 — 마지막 병력 투입에 쓰이기 위해서 — 옥스회프트 부두에서 승선을 거절당했다. 구조된 사람들 중에는 고령 남자와 나이 든 부인도 거의 없다. 그리고 현관실 침대에 누워 있었던 중상 입은 쿠어란트 병사들의 사진도 단 한 장 남아 있지 않다.

구출되어 살아남은 몇몇 노인 중 그 배의 선장인 60대 중반 페테르젠이 있었다. 선장 넷 모두 21시에 함교 위에 서서, 18시 직후에 무선 통신으로 기뢰 탐지 선단이 반대 방향에서 오고 있다는 통보를 받았다는 이유만으로, 페테르젠의 지시에 따라 위치 표시등을 켜는 것이 옳은지를 두고 서로 다투고 있었다. 찬은 반대하였다. 차석 항해 사관도 마찬가지로 반대였다. 페테르젠은 등을 몇 개 끄도록 했지만, 좌현과 우현 등은 그대로 두었다. 그리하여 어뢰정 뢰베호 단 한 척의 호위를 받으면서, 높이와 길이 전체가 어둠 속에 묻힌 그 배는 점점 누그러져 가는 눈보라 속으로 거센 파도를 헤치며 나아가면서 모든 해도(海圖)에 표시된 슈톨페방크로 접근해 갔다. 예보된 평균 기온은 영하 18도였다.

멀리서 비치는 위치 표시등들을 발견한 것은 소련 잠수함 S13 수석 사관이었다고 한다. 누가 보고를 했건 마리네스코는 그 즉시 수면 위로 항해하던 잠수함의 사령탑으로 갔다. 전해진 바에 따르면 그는 모피로 가장자리를 댄 짙은 감색 우샨카 모자를 쓰고 있었으며, 안감을 댄 외투가 아니라 규정에 위반되는 기름때 찌든 양가죽 옷을 걸치고 있었다.

잠수한 상태에서 엔진을 작동시키며 오래 항해하는 동안 선장에게는 소형 배들이 내는 소리만 보고되었다. 헬라 반도 앞에서 그는 수면 위로 떠오르도록 명령했다. 디젤 엔진이 돌아가기 시작했다. 그제서야 쌍둥이 스크루에 의해 추진되는 배의 소리가 들렸다. 갑작스러운 눈보라가 잠수함을 보호해 주었지만, 시야는 가리고 말았다. 날씨가 가라앉자 2만 톤 정도로 보이는 병력 수송선과 호위정의 윤곽이 드러났다. 바다 쪽에서 바라보니 수송선의 우현 쪽이 보였고, 예상되다시피 그 뒤로는 포머른 해변이 보였다. 처음에는 아무 일도 일어나지 않았다.

S13의 함장이 무엇 때문에 그랬는지 나는 그저 추측만 할 수 있을 뿐이다. 잠수함은 수면 위로 떠올라 속도를 내다가 그 배와 호위정 쪽으로 위험하게 방향을 전환하여 후미 근처를 따라갔고, 그러고 나서는 해안 쪽에서 접근하여 배 밑바닥에서 바다 바닥까지 채 30미터도 안 되는 지점에서 공격 위치를 찾았다. 훗날 진술에 따르면 그는 과거 조국을 침공하여 황폐화했던 '파시스트의 개들'을 발견하는 즉시 공격하려고 했다는 것이다. 그리고 그때까지는 성공을 거두지 못하고 있었다.

두 주 동안 먹잇감 사냥은 아무 성과가 없었다. 고틀란트 섬 부근에서도, 발트 해 항구인 빈다우와 메멜 앞바다에서도 기회를 얻지 못했다. 배에 실린 어뢰 열 발 중 단 한 발도 포신을 떠나지 못했다. 그는 마치 굶주린 사람 같았다. 더욱이 바다에서만 제대로 힘을 쓸 수 있는 마리네스코는 두려움에 목덜미가 뻣뻣해졌을 수도 있다. 아무런 성공을 거두지 못하고 투르쿠 아니면 항괴 기지항으로 귀환하자마자 비밀경찰이 군사 법정에 세울지도 모르기 때문이었다. 지난번 음주 행각과 상륙 허가 시간을 넘도록 핀란드 창녀 집에 틀어박혀 있었던 일들에 대한 책임뿐만이 아니었다. 그는 간첩 혐의도 받고 있었는데, 이 죄는 1930년대 이후 소련의 숙청 과정에서 실제로 적용되었고 그 어떤 변명으로도 반박할 수 없었다. 어쩌면 엄청난 성공만이 그를 구해 줄 수 있는 방책이었다.

대략 두 시간 동안의 수면 위 항해 끝에 우회 접근이 완료되었다. S13은 이제 적군 목표물과 나란히 항해했는데, 잠수함 사령탑의 승무원들이 보기에 놀랍게도 그 배는 위치 표시등을 켠 데다가 지그재그 운항도 하지 않고 있었다. 눈보라가 완전히 그쳤기 때문에 하늘을 덮은 구름이 걷혀 거대한 수송선과 호위함뿐 아니라 잠수함도 달빛 아래 모습이 드러날 위험이 있었다.

그럼에도 마리네스코는 수면 위에서 공격하기로 결심했다. S13에 유리한 조건으로 밝혀졌듯이, 어뢰정 뢰베호의 위치 탐지 장치가 얼어 버렸기 때문에 — 그 사실은 S13의 승무원 누구도 예상할 수 없었다. — 어떠한 반사 음향도 수신되지 못했다는 점이다. 영국의 저작자들인 돕슨, 밀러, 페인은 보고서를 다음과 같은 사실로부터 시작한다. 즉 그 소련 함장은 독일 잠수함들이 대서양에서 실행한 수면 위 공격을, 그 높은 성공률 때문에 오랫동안 연습해 왔고 이제 마침내 그 방법을 적용하려 했다는 것이다. 수면 위 공격은 시야가 더 확보되기 때문에 보다 빨리 접근해서 보다 정확하게 목표물을 적중시킨다는 것이다.

마리네스코는 잠수함 몸체가 더 이상 보이지 않고, 사령탑만이 여전히 거칠게 일렁거리는 바다 위로 솟아 있게 될 때까지 부양력을 줄이라고 명령했다. 공격 직전에 목표물의 함교로부터 신호탄이 발사되고 점멸 신호등이 목격되었다고 한다. 하지만 독일 쪽 문헌에는 — 살아남은 선장들의 보고문 — 그에 대한 어떠한 증명 자료도 없다.

그리하여 S13은 아무런 장애도 없이 목표물 왼쪽 뱃전으로 접근했다. 함장 지시에 따라 선수 쪽 어뢰 네 발이 수심 3미터 깊이에서 포신에 장착되었다. 적군 목표물까지의 측정 거리는 600미터였다. 잠망경 조준선에 뱃머리가 잡혔다. 모스크바 시각으로는 23시 4분이었고, 독일 시각은 그보다 정확히 두 시간 빨랐다.

그러나 여기에서 마리네스코의 사격 명령이 떨어져 버리면 다시는 되돌아갈 수 없기 때문에 전해져 오는 전설 하나를 내 보고문에 삽입해야겠다. 피쿠르라는 승무원은 S13이 항괴 항구를 떠나기 전에 모든 어뢰에다가 붓으로 헌사를 써서 장식하였다. 발사 준비가 된 어뢰 네 발도 마찬가지였다. 첫 번째 어뢰에는 '어머니 나라를 위하여'라고 썼고, 제2 발사관의 어뢰에는 '스탈린을 위하여', 그리고 제3, 제4 발사관에 장착된 어뢰들의 뱀장어처럼 매끈한 표면에는 '소비에트 민족을 위하여'와 '레닌그라드를 위하여'라는 헌사가 쓰였다. 그렇게 미리 임무가 주어진 상태에서 마침내 명령이 떨어지자, 어뢰 네 발 중 세 발이 — 스탈린에게 바쳐진 어뢰는 발사관에 그대로 머물러 있었고 급히 뇌관이 제거되어야 했다. ─ 마리네스코가 보기에는 아무 이름도 없는 배를 향하여 날아갔다. 그 배의 임산부 병실에서 어머니는 라디오 음악 소리가 나직이 들려오는 가운데 곤히 잠들어 있었다.

헌사가 쓰인 어뢰 세 발이 날아가고 있는 동안, 나는 구스틀로프호 선상에 대해 생각해 보고 싶다. 여성 해군 보조원들은 쉽게 발견할 수 있다. 그들은 마지막으로 승선하여 비어 있는 풀장에 묵었고, 또한 부속 유스호스텔에서도 ─ 이전에 휴가를 떠난 히틀러유겐트와 독일 소녀단을 위해 마련되었던 것이다. ─ 묵었다. 그들은 밀집된 채로 쪼그리고 앉거나 누워 있다. 아직까지도 머리 모양은 그대로 유지된다. 하지만 더 이상 웃음은 나오지 않고, 기분 좋은 화젯거리라든지 신랄한 험담도 오가지 않는다. 몇 명은 배멀미를 한다. 그곳에서도 다른 갑판 복도에서도, 그리고 예전에 연회실과 식당이었던 곳에서도, 온 사방에 구토물의 악취가 풍긴다. 피란민과 해군 병사 들이 사용하기에 안 그래도 너무 적었던 변소들이 꽉 막혀 있다. 환풍 장치는 탁한 공기와 함께 악취를 내보내는 일을 제대로 해내지 못한다. 배가 출항한 후 명령에 따라 모든 사람들이 지급된 구명조끼를 걸쳤지만, 점차로 올라가는 열기 때문에, 많은 사람들이 갑갑한 속옷은 벗어 버리고 구명조끼도 벗어 버린다. 노인과 아이 들이 낮은 목소리로 불평을 늘어놓는다. 확성기에서는 더 이상 아무런 소식도 들려오지 않는다. 한숨과 흐느껴 우는 소리. 배가 침몰할 때의 분위기는 상상할 수 없으나, 그전 단계인, 엄습해 오는 두려움만은 머릿속으로 그려 본다.

다만 사령교에서만은 언쟁이 해소되었기 때문에 어느 정도 희망찬 분위기였다고 한다. 선장 넷은 슈톨페방크에 도착하면 최악의 위험에서는 벗어난다고 생각했다. 그들은 수석 사관 선실에서 고기가 든 완두콩 수프를 떠먹으면서 식사를 했다. 그리고 나서 해군 소령 찬은 승무원이 가져다준 코냑을 마셨다. 그들은 행운이 따랐던 항해를 위해 건배를 했다. 셰퍼드 하산은 주인의 발 앞에서 잠들어 있었다. 당직 장교인 벨러 선장만 함교를 지키고 있었다. 그동안 시간이 흘러갔다.

어릴 때부터 나는 어머니가 이렇게 말하는 걸 들어왔다. "나는 퍼뜩 잠에서 깨어났어. 처음에 쾅 하는 소리와 함께 무엇인가 부딪혔고 다시, 또다시 그랬지……."

첫 번째 어뢰는 흘수선 훨씬 아래의 뱃머리 쪽, 일반 선원실이 있는 곳에 적중했다. 비번이라 쉬면서 버터 바른 빵을 씹거나 비좁은 침실에서 자다가 폭발에서 살아남은 사람들도 거기에서 탈출할 수는 없었다. 왜냐하면 벨러 선장이 첫 번째 손상 보고를 들은 후 즉시, 뱃머리 쪽으로 빠르게 침몰하는 것을 저지하기 위해, 배 앞쪽 모든 격벽을 자동으로 차단해 버렸기 때문이다. 비상 조치인 '격벽 차단'은 배가 출항하기 직전에 연습한 것이었다. 내버려진 수병과 크로아티아 지원병 중 다수는 명령에 따라 구명보트를 매달았다 풀었다 하는 연습을 했었다. 차단되어 버린 뱃머리 안에서 갑작스럽게 일어난 일에 잠시 멈칫거리다가 결국은 끝장 나게 된 과정에 대해서는 아무도 모른다. 마찬가지로 나는 어머니의 이어지는 말을 기억한다. "두 번째 쾅 하는 소리에 나는 침대에서 떨어졌지, 너무나 안 좋은……." 3번 발사관에 있던 이 어뢰는 — 그 매끄러운 표면에 '소비에트 민족을 위해'라는 헌사가 쓰여 있다. — 배의 E 갑판에 있는 풀장 아래에서 터졌다. 여성 해군 보조원 오직 두세 명만 살아남았다. 나중에 그들은 가스 냄새에 대해서 그리고 풀장 앞쪽 벽면의 와장창 깨진 모자이크 유리 파편과 풀장 장식 타일에 갈가리 찢긴 소녀들에 대해서 이야기하였다. 신속하게 차 오르는 물에서 시체와 시체의 일부분들, 햄을 끼운 빵과 저녁 식사에서 남은 그 밖의 음식들, 그리고 주인 없는 구명조끼들이 떠도는 것을 보았다고 한다. 여성 해군 보조원 두세 명은 — 그들을 찍은 여권용 사진이 내게는 없다. — 우선 비상구를 통하여 탈출할 수 있었다. 그리고 그 비상구 뒤쪽에 더 높은 갑판으로 통하는 철 계단 하나가 있었다.

그러고 나서 어머니는 계속해서 말했다. "세 번째 쾅 하는 소리가 났을 때 리히터 박사는 임산부들을 돌보고 있었지. 이미 그때 악마가 덮친 거였어!" 그녀는 자신의 끝도 없는 이야기가 '3번 어뢰'에 이르면 매번 그렇게 소리쳤다.

마지막 어뢰는 배 한가운데 기관실에 명중했다. 배 엔진뿐만 아니라 갑판들의 내부 조명 시설과 그 밖의 기계 설비들이 멈추어 버렸다. 어둠 속에서 온갖 일들이 벌어졌다. 기껏해야 나중에 몇 분간 잠시 들어온 비상 조명등 덕택에, 200미터 길이 그리고 10층 건물 높이의 배 — 그 배는 어떠한 긴급 구조 요청(SOS)도 무선으로 송신할 수 없었다. —— 내부에서 돌발한 공포의 혼돈 속에서 방향 감각을 약간 유지할 수 있었다. 무선 통신실의 장비도 멈추어 버렸다. 다만 어뢰정 뢰베호만이 허공을 향한 외침을 반복하였다. "구스틀로프호가 어뢰 세 발을 맞고 침몰 중!" 사이사이에 침몰하는 배 위치가 송신되었다. 끝도 없이 몇 시간 동안. "위치 슈톨프뮌데. 북위 55도 7, 동경 17도 42. 구조 바람……."

S13의 승무원들은 명중탄들과 곧 분명해진 목표물의 침몰을 관찰하면서 터져나오려는 환호성을 애써 참았다. 마리네스코 함장은 이미 떠밀려 가고 있는 잠수함을 바다 깊은 곳으로 이동시키라고 명령했다. 해안 근처에서는, 특히 슈톨페방크 해역에서는 수뢰로부터 배를 지키기가 매우 어려웠기 때문이다. 우선 2번 발사관에 꽂힌 어뢰 뇌관을 제거해야 했다. 점화 준비가 된 상태에서 단단히 고정되어 있다 하더라도 엔진이 돌아가면, 살짝 흔들리기만 해도 그 어뢰는 폭발할 수 있기 때문이었다. 어뢰정 뢰베호는 엔진을 끈 채, 치명상을 입은 배를 탐조등으로 수색했다.

우리들의 전지구적인 잔디밭 놀이터이자 가장 발전된 통신 수단이며, 가족처럼 나와 가까이 있는 그 웹사이트에서는 소련 잠수함 S13을 무조건 '살인 보트'라고 불렀다. 그리고 발트 해 적기함대 소속인, 그 배에 타고 있을 승무원들에게는 '여자와 아이 살인자'라는 유죄 판결을 내렸다. 인터넷에서 내 아들은 재판관 역할을 하였다.

그의 맞수인 다비드는 이제 모든 대륙으로부터 쇄도하는 논평들에 대해 반대 의견을 내놓으며 대항하지는 않았다. 다만 그 배 상갑판에 있던 고위 계급 나치와 군인 들 그리고 30밀리미터 고사포 사수들을 가리키면서 다시금 자신의 반파시스트적 기도 염주나 돌려야겠다는 생각만 할 뿐이었다. 채팅 참가자 대부분은 몇 마디 영어가 섞인 독일어로 자신을 신고했다. 관례적인 증오의 말이라든지 세계 파멸을 막으려는 경건한 기도문 같은 것들이 내 모니터 스크린을 채웠다. 경악스러운 결과 뒤에 붙은 느낌표들도 있었다. 그리고 그사이에 비교를 위해, 침몰한 다른 배들의 인명 손실 수치도 소개되었다.

자주 영화화되는 타이타닉호 사건은 선두를 지키려고 했다. 그리고 루시타이나호 침몰이 그 뒤를 따랐다. 이 배는 1차 세계 대전 동안 독일 잠수함에 의해 침몰되었고, 그 결과 미국의 전쟁 개입을 유발하거나 가속화했다고 한다. 또한 한 고독한 목소리가, 집단 수용소 포로를 실은 아르코나호가 노이슈테트 만에서 영국 폭격기들에 의해 침몰되었다는 정보도 제공해 주었다. 착오로 인한 이 사건은 종전 며칠 전에 일어났으며 이제 인터넷에서 사망자 7000명이라는 수치로 리스트에서 높은 순위를 차지하였다. 그리고 나서는 고야호가 같은 수준이었다. 하지만 그 모든 경쟁적인 수치 비교에서 최후의 승자는 구스틀로프호였다. 내 아들은 그 애 특유의 철저함에 대한 열정으로 자신의 웹사이트에서, 그 잊힌 배와 인간 화물들을 세계인의 의식 속으로 밀어넣는 데 성공했다. 그리하여 그 배는 톱니꼴로 선명하게 그려진 어뢰 명중탄을 포함한 스케치로 분명하게 부각되었으며, 이후로도 불행 그 자체로서 전 지구적 의미를 띤 이름이 되었다.

하지만 1945년 1월 30일 21시 16분 이후 실제로 빌헬름 구스틀로프호 선상에서 일어났던 일은 사이버 공간에서 제시된 압도적인 수치들과는 아무런 관계도 없다. 오히려 프랑크 비스바르는 그의 흑백 영화 「고텐하펜에 밤이 내리다」에서, 지나치게 늘어진 서막 이야기에도 불구하고 세 명중탄으로 뱃머리가 즉시 불바다가 되었다가, 왼쪽 뱃전으로 기울며 침몰했을 때 모든 갑판에서 돌발했던 경악스러운 몇몇 장면을 포착하는 데 성공했다.

태만함에서 온 당연한 업보였다. 안 그래도 모자라는 구명보트를 왜 조심스럽게 바다 위로 내리지 않았단 말인가? 왜 보트를 매다는 기둥과 도르래의 얼음을 수시로 제거하지 않았는가? 또한 뱃머리에서 격벽 차단되었지만, 어쩌면 살아 있었을지도 모르는 승무원들이 없었던 게 안타깝다. 교육 함대 예비 수병들은 구명보트를 다루는 데 미숙했다. 역시 배 갑판 중 하나였던 얼어붙은 상갑판은 거울처럼 미끄러웠기 때문에 배가 기울었을 때 상갑판으로 몰려온 사람들은 미끄러졌다. 일부 사람들은 붙들 데가 없었기 때문에 바다로 떨어졌다. 모든 사람이 구명조끼를 입고 떨어진 것은 아니었다. 그때 많은 사람들은 공포에 질려 바닷속으로 몸을 날렸다. 선박 내부의 열기 때문에 상갑판으로 몰려왔던 사람 대부분은, 대기 온도 영하 18도 그리고 마찬가지로 낮은 수온 — 2도 혹은 3도였던가? — 에서 냉기에 의한 쇼크를 이겨 내고 살아남기에는 너

무 얇게 입고 있었다. 그렇지만 그들은 뛰어내렸다. 이제 함교
로부터 명령이 떨어졌다. 밀어닥치는 인파를 아래쪽 유리로
된 산책 갑판으로 인도하여 문을 잠그고 무장하여 지키라는
것이었다. 구조선이 올 거라는 희망 때문이었다. 이 조치는 엄
격하게 시행되었다. 좌현에서 우현까지 연결된 166미터의 유
리 진열장은 곧 1000명 이상을 그 안에 가두었다. 완전히 파
국에 이르러 너무 늦었을 때에야 비로소, 산책 갑판의 방탄 유
리벽 여기저기가 파열되었다.

그러나 배의 내부에서 일어났던 일은 말로 나타낼 수가 없
다. 설명 불가능한 모든 것에 대해서 어머니는 "그것에 대해
선 할 말이 없어……."라고 말하는데 그 말은 나도 잘 모른다
는 것을 의미한다. 그러므로 나는 경악스러운 일을 상상하고
소름 끼치는 것들을 일부러 세세하게 묘사하려고 하지는 않
겠다. 비록 지금 내 고용주[46]가 개개인의 운명을 나열하고, 서
사적인 입장을 견지하는 침착함과 감정이입 능력을 총동원하
여 거대한 스케일로 완성하되, 공포에 넘치는 말들로 대파국
에 걸맞게 서술하라고 몰아붙이고 있긴 하지만 말이다.

그러한 것은 흑백 영화에서 스튜디오 배경에 나타난 그림
으로 시도되었다. 밀어닥치는 인파, 꽉 막힌 통로, 어떤 계단
을 통해서든 위로 올라가려고 사투하는 장면, 폐쇄된 산책 갑
판 안에 갇힌 사람들로 분장한 엑스트라들, 배가 기울자 드러
나는 바다, 물이 차 오르고 배 안에서 수영하고 익사하는 장

---

46) 귄터 그라스를 가리킨다.

면들. 영화에서는 아이들도 보인다. 엄마와 헤어진 아이들, 손에 흔들거리는 인형을 든 아이들, 사람들이 이미 떠나 버린 복도에서 길을 잃은 아이들, 근접 촬영한, 혼자된 아이들의 눈. 하지만 4000명이 넘는 젖먹이, 아이 그리고 소년소녀들은 — 그들 중 아무도 살아남지 못했다. — 오로지 비용 때문에 영화화되지 못하고 언제까지나 추상적인 수치로만 남아 있다. 당시나 지금이나 마찬가지로 대략적으로 헤아릴 수밖에 없었고 수천, 수십만, 수백만에 달하는 그 모든 사람들과 마찬가지로 결국에는 '0'에 지나지 않는 것이며, 그것은 이미 다음과 같은 사실을 의미한다. 즉, 통계 놀음에서 죽음은 수치 뒤로 사라져 버린다.

나는 생존자들이 다른 곳에서 말한 증언을 인용하여 보고할 수 있을 뿐이다. 넓은 계단과 갑판 아래로 통하는 좁은 계단에는 노인과 아이 들이 밟혀서 죽어 있다. 모두들 제 목숨 구하기에 급급했다. 사려 깊은 사람들은 앞서 죽음을 맞으려 했다. 어떤 훈련 장교는 자신에게 배당된 가족 선실에서 처음에는 세 아이를, 그다음에는 아내를, 그리고 마지막으로 자신을 당직용 권총으로 쏘았다고 한다. 당 간부와 그 가족들에 관해서도 같은 이야기가 전해져 온다. 그들은 한때 히틀러와 그 추종자인 라이의 전용실이었고 이제 자발적인 숙청의 공간이 된 저 특별 선실들에서 최후를 마쳤다. 해군 소령의 개 하산도 주인에게 사살되었다고 가정해 볼 수 있을 것이다. 또한 얼어붙은 상갑판에서는 총기들이 사용되어야 했다. 왜냐하면 '여자와 아이들만 보트 안으로!'라는 명령이 지켜지지 않았기 때문이다. 그러므로 주로 남자들만 구출되었는데, 그 점은 모든 생명을 차단해 버리는 통계가 중립적으로 그리고 아무런 논평도 없이 입증한다.

쉰 명 이상을 태울 수 있는 구명보트 한 척은 너무 서두른 나머지 겨우 선원 열둘 만을 태운 채 물 위로 내려졌다. 너무 성급하게 밧줄을 푸는 바람에 또 다른 보트 한 척은 앞쪽 밧줄에만 대롱대롱 매달리게 되어 보트에 탔던 사람들 모두를 파도 치는 바다로 쏟아부었다. 그러고는 지탱하던 밧줄이 끊어지자 바닷속에서 떠다니던 사람들 머리 위로 떨어졌다. 오직 4번 구명보트만, 승선 인원의 절반을 여자와 아이 들로 태우고 정해진 규범대로 물 위에 띄워졌다고 한다. 중상자는 어쩔 수 없이 현관실이라 불리는 임시 병실에 내버려 둘 수밖에 없었기 때문에, 위생병들은 경상자를 보트에 태우려 해 보았으나 그마저 허사였다.

선장들마저도 오로지 자기 목숨 부지하는 데만 급급했다. 보고에 따르면 한 고위 장교는 자기 부인을 선실에서 상갑판으로 데려와 선미의 갑판에서 소형 모터보트의 — 카데에프 시절 노르웨이 항해 때 유람 보트로 사용되었던 것이다. — 고정 장치에 붙어 있는 얼음을 제거하기 시작했다고 한다. 마침내 그 소형 보트를 매다는 데 성공했을 때, 기적적으로 전기 윈치가 작동하기 시작했다. 그 보트가 갑판으로부터 밧줄에 매달려 내려오는 동안 산책 갑판 안에 갇혀 있던 여자들과 아이들은 방탄 유리벽을 통해 반만 태운 보트를 바라보았다. 그리고 소형 보트에 탄 사람들도 수많은 사람들이 방탄유리 뒤에 빽빽하게 갇혀 있는 것을 잠시 동안 보았다. 손을 흔들었을 수도 있을 것이다. 이후 배 안에서 일어난 일에 대해서는 목격자도 없고 기록된 바도 없다.

나는 어머니가 어떻게 구출되었는지만 안다. "마지막 꽝 하는 소리가 난 직후에 진통이 시작되었어……." 내가 어렸을 때 그녀가 거기에 대해서 이야기할 때면 나는 신나는 모험 이야기를 듣고 있다는 생각이 들었다. "그래, 의사 아저씨가 재빨리 주사 한 대를 놓았어……." "주사는 대단히 무서워했지만, 진통은 그걸로 끝이었지……."

젖먹이가 딸린 산모 두 명과 어머니를 병실 간호사 도움을 받아 미끄러운 상갑판 위로 데려간 것은 리히터 박사였다. 그러고 나서 세 여자는 이미 밧줄을 풀어낸 상태로 기둥에 매달려 있는 보트에 올라탔다. 다른 임신부 한 명 그리고 유산한 여자 한 명과 함께 ― 이번에는 병실 간호사 헬가의 도움이 없었음이 분명하다. ― 그는 조금 나중에 마지막 남은 보트 중 하나에 올랐다고 한다. 어머니 말에 따르면, 배가 점점더 심하게 기울어짐에 따라 30밀리미터 고사포 중 하나의 고정 장치가 풀려 선미의 갑판에서 떨어져, 사람들을 가득 태운채 이미 밧줄에서 풀려 있는 보트 한 척을 짓뭉개 버렸다고 한다. "우리 바로 옆에서 일어난 일이야, 우린 정말 운이 좋았지……." 그리하여 나는 어머니 몸속에 든 채로 침몰하는 배를 떠났다. 우리 보트는 그 자리를 떴고 ― 아직 살아 있는 사람들과 이미 죽은 사람들이 떠다니는 가운데 ― 왼쪽 뱃전으로 기울어지는 배와 어느 정도 거리를 유지하게 되었다. 참,

너무 늦기 전에 한두 가지 이야기를 더 해야겠다. 예컨대 모든 사람들이 좋아했던 선내 이발사는 오래전부터 점점 희귀해져 가는 5마르크짜리 은화를 모아 왔다. 그런데 이제 속이 가득 찬 돈주머니를 바지 끈에 묶고 바닷속으로 뛰어들었다가 은화 무게 때문에 즉시 가라앉았다고…… 더 이상 이야기를 계속할 수가 없다.

이제 나는 간략하게 정리하라는 충고를 받고 있다. 아니, 내고용주가 고집한다. 배 안과 차가운 바다에서의 수없는 죽음을 말로 표현하는 일, 그리고 독일 진혼곡이나 해상에서의 죽음을 애도하는 무도곡을 연주하는 것은 불가능하므로 그저 겸손하게 본론으로 들어가라는 것이다. 즉 그 사람은 내 반생 이야기를 하라고 주장한다.

하지만 할 이야기가 아직 남아 있다. 부모와 피란 짐은 잃었지만 산통은 정지시킨 채 어머니가 탄 그 구명보트에 있던 모든 사람들은 배와 점점 멀어짐에 따라, 그리고 파도가 출렁거리며 보트를 밀어올릴 때마다 심하게 기울면서 침몰해 가는 빌헬름 구스틀로프호를 한눈에 볼 수 있었다. 거센 파도가 이는 바다에서 어느 정도 간격을 유지한 호위함의 탐조등이 함교 시설물들, 유리로 덮인 산책 갑판 그리고 좌현 쪽으로 비스듬히 기울며 솟은 상갑판을 비추며 지나갈 때마다 구명보트를 타고 살아남은 자들은 사람들이 하나하나 뿔뿔이 혹은 떼를 지어 배에서 떨어지는 장면들을 목격하였다. 그리고 어머니를 비롯하여 바로 가까이에서 바라볼 의지가 있었던 모든 사람은 구명조끼를 입고 표류하는 사람들을 보았다. 그들 중에는 큰소리로 혹은 맥없이 보트에 실어 달라고 구조를 요청하는, 아직 살아 있는 사람들도 있었고, 또 잠자는 것처럼 보이지만 이미 죽어 버린 사람들도 있었다. 하지만 어머니 말에 따르면 아이들은 더욱 비참한 최후를 맞았다. "아이들은 모두 뒤집어진 채로 머리를 아래로 하고 배에서 떨어졌어. 자그마한 발들을 위로 한 채 불룩한 고무 튜브 안에 거꾸로 처박혔지……."

그리고 어머니는 나중에 그녀의 목공 작업반 기능공들이라든지 일시적으로 잠자리를 같이하는 남자 친구들 중 하나로부터 어떻게 젊은 여자가 백발이 되었는지 질문을 받았을 때, 이렇게 말했다. "그 새파란 애들이 머리를 거꾸로 하고 죽는 걸 보았을 때 그렇게 되었어요……."

바로 그때, 그때 이미 충격을 받았는지 모른다. 내가 어린아이일 때 그리고 어머니는 20대 중반일 때, 그녀는 자신의 짧게 깎은 백발을 마치 트로피라도 되는 양 내놓고 다녔다. 왜냐하면 그 일과 관련된 질문을 받기만 하면, 노동자와 농민의 국가에서 허락되지 않은 주제인 구스틀로프호와 그 침몰에 대해 언급할 수 있었기 때문이다. 그러나 이따금 그리고 약간은 의도적으로 그녀는 소련 잠수함과 어뢰 세 발에 대해서 이야기하였다. 그리고 그때마다 어머니는 억지로 꾸민 표준말로 S13의 함장과 승무원들을 "우리 일꾼들과 우호적 동맹 관계인 소련 해군의 영웅들"이라고 불렀다.

어머니의 증언에 따르자면 그녀의 머리칼이 순식간에 백발이 되었던 —— 아마도 배가 어뢰에 명중된 후 삼십 분 정도 지났을 때였을 것이다. —— 그 시각에 물밑으로 내려간 잠수함 승무원들은 조용히 수뢰 공격에 대비하였다. 하지만 공격은 없었다. 접근해 오는 배의 스크루 소리는 들리지 않았다. 잠수함 영화에 나오는 장면들을 연상시키는 극적인 장면은 아무것도 일어나지 않았다. 하지만 헤드폰을 끼고 바깥에서 나는 소음을 확인하는 임무를 띤 해군 하사 슈나프체프는 침몰하는 선체가 어떤 소리를 내는지 들었다. 엔진 덩어리가 고정대에서 풀려나왔을 때의 잡음, 짧은 시간 동안의 신음 소리 후에 수압으로 격벽들이 폭파되면서 나는 쾅 하는 소리, 그리고 그밖의 확인하기 어려운 소음들이 들려왔다. 그 모든 것을 그는 함장에게 나지막한 목소리로 보고했다.

2번 포신에 장착되어 있던, 스탈린에게 바쳐진 어뢰의 뇌관이 그동안 제거되었고, 잠수함 내부는 명령에 따라 쥐 죽은 듯 고요했기 때문에, 헤드폰을 낀 그 해군 하사는 이름도 알 수 없는 저 사멸해 가는 배가 내는 소리를 제외하고는 느린 속도로 항해하는 호위함의 스크루 소리만 저 멀리에서 들을 수 있을 뿐이었다. 그 배는 아무런 위협이 되지 않았다. 사람 목소리도 들려오지 않았다. 그 배는 어뢰정이었다. 그 배는 엔진 동력을 줄이고 제자리를 지키면서 빙 둘러 있는 난간으로부터 결박용 밧줄을 던져 물 속에서 떠다니는 산 자와 죽은 자들을 낚아 올렸다. 단 한 척 있는 모터보트는 꽁꽁 언 데다가, 그 엔진도 시동이 걸리지 않았기 때문에 구조 활동에 투입될 수 없었다. 오로지 밧줄로만 구출되었다. 생존자 대략 200명이 그렇게 배에 올랐다.

서서히 전복되어 가는 배에서 풀려날 수 있었던 몇몇 구명보트 중 첫 번째가 탐조등에서 원뿔 모양으로 비추는 빛을 받으면서 뢰베호에 다가갔을 때, 여전히 거센 파도가 일었기 때문에 뱃전에 선체를 갖다 대기가 어려웠다. 그 보트 중 하나에 타고 있던 어머니가 말했다. "파도가 우리를 아주 높이 들어 올렸기 때문에, 우리는 저 아래쪽에 있는 뢰베호를 내려다볼 수 있었단다. 그러고 나서는 다시 바닥으로 떨어졌고, 뢰베호는 우리 옆에 높다랗게……."

구명보트가 이따금씩 어뢰정의 난간 높이에 접근하는 수초 동안만 난파자들을 한 명 한 명 승선시킬 수 있었다. 뛰어넘다가 실패하는 사람은 두 선박 사이에 빠져 사라져 버렸다. 하지만 어머니는 다행스럽게도 그 전투함 선상에 오를 수 있었다. 배수량 768톤밖에 되지 않는 이 배는 1938년 '퀼러'라고 명명되어 노르웨이의 한 부두에서 취항하여 노르웨이 해군에 소속되었다가, 1940년 노르웨이가 점령된 후 독일 해군이 전리품으로 접수했다.

이런 내력을 가진 호위함의 두 수병은 어머니를 난간 위로 끌어올리자마자 ─ 그러는 동안 신발을 잃어버렸다. ─ 담요로 감싸서 당직을 서던 기관실 사관의 선실로 데려갔다. 그리고 그때 어머니의 산통은 다시 시작되었다.

마음대로 생각하시라지! 나는 그 사람이 요구하는 대로 끌려가고 싶지 않다. 나는 뢰베호 선상에서 어머니의 배로부터 태어나기보다는, 침몰 후 일곱 시간 만에 초계정 VP1703에 구출되는 버려진 아이였더라면 차라리 좋겠다. 그것은 구조선 여러 척, 즉 제일 먼저 나타난 어뢰정 T36, 그러고 나서 나타난 기선 고텐란트와 괴팅겐이 걸쭉한 얼음 바다에 둥둥 떠다니는 얼음 덩어리와 죽어서 떠다니는 많은 시체 사이에서, 일렁거리는 파도에도 불구하고 몇몇 생존자를 배 위로 건져 올린 후의 일이었다.

고텐하펜 항에 있던 그 초계정 선장에게 뢰베호의 무선 통신병이 계속해서 보낸 SOS 신호가 접수되었다. 그는 고철이나 마찬가지인 자기 배를 이끌고 즉시 출항하였고, 즐비하게 널린 시체를 눈앞에서 발견하였다. 하지만 그는 계속해서 선상 탐조등으로 바다를 비추게 했고, 마침내 원뿔 모양의 빛은 사람이 타고 있지 않은 듯 표류하는 구명보트를 포착하였다. 해군 하사가 다른 곳을 비추는 순간, 한 여자와 아직 어른이 되지 못한 소녀의 얼어붙은 시체 옆에서 꽁꽁 얼어붙은 모포 꾸러미가 눈에 들어왔다. 그 꾸러미를 VP1703 선상으로 가져와서 바깥의 언 부분을 녹이고 헤쳐 풀었다. 그러자 저 젖먹이가 모습을 드러냈다. 정말이지 그 젖먹이가 나였으면 하고 나는 바란다. 부모도 없이 버려진 아이, 빌헬름 구스틀로프호의 마지막 생존자.

그 초계정에서 그날 밤 우연히 근무를 하게 된 소함대 소속 의사는 젖먹이의 희미한 맥박을 짚어 보고는 소생술을 시작하고 장뇌 주사를 놓았다. 그러고는 그 아이가, 젖먹이가 눈을

뜰 때까지 간호를 멈추지 않았다. 그는 그 젖먹이 나이를 11개월로 추정했으며, 주요한 세부 사항들, 즉 이름이 없고 출생이 알려지지 않았다는 것, 대략의 나이, 구조되었을 때 날짜와 시각 그리고 구조자 이름과 직위를 임시 증명서에 기입하였다.

나도 차라리 그랬으면 좋았을 것이다. 즉 실제 그랬던 것처럼 그 불운한 1월 30일에 태어나는 것이 아니라 1944년 2월 말이나 3월 초, 그 어떤 동프로이센 시골 한구석에서 별다른 특징이 없는 날에 어머니도 모르고 아버지도 없는 상태로 태어나긴 하지만, 나를 구한 해군 하사 베르너 피크에게 양자로 입양되고, 그 해군 하사는 바로 다음 기회에 — 스비네뮌데에서였다. — 나를 그의 아내에게 맡긴다. 지금까지 아이가 없었던 양부모와 함께 나는 — 전쟁이 끝났을 때 — 처음에는 영국 점령 지역, 폭탄으로 파괴된 도시 함부르크로 이사를 한다. 하지만 일 년 후에는 소련 점령 지역 내에 있고 마찬가지로 폭격을 받은 피크의 고향 도시 로슈토크에서 주택을 발견한다. 그리고 그 후로는 내 어머니와 함께 엮인 전기에 나오는 그 모든 것대로 성장한다. 소년개척단에 참가하여 깃발을 흔든다든지, 자유독일청년단에 들어가 행진을 하기도 한다. 하지만 피크 부부의 보살핌을 받는다. 그게 마음에 든다. 차고 있던 기저귀로는 출신에 대해 아무것도 알 수 없는 버려진 아이지만, 나는 아버지와 어머니로부터 귀여움을 받으면서 조립식 주택 단지에서 성장한다. 그리고 파울이 아니라 페터라고 불리며, 조선과 학생으로 나중에 로슈토크의 불칸 조선소에 취직하며, 조선 기술자로 통일 때까지 안정된 직장을 유지한다.

그러다가 내가 구조된 지 오십 년 만에 조기 연금 수령자가 되어 발트 해 휴양소 담프에서 열리는 생존자 모임에 혼자 혹은 늙어 버린 양부모와 참가하여, 모임의 모든 참석자들로부터 축하를 받으며 무대 위에 선다. 그러나 그 누군가가, 그 저주받을 섭리가 나의 그러한 운명에 반대를 했다. 어떠한 탈출로도 없었다. 나는 이름 없는 피구조자로 살아남도록 허락받지 못했다. 항해일지에 씌어 있듯이 구명보트가 좋은 위치에 있었을 때, 만삭 처녀 우어줄라 포크리프케는 어뢰정 뢰베호에 받아들여졌다. 심지어는 시각까지 기록되어 있다. 22시 5분. 거센 파도가 이는 바다에서, 그리고 구스틀로프호 안에서 죽음이 계속해서 소득을 올리는 동안 출산은 순조롭게 진행되었다.

이러한 편협한 생각은 그만두어야 한다. 내 탄생이 유일무이한 것은 아니니까 말이다. 아리아 「죽어서 이루라!」에는 여러 절(節)이 있다. 왜냐하면 그전에도 그리고 그 후에도 아이들이 태어났기 때문이다. 예컨대 어뢰정 T36 선상에서라든지 나중에 도착한 기선 괴팅겐호에서도 아이들이 태어났던 것이다. 북독일 로이드 기선회사 소속으로 6000톤에 달하는 이 괴팅겐호는 동프로이센 항구 필라우에서 부상병 2500명과 피란민 1000명 이상 — 그중 대략 젖먹이가 100명 정도 있었다. — 을 승선시켰다. 항해 중 다섯 아이들이 더 태어났는데, 마지막 아이는 호위를 받으면서 항해하던 이 배가, 살려 달라는 소리도 거의 사라진, 시체가 즐비한 곳에 도착하기 직전에 태어났다. 하지만 침몰 순간에, 어뢰에 명중되고 나서 육십이 분 후에, 나는 유일하게 죽음의 동굴에서 기어나왔던 것이다.

어머니가 주장하는 대로 '구스틀로프호가 침몰했던 바로 그 시각에' 혹은 내 말대로, 빌헬름 구스틀로프호가 뱃머리부터 먼저 심하게 기울다가 좌현 쪽으로 가라앉으면서 전복되고, 그러는 동안 모든 상갑판에서 미끄러져 내려가는 모든 인간들과 쌓아놓은 뗏목들, 지탱할 데가 없는 모든 것이 거품 끓어오르는 바다 위로 추락하였을 때, 알 수 없는 그 어느 곳으로부터 명령이라도 받은 듯, 어뢰에 명중된 후 꺼졌던 조명이 배 내부에서 심지어는 갑판 위에서도 켜지면서 — 마치 평화로울 때와 카데에프 시절에 그랬던 것처럼 — 눈이 있는 모든 사람들에게 마지막으로 호화찬란한 불빛을 보여 주었던 바로 그 시각에, 모든 것이 종말을 맞았을 바로 그 시각에, 나는 기술 사관의 좁은 선실에서 아주 정상적으로 태어났다고 한다. 머리부터 먼저 나오고, 별다른 어려움도 없이, 혹은 어머니가 "아무 일도 아닌 것 같았어. 그저 미끄러져 나왔으니까……." 하고 말했듯이.

그녀는 선실 바깥에서 일어났던 모든 일에 대해서 전혀 알지 못했다. 전복되면서 침몰한 배에 마지막으로 들어왔던 찬란한 조명에 대해서도, 마지막으로 솟아오른 선미로부터 인간들이 포도송이처럼 무리 지어 떨어졌던 것도 몰랐다. 하지만 어머니의 기억에 따르면 나의 첫 번째 울음소리가 저 멀리까지 퍼져 나갔던, 수많은 음성들로 혼합된 울부짖음을 능가했다고 한다. 이 마지막 울부짖음은 도처에서 들려왔다. 침몰하는 배 내부로부터, 파열된 산책 갑판으로부터, 파도에 들어 올려졌다가 파도 고랑 속으로 사라져 버린 반쯤 찬 보트들로 부터, 가득 찬 보트들로부터, 빽빽이 올라탄 뗏목들로부터, 곳 곳에서 비명 소리가 한 덩이가 되어 들려왔다. 그러다 그 소리 는, 갑자기 들려왔다가 순식간에 멈춰 버린 뱃고동의 울부짖 음과 함께 증폭되면서 무시무시한 이중주를 이루었다. 전대 미문의, 집단으로 내지르는 최후의 울부짖음이었다. 어머니 는 그 소리에 대해 이야기하였으며 지금도 계속해서 이야기 한다. "그런 비명 소리는 귓속에서 떠나지 않아…….."

그 후의 침묵을 방해한 것은 나의 칭얼거리는 소리뿐이었 다고 한다. 탯줄을 자르자마자 나도 조용히 누워 있었다. 선장 이 침몰의 목격자로서 규칙에 따라 항해일지에 시각을 적어 넣었을 때, 어뢰정 승무원들은 생존자들을 다시 바다에서 낚 아 올리기 시작했다.

그러나 그 모든 것이 앞뒤가 맞지 않다. 어머니는 속이고 있 다. 나는 확신한다. 내가 뢰베호에서 태어나지 않았음을…….. 그러므로 시간상으로 볼 때…… 왜냐하면 두 번째 어뢰에 맞 았을 때는 이미…… 첫 번째 진통 때 리히터 박사는 주사를 놓 지 않았으며 곧 출산이…… 순조롭게 진행되었다. 나는 비스 듬하게 기운 간이 침상에서 태어났다. 모든 것이 기울어 있었 다. 내가 태어났다…… 다만 유감인 것은 시간이 없어서 리히 터 박사가 기록을 남기지 못했다는 점이다. 언제, 어느 배에 서, 정확히 몇 시에 태어났다는 자필 기록이 없다. 그렇다, 어뢰정이 아니라 저주받은, 순교자 이름을 따 명명된, 진수대에서 출범한, 한때 흰색으로 빛나고 사랑받았던, 카데에프 휴양단을 실어 날랐던, 계급을 초월한, 세 번이나 저주받은, 승선 인원을 초과하여 태운, 전쟁에 시달린, 어뢰에 명중된, 끊임없이 가라앉고 있는 배의 선상 비스듬하게 기운 침상에서, 머리부터 먼저 나오며, 나는 태어났다. 그러고 나서 탯줄을 자른 젖먹이에게 기저귀를 채우고 선박에서 사용하는 담요로 감싼 후, 어머니는 리히터 박사와 병실 간호사 헬가의 부축을 받으며 구명보트 위에 올라탔다.

그러나 그녀는 구스틀로프호 선상에서 출산하지 않았다고 주장한다. 기술 사관의 선실에서 나의 탯줄을 잘랐던 두 선원과 입을 맞추어 함께 거짓말을 한다. 그러고 나서는 다시 그 박사가 현장에 있었다고 주장하지만, 사실 그는 그 시각에 아직 어뢰정에 오르지 않았다. 그 밖의 모든 것에 대해서 분명히 알고 있는 어머니조차도 기억이 왔다 갔다 한다. 그러면서 '두 선원'과 '구스틀로프호 선상에서 나에게 주사 놓는 것을 놓쳐버린 의사 아저씨' 뒤에 또다른 산파 한 명을 더 끌어들인다. 즉 뢰베호의 선장인 파울 프뤼페가 나의 탯줄을 잘랐다는 것이다.

나는 출생에 대한 나의 판본을 — 사실 그것은 환상에 가깝다. — 입증할 수 없기 때문에, 하인츠 쉰이 전한 사실에 의지한다. 그에 의하면 리히터 박사는 자정 이후 그 어뢰정에 의해 구출되었다. 그러니까 그때부터 그는 다른 아이의 출산을 도울 수 있었다. 그러나 구스틀로프호의 선상 의사가 추후 내 출생증명서를 — 정확한 시각은 나와 있지 않지만 1945년 1월 30일이다. — 교부했다는 것은 분명하다. 그리고 내 이름이 정해진 것은 해군 대위 프뤼페라는 존재 때문이었다. 즉 어머니는 내가 "뢰베호의 선장과 똑같이" 파울이라고 불려야 하며, 성은 불가피하게 포크리프케가 되어야 한다고 주장했다는 것이다. 나중에 학교에 다닐 때도, 그리고 자유독일청년단에 속했을 때도 아이들이 나를 '페페'라고 불렀다. 내가 알고 지내는 기자들도 마찬가지로 나를 '페페'라 불렀다. 그리고 나는 지금도 내 기사에 P. P.라고 서명한다.

그 밖에도 내가 태어난 지 두 시간 후에, 그러니까 1월 31일에 어뢰정에서 태어난 아이는 이후 그의 어머니의 소망에 따라, 그리고 구조 선박의 이름을 따 '레오'[47)]라고 불렸다.

나의 출생에 대해서 그리고 이 배 아니면 저 배에서 나의 출생을 도와주었다고 하는 사람들에 대해서는 인터넷에서 조금도 언급되지 않는다. 내 아들의 웹사이트에는 파울 포크리프케라는 이름은 물론이고 그 이름의 약자도 결코 등장하지 않는다. 나와 관련된 모든 것에 대해서는 완전한 침묵을 지키고 있다. 내 아들은 나를 제쳐 버렸다. 온라인에서 나는 존재하지 않았다. 하지만 침몰 순간에 혹은 그 몇 분 후에 어뢰정 T36의 호위를 받으며 또 다른 배가, 즉 중순양함 아드미랄 히퍼호가 불운의 장소에 도착했다. 그리고 이 배는 나중에 콘라트와 그

---

47) '뢰베'나 '레오'는 모두 '사자'라는 뜻이다.

의 대적자 ― 스스로를 다비드라고 불렀다. ― 사이에 전지구적으로 논란을 불러일으킨 언쟁의 불씨가 되었다. 문제는 마찬가지로 피란민과 부상병을 가득 태운 히퍼호가 잠시 정지했을 뿐, 곧 항로를 돌려 목적지 항구인 킬 방향으로 항해를 계속했다는 것에 있다. 코니는 해군 전문가 행세를 하면서, 호위함으로부터 연락받은 잠수함 공격의 위험성은 그 중순양함의 방향 선회에 충분한 이유가 된다고 판단했다. 그에 대해 다비드는 반론을 제기했다. 히퍼호는 최소한 모터보트 몇 척을 물 위로 내려 지속적인 구조 활동을 했어야 한다는 것이다. 그밖에도 어쨌거나 배수량 1만 톤의 전투함이 전속력으로 불운의 장소 바로 근처를 지났기 때문에, 바다에서 표류하던 수많은 사람들이 선미에서 내뿜는 바닷물의 소용돌이 속으로 빠져들었고 적지 않은 수가 그 배의 스크루에 갈기갈기 찢어졌다는 것이다.

하지만 내 아들은 히퍼호 호위함의 위치 측정 기구가 잠수함 공격의 위험성을 식별해 냈을 뿐만 아니라, T36이 자기를 향해 쏜 어뢰 두 발을 피하기도 했다는 사실을 정확하게 알고 있는 듯이 둘러대었다. 거기에 대해서 다비드는 마치 자신이 물밑 현장에 있었기라도 한 것처럼 증언하였다. 성공을 거둔 소련 잠수함이 잠망경을 통해 보지도 않고 가만히 그 자리에 머물렀으며 어뢰 단 한 발도 쏘지 않았다는 것이다. 하지만 T36호가 던진 수뢰들이 폭발함으로써 구명조끼를 입고 표류하면서 구조되기를 애타게 바라던 수많은 사람들이 산산조각으로 찢어졌다. 그리하여 비극의 후주곡으로 대량 학살이 진행되었다는 것이다.

이제 인터넷에서 개방적이고 총체적인 의사소통이 개시되었다. 국내외 목소리들이 섞여 들어왔다. 심지어는 알래스카에서도 소식을 전해 왔다. 오랫동안 잊혔던 배의 침몰이 아주 현실적인 문제로 떠올랐다. 바로 현재에 울려 퍼지는 '구스틀로프호가 침몰한다!'라는 외침과 함께 내 아들의 홈페이지가 온 세상을 향하여 창문을 열어젖혔으며, '이미 오래전에 시기를 놓쳐 버린 토론'을 다시 끌어들였고, 심지어 다비드까지 거기에 빠져들었던 것이다. 그렇다! 모든 사람이 1945년 1월 30일 슈톨페방크 해역에서 일어났던 일을 이제 알아야 하고 또 판단을 내려야 했다. 웹사이트 운영자는 발트 해 지도를 스캔하여 올려놓고는, 저 불운의 장소로 통하는 항로들을 교육적이고 능숙한 솜씨로 선명하게 보여 주었다! 그러나 유감스럽게도 코니의 맞수는 전지구적으로 확장된 채팅이 끝날 때까지도 그 불길한 날짜의 심층적인 의미와 침몰한 배에 이름을 대준 사람에 대해 기억하는 것을 포기하지 않았다. 그는 의대생 다비드 프랑크푸르터가 당 간부인 빌헬름 구스틀로프를 살해한 것을 "한편으로 보면 미망인에게는 안된 일이지만, 다른 한편으로 보면 — 유대 민족의 고통을 고려할 때 — 필연적이고 선견지명 있는 행동"이었다고 설명하며, 더 나아가서 작은 잠수함에 의한 커다란 배의 침몰을 "골리앗에 대한 다윗의 영원한 투쟁"의 연속이라고 칭송하기 시작했다. 그는 점점더 열을 올리면서 "원죄"라든지 "속죄의 계율" 같은 말들도 인터넷에 올렸다. 그는 명중탄을 날린 S13의 함장을, 총을 쏜 의대생의 후계자라고 치켜세우기도 했다. "마리네스코의 용기와 프랑크푸르터의 영웅적 행위는 결코 잊혀서는 안 된다!"

즉시 채팅 방에 증오의 말이 쏟아졌다. "유대인 새끼"와 "아우슈비츠의 사기꾼"은 가장 점잖은 욕설이었다. 그 배의 침몰이 현안으로 떠오르면서 오랫동안 잠수해 있었던 전투 구호인 "유다, 뒈져라!"가 현실적 가상 세계의 디지털 표면에 떠올랐다. 들끓어오르는 증오, 증오심의 소용돌이. 세상에! 그것들이 차곡차곡 쌓여 가고, 날마다 늘어나다가, 마침내 행동으로 몰아붙여진다.

하지만 내 아들은 자제심을 발휘했다. 오히려 공손하게 물었다. "말해 봐, 다비드, 너 혹시 유대 핏줄 아니니?" 거기에 애매한 대답이 주어졌다. "친애하는 나의 빌헬름, 흥미가 당긴다거나 그 밖에 특별한 방법이 있다면, 바로 다음번엔 나를 가스실로 보낼 수 있을 거야."

7

누가 어머니의 배를 불룩하게 만들었는지는 아무도 모른
다. 랑푸르 엘젠 거리의 컴컴한 목재 창고에서 그녀 사촌이 그
랬다고도 하고, 언젠가 '크노헨베르크가 보이는' 카이저하펜
근처에서 고사포 중대 어느 공군 보초병이 그랬다고도 하며,
또는 성교 중에 이를 북북 갈았다고 전해지는 어떤 하사가 그
랬다고도 한다. 누가 그녀에게 방아를 찧었는지는 상관없다.
나에게 그들은 그녀가 임의로 고른 상품일 뿐이니까. 아버지
없이 태어났고, 그 언젠가 아버지가 되기 위해서 자라났음에
는 변함이 없는 것이다.

어머니와 같은 나이이고 그녀를 툴라로서 잠시 안 적이 있
었다고 주장하는 그 사람은 어쨌거나 뒤틀린 내 인생을 핵심
적인 몇 마디로 설명해 보라고 생색을 내면서 허락한다. 그의
생각은 이렇다. 아들에게 나의 무능함을 실토해도 좋다. 하지

만 지극한 정성으로 생각해 본다면, 나의 탄생에 얽힌 정신적 충격은 아버지로서의 무능함을 경감해 주는 것이 아니겠느냐고. 그러므로 ─ 그 모든 사적인 추측들을 넘어서서 ─ 그 사건 자체에 중요한 의미가 있다는 것이다.

정말 고마운 말이다! 세세한 설명은 포기해야겠다. 최종적인 결론을 맺는다는 것은 나에게 언제나 역겨운 일이었다. 다만 이 정도로만 말하기로 하자. 불초 소생은 그저 우연으로 살아남았다. 왜냐하면 프뤼페 선장 선실에는 ─ 내가 그 옆에 있는 작은 선실에서 태어나, 나의 첫 번째 울음소리가, 어머니가 보기에 끝날 것 같지 않았던 저 비명 소리와 뒤섞였을 때 ─ 얼어 죽은 젖먹이 셋이 헝겊 하나 아래 누워 있었기 때문이다. 나중에는 새파랗게 얼어 버린 또 다른 젖먹이들이 추가되었다고 한다. 중순양함 히퍼호가 방향을 틀면서 1만 톤의 배수량으로 죽은 자와 아직 살아 있는 자를 갈가리 찢어 놓고 후미의 소용돌이로 깨끗이 치워 버린 후에도, 수색은 계속되었다. 어뢰정 두 척에 이어서 더 많은 배들이 구조에 나섰다. 기선들 외에도 소해정 몇 척과 어뢰정 공격함 한 척, 그리고 마지막으로 버려진 아이를 구출한 배라고 상상해 보았던 VP1703이 가세했다.

그 후에는 아무것도 움직이지 않았다. 죽은 사람들만 낚여 올라왔다. 두 다리를 위로 한 아이들. 마침내 집단 묘지 위 바다도 잠잠해졌다.

지금 내가 수를 센다면 들어맞지 않는다. 모든 것이 대략적이다. 게다가 숫자란 별 의미가 없는 것이다. '0'이 수두룩하게 붙은 숫자는 파악하기가 힘들다. 그러한 숫자들은 원리상 자가당착일 수밖에 없다. 구스틀로프호 선상에 있던 모든 사람들의 수가 수십 년 동안 6600명에서 1만 600명 사이로 계속 바뀌었을 뿐만 아니라, 생존자 수도 끊임없이 수정되어야 했다. 처음에는 900명이었으나 최종적으로는 1239명이다. 대답에 대한 희망도 없이 다음과 같은 의문이 제기된다. 생명이란 대체 무엇이란 말인가?

죽은 사람 대다수가 여자와 아이 들임이 분명하다. 곤혹스러울 정도로 명백하게, 더 많은 남자들이 구출되었다. 그 배의 네 선장도 모두 살아남았다. 종전 직후 죽은 페테르젠은 우선 자기 목숨부터 구했다. 대략 5000명 정도 되는, 빠져 죽고 얼어 죽고 계단에서 밟혀 죽은 아이들의 수에 비할 때, 저 불행을 전후하여 태어난 아이들은 — 그중에 나도 포함되어 있다. — 거의 아무런 의미도 없다. 나라는 존재는 별다른 의미가 없는 것이다.

생존자 대부분은 뤼겐 섬 자스니츠, 콜베르크 그리고 스비네뮌데에서 하선하였다. 살아남은 몇몇 사람들 중 적지 않은 수가 항해 중에 죽었다. 산 사람과 죽은 사람 일부는 고텐하펜으로 되돌아가야 했고, 살아 있는 사람들은 그곳에서 다른 피란선으로 수송될 때까지 기다려야 했다. 2월 말부터 단치히는 격전지가 되어 잿더미로 변했기 때문에, 피란민들이 줄을 지어 도시를 떠났다. 피란민들은 최후까지 기선, 바지선과 근해 어선 들로 가득 찬 부두로 빽빽하게 밀려들었다.

어뢰정 뢰베호는 1월 31일 이른 아침 콜베르크 항구에 정박했다. 어머니와 파울이라는 젖먹이 아기와 함께. 하인츠 쾰러는 배에서 내렸다. 그는 침몰한 배에서 언쟁을 하던 네 선장 중 한 사람으로 전쟁이 끝나자마자 그 생에 종지부를 찍었다.

유약자, 병자 그리고 발에 동상이 걸린 모든 사람들이 구급차로 실려 갔다. 어머니는 그녀답게도 성한 사람 축에 끼었다. 그녀의 끝없는 이야기 중 처음 육지에 내렸을 때 에피소드가 나오기만 하면, 그녀는 말했다. "그때 나는 발에 양말만 신고 있었어. 어떤 피란민 할머니가 신발을 몇 켤레 가방에서 꺼내 줄 때까지 말이야. 그 할머니는 길가의 덜커덩거리는 작은 손수레 위에 앉아 있었는데, 우리가 어디에서 왔고 또 무슨 일을 당했는지도 몰랐어……."

그 말이 맞을지도 모른다. 한때 인기가 있었던 카데에프 선단의 침몰은 제국 내에서는 알려지지 않았다. 그러한 소식이 결사항전 분위기에 해로울 수 있었기 때문이다. 오직 소문만 돌았다. 그러나 소련 함대 최고 사령부도 사정이 있어서 잠수함 S13과 그 함장의 성공을 적기함대 일일 보고문에 기재하지 않았다.

알렉산더 마리네스코는 투르쿠 항구로 귀환한 후 실망했다고 한다. 왜냐하면 그가 적군 항로로 계속 항해하면서 또 다른 배 한 척, 즉 한때 대양 횡단 항해선이었던 게네랄 폰 슈토이벤호를 어뢰 두 발로 침몰시켰는데도 사람들이 그에 걸맞게 그를 영웅으로 환영해 주지 않았기 때문이다. 두 번째 격침은 2월 10일 선미의 발사관에서 발사된 어뢰들에 의해서였다. 필라우에서 1000명 넘는 피란민과 부상병 2,000명을 싣고 — 또다시 대략적인 숫자다. — 항해에 나섰던 5,000톤의 이 배는 칠 분 만에 뱃머리 쪽으로 가라앉았다. 생존자는 대략 300명이었다. 중상자 일부는 신속하게 침몰하는 배의 상갑판에 빽빽하게 누워 있었다. 그들은 간이침대와 함께 미끄러지면서 바다에 빠졌다. 마리네스코는 이번에는 공격 깊이까지 잠수하여 잠망경을 통해 보면서 공격했다.

그럼에도 발트 해 적기함대 최고사령부는 배가 기지항에 도착한 후에도 두 번의 전과를 올린 이 선장을 '소련의 영웅'으로 지명하는 걸 주저하였다. 망설임은 계속되었다. 선장과 승무원들이 전통적인 잔치 음식을 — 구운 새끼 돼지, 많은 보드카 — 헛되이 기다리는 동안 전쟁은 모든 전선에서 계속되었고, 포머른 전선은 콜베르크 시로 접근했다. 처음에 어머니와 나는 그곳 한 학교에 기거했는데, 어머니는 나중에 그곳에 대해 이렇게 랑푸르 사투리로 말했다. "거긴 최소한 아늑할 정도로 따뜻했어. 그리고 한쪽으로 열리는 뚜껑을 단 학생용 걸상이 너의 요람이었지. 나는 생각했어. 우리 파울이 일찌감치 열심히 배우기 시작했다고 말이야……."

학교가 포탄에 명중되어 그 안에서 살 수 없게 되었을 때, 우리는 방공호에 숙소를 구했다. 콜베르크는 도시이자 요새로 역사적 유래가 있는 곳이었다. 그 시의 요새와 방어벽은 나폴레옹 시대 저항의 한 중심지였다. 그러므로 선전성의 독촉에 따라 하인리히 게오르게가 주역을 맡고 우파 영화사 다른 배우들이 연기한 「콜베르크」라는 결사항전 영화가 상영되었다. 이 천연색 영화는 아직 점령되지 않은 제국의, 아직 폭격 받지 않은 모든 영화관에서 상영되었다. 일당백의 영웅적 투쟁 이야기였다.

2월 말, 콜베르크의 역사는 되풀이되었다. 도시와 항구와 해변 휴양지가 붉은 군대와 폴란드 사단에 포위되었다. 포탄이 떨어지는 가운데 민간인과, 도시를 가득 메운 피란민의 해상 수송이 시작되었다. 다시 모든 부두에 거대한 인파가 밀어닥쳤다. 하지만 어머니는 다시 배에 오르는 것을 거부했다. "몽둥이 타작을 당하는 일이 있더라도 그런 배는 다시 타고 싶지 않았어요……." 그리고 누군가가 당시 포위되고 불타오르는 도시에서 어머니가 젖먹이와 함께 어떻게 빠져나올 수 있었는지 알고 싶어 하자, 그녀가 대답했다. "그래요, 언제든지 빠져나갈 구멍은 있는 법이지요." 어쨌든 어머니는 나중에도, 슈베린 호수에서 회사 야유회를 할 때에도, 결코 배에는 오르지 않았다.

3월 중순 그녀는 배낭 하나와 나를 짊어지고 러시아군 진지들 사이로 몰래 빠져나갔다. 러시아 초병들이 이 젊은 여자와 젖먹이를 가련하게 생각해서 그저 통과시켜 주었는지도 모른다. 내가 지금 여기에서, 다시 한 번 피란길에 나서는 마당에, 자신을 젖먹이라고 지칭하는 것은 맞기도 하고 틀리기도 하다. 왜냐하면 어머니 젖가슴은 아무것도 내놓지 않았으니까 말이다. 젖이 나올 생각도 하지 않았다. 어뢰정에서는 동프로이센 산모 중 한 사람이 도와주었다. 그녀는 젖이 충분하고도 남아돌았다. 그러고 나서는 피란길에 자기 젖먹이를 잃어버린 여자의 도움을 받았다. 그리고 나중에도 — 피란이 계속되는 오랫동안 — 나는 거듭해서 낯선 젖가슴에 기대었다.

그 무렵 포머른 해안가 모든 도시들은 적군에 점령되거나 위협받고 있었다. 슈테텐은 포위되었고, 스비네뮌데는 아직 버티고 있었다. 더 동쪽으로 단치히, 초포트, 고텐하펜은 함락되었다. 해안 쪽으로 제2 소련군 군단의 부대들이 푸치히 부근에서 헬라 반도를 봉쇄하였다. 그리고 더 서쪽으로 오데르 강 유역에서는 이미 퀴스트린이 격전 중이었다. 대독일제국은 이제 사방에서 오그라들었다. 라인 강과 모젤 강이 합류하는 코블렌츠는 미군 수중에 들어갔다. 마침내 레마겐의 다리도 붕괴되었다. 동부 전선에서 중앙 군단은 슐레지엔에서 철군했고 브레스라우의 요새는 점점 더 위기에 몰렸다. 게다가 미국과 영국 폭격기 편대들은 대도시와 중간 크기 도시들에 대한 공습을 멈추지 않았다. 영국 공군 원수가 드레스덴 시의 폐허에서 연기가 솟아오르는 것을 보고 기뻐하는 동안에도 베를린, 레겐스부르크, 보훔, 부퍼탈에 폭탄이 떨어졌다……. 슈타우젠의 댐들은 거듭된 공격의 목표물이었다. 도처에서, 동에서 서로 밀리는 가운데 피란민 행렬이 줄을 이었다. 그들은 어디에서 머물러야 할지를 몰랐다.

어머니에게도 특별한 목적지가 없었다. 다만 가장 중요한 짐인 나 — 모유가 모자랐기 때문에 계속해서 징징거리며 울었다. — 와 함께 콜베르크를 탈출했고, 그 후에는 전선 사이에 빠져들어 밤 동안 일부 구간은 화물 차량이라든지 무개 군용 자동차를 타고 조금 앞으로 나아갔고, 때로는 점점 짐을 줄여 가면서 길을 가고 있는 다른 피란민 사이에서 걸었다. 그러다가 이따금씩은 저공 비행기로부터의 사격을 피해 땅 위에 바싹 엎드리기도 했다. 하여간 해안으로부터 계속 멀어지려고 했고 — 젖이 남는 어머니들을 끊임없이 찾으면서 — 결국에는 슈베린까지 뚫고 나아갔다. 어머니는 그녀의 피란길에 대해 때로는 이렇게 때로는 저렇게 이야기했다. 원래 그녀는 엘베 강을 넘어 서쪽으로 계속 가려고 했다. 그러나 우리는 결국 제국 대관구인 메클렌부르크의, 파괴되지 않은 수도에 머무르게 되었다. 4월 말경으로, 총통이 자살로 생을 마감했을 때였다.

나중에 목공 도제 시절에 남자들에게 둘러싸여 당시 피란길에 대한 질문을 받았을 때, 어머니가 말했다. "소설 몇 권이라도 쓸 수 있어요. 가장 고약한 건 비행기였어요. 아주 낮게 우리 머리 위로 지나가면서 타타타타…… 하지만 언제나 운이 좋았어요. 그래요, 잡초는 사라지지 않는 법이거든요!"

어쨌든 그녀의 본래 주제는 끊임없이 가라앉는 배였다. 다른 것은 중요하지 않았다. 곧바로 얻은 임시 숙소의 비좁음도 — 다시 학교였다. — 그녀에게는 불평 대상이 아니었다. 특히 그녀가 파울과 함께, 겉으로 보기에 평화로웠던 시기에 그 불운한 배가 이름을 따 왔던 저 남자가 태어난 도시에서 피란처를 구하게 되었다는 사실을 그동안 알게 되고는 더욱더 아무런 불만이 없었다. 도처에 그의 이름이 널려 있었다. 우리 숙소로 정해진 고등학교조차도 그의 이름에 따라 불렸다. 우리가 슈베린에 왔을 때, 어느 곳을 보더라도 그는 존재하고 있었다. 슈베린 호숫가에도 저 표석들로 세워진 영예의 숲이 파괴되지 않은 채 그대로 있었고, 그 숲 안에 1937년 순교자를 추모하기 위해 세워진 커다란 화강암 비석도 남아 있었다. 내 생각으로는 어머니가 오직 그 때문에 나와 함께 슈베린에 머물렀음이 틀림없다.

주목할 만한 것은 콘라트가 뒤늦게서야 마치 현재 일인 양 그 배의 침몰에 대해 추도식을 거행하고 모든 사망자를 나름대로 헤아리고 어림잡아 전체 수치를 산출하며, 그러고 나서는 생존자 수와 비교를 하고, 마지막으로 타이타닉호의 훨씬 적은 사망자 수와 비교한 후에, 내가 습관적으로 검색하곤 하는 저 인터넷의 들판이 일정 시간 바람 한 점 없이 잠잠해졌다는 사실이다. 그래서 나는 그의 체계가 추락했고, 기진맥진한 상태에서 내 아들이 질리고 말았으며, 가라앉는 배와 함께 어머니의 속삭임도 이제 들어줄 사람이 없어졌다고 지레짐작했다. 하지만 그 고요함은 속임수였다. 갑자기 그 애는 새로 연 홈페이지에서 자신의 해묵은 상품을 소개했다.

이번에는 그림이 많았다. 논평이 굵은 글씨로 들어 있는, 대개 잿빛을 띤 그림들을 눈앞에 두고, 온 세계는 높이 솟은 화강암 비석을 찬탄하고 쐐기 형 게르만 루네 문자로 새긴 순교자 이름을 읽을 수 있었다. 게다가 날짜와 조직 활동을 열거하고 느낌표로 강조한 고백들에 의해서 그 사람의 의미가 부각되었다. 폐병 요양소 다보스에서 그가 살해되는 시간까지의 모든 자료가, 진행되고 있는 프로그램에 정보로 올려졌다.

명령에 따랐거나 아니면 그 어떤 압력에 따라 다비드가 자기 모습을 드러냈다. 처음에는 기념비가 아니라 순교자를 죽인 살인자가 주제였다. 다비드는 의기양양해하며 1945년 3월, 구 년째 감옥살이를 하던 다비드 프랑크푸르터에게 도움이 되었던 일이 생겼다고 공표했다. 항소 절차를 밟으려던 시도가 무산되자, 이제는 베른의 변호사들인 브룬슈비크와 라스가 그라우뷘덴 주 의회에 사면 청원서를 제출했던 것이다. 내 아들의 맞수는 18년으로 확정된 징역형의 나머지 기간을 감형해 달라는 요구가 1945년 6월 1일 전쟁이 끝난 후에야 받아들여졌다는 사실을 인정해야 했다. 스위스의 강대한 이웃 나라가 숨통이 끊어져 땅바닥에 드러누워 버릴 때까지 기다려야 했던 것이다. 다비드 프랑크푸르터는 젠호프 주 감옥에서 석방된 후 추방되었기 때문에 즉시 베틀 앞에서 자리를 털고 일어나, 미래의 이스라엘을 꿈꾸면서 팔레스타인을 여행하기로 결심했다는 것이다.

이 주제를 두고 두 끈질긴 온라인 투사 사이의 논쟁은 오히려 신중하게 진행되었다. 코니는 관대한 태도를 보였다. "이스라엘은 좋다. 그 유대인 살인자에게는 꼭 맞는 곳이었다. 그곳의 키부츠나 그 밖의 곳에서 유용한 일을 할 수 있으니까." 게다가 그는 이스라엘에 아무런 적대감도 없으며, 이스라엘 군의 막강한 전투력에 감탄하기조차 한다는 것이었다. 또한 매운 맛을 보여 주겠다는 이스라엘 사람들의 결심에 전적으로 공감하며, 그들에게 다른 선택의 여지도 없다는 것이었다.

팔레스타인 사람들이나 그 밖의 비슷한 이슬람교도들에게는
단 한 발짝이라도 양보해서는 안 된다. 분명코 모든 유대인들
이 살인자 유대인 프랑크푸르터가 당시에 그랬던 것처럼 약
속의 땅으로 달아나 버린다면, 만사가 순조롭게 된다는 것이
다. "그러면 세계의 나머지 땅은 마침내 유대인으로부터 자유
로워지는 것이다."

　이 터무니없는 언동을 다비드는 받아들였다. 심지어는 내
아들의 견해에 원칙적으로 동의까지 했다. 그는 이런 걱정
을 하고 있었음이 분명하다. 독일에 사는 — 자기도 포함되
는 — 유대인 동포의 안전과 관련해서는, 반유대주의가 급속
도로 증대되는 최악의 상황이 두려운 것이다. 다시 한 번 출
국을 고려해야 한다. "그러므로 나도 가방을 꾸리게 될 것이
다……." 이에 대하여 코니는 "좋은 여행 되기를." 하고 말한
후에, 만일 출발 전에 자기 친구이자 적대자인 다비드를 온라
인에서뿐만 아니라 실제로 만날 기회가 주어진다면 흥미로울
것이라며, 넌지시 운을 띄워 보았다. "우리 만나서 서로 신중
히 탐색해 보는 게 어때. 가능하면 빨리 말이야……."

　그 애는 심지어 만날 장소까지 제안했지만, 바람직한 만남
의 날짜는 정하지 않았다. 한때 영예의 숲 속에 화강암 비석이
자리를 잡고 있었고, 오늘날에는 그 순교자를 기억하게 하는
것이 거의 남아 있지 않은 — 도굴꾼들이 바위와 기념관을 싹
쓸이해 버렸기 때문이다. — 바로 그곳, 머지않은 미래에 다시
추모비가 세워져야 하는, 역사적으로 중요한 의미를 지니는
그곳에서 만나자는 것이었다.

즉시 논쟁이 다시 시작되었다. 다비드는 그 어디에선가 만나는 건 찬성이었지만, 저주받은 장소에서의 만남에 대해서는 반대였다. "단호하게 선언하지만 나는 네 수정주의적인 역사 상대주의에 반대해……." 내 아들은 호언장담했다. "자기 민족의 역사를 망각하는 자는 그 역사를 가질 자격도 없는 거야!" 다비드도 그 말에 동의했다. 그리고 나서는 황당무계한 소리들만 오고 갔다. 그들은 심지어 농담까지 주고받았다.

"이메일과 에밀 사이의 차이는 뭐니?" 같은 농담은 유감스럽게도 정곡을 찌르지도 못하고, 너무 일찍 관심 밖으로 밀려나 버렸다.

나는 다시 그 자리에 갔다. 마지막으로 몇 주 전에, 마치 내가 범인인 것처럼, 내가 범행 장소에 되돌아가기라도 한 것처럼, 아버지가 아들 뒤를 따르기라도 하는 것처럼 말이다.

가비도 나도 할 말이 없었던 뮐른을 출발하여 라체부르크로 갔다. 거기에서부터 나는 무스틴을 경유하여 ── 이 작은 마을 뒤쪽으로 예전에는 죽음의 띠와 함께 국경선이 달리고 있었고 도로는 차단되어 있었다. ── 동쪽 방향으로 차를 몰고 갔다. 상수리나무들이 줄을 지어 있던 국도는 아직도 나무 없이 300미터쯤 방치되어 있었다. 길 왼편에도 오른편에도 나무가 없었다. 노동자와 농민의 국가가 자기 국민들에게 안전 조치를 취하기 위해 얼마나 세심하게 주의를 기울였는지 짐작하게 했다.

숲을 베어 버린 곳을 뒤로 하고 달리자, 이제 다시 나무가

서 있는 국도 양편으로 평평한 메클렌부르크 농지가 지평선까지 펼쳐져 있었다. 거의 굴곡도 없고, 숲 지대도 별로 없었다. 가데부쉬 앞에서 나는 새로 닦은 우회로를 택했다.

건축 자재 시장, 쇼핑 센터, 축 늘어진 깃발들로 경기를 살려 보려는 납작한 자동차 가게들을 지나갔다. 황폐한 동쪽! 이제 키 작은 나무들이 국도변에 서 있는 슈베린 직전에서부터 언덕 지대들이 나타났다. 나는 크고 작은 숲 지대들 사이로 지나가면서 제3 방송을 들었다. 애청자들이 뽑은 클래식 프로.

그러고 나서 106번 지점에서 오른쪽 루드비히루스트 방향으로 꺾어서 달렸고, 몇몇 지대에 높이 솟아 있는 조립식 주택 단지 그로서드레쉬 — 한때는 동독 시민 5만 명이 살았다. — 로 접근했고 내 마츠다 자동차를 3번 공사 지대에 주차했다. 가가린 거리가 굽은 길 가장자리에서 끝나고 그 옆에 바로 레닌 동상이 서 있었다. 날씨는 맑았다. 비는 내리지 않았다. 그동안 복구되고 파스텔 색조로 보기 좋게 칠해진 주택 단지들이 열을 지어 서 있었다.

나는 어머니 집을 찾을 때마다, 에스토니아 조각가에게 시켜 거대하게 만든 이 청동상이 여전히 서 있는 걸 보고 놀란다. 레닌은 서쪽을 바라보긴 하지만, 그 어떤 목표를 가리키지는 않고 있다. 휴식을 취하는 산보객처럼 그는 두 손을 외투 주머니에 넣은 채 나지막한 대좌 위에 서 있다. 그 대좌의 화강암으로 덮어씌운 아래쪽 계단 왼쪽 구석은 마찬가지로 청동으로 씌워져 있었다. 주물로 새겨 만든 비문은 대문자로 혁명의 결의를 상기시킨다. "지상에서의 명령." 다만 레닌의 외투 앞쪽에 아무 의미도 없이 스프레이로 뿌린 문구가 희미한 색조로 남아 있다. 어깨에는 비둘기 똥이 거의 보이지 않는다. 주름이 진 바지는 깨끗하게 유지되어 있다.

나는 가가린 거리에 오래 머무르지 않았다. 어머니는 가까운 곳에 텔레비전 방송 수신탑이 보이며 발코니가 있는 11층에 살고 있다. 그녀가 타 주는 언제나 너무 진한 커피를 피할 도리는 없었다. 조립식 주택 단지의 개축 후에 세가 올랐지만, 어머니 견해로는 참을 수 있을 정도다. 우리는 그것에 대해, 오직 그것에 대해서만 이야기를 했다. 그 밖에는 할 말이 별로 없었다. 또한 그녀도 잠시 들르는 게 아니라면 이번에 무엇 때문에 일부러 호수가 많은 이 도시로 왔는가 알려고 하지 않았다. "총통의 생일은 아니겠지!" 내가 온 날짜가 목적을 알아차리게 했다. 하지만 나는 문간에서 이미 ─ 코니의 방을 한번 들여다보겠다는 청을 거절당하고 나서 ─ 그녀의 입장을 들었다. "거기서 뭘 하려고 그러는 거야. 그래 봤자 이제 아무 소용도 없어."

이전에는 레닌 가도였던 함부르크 가도를 지나 나는 초 방향으로 달렸다. 그리고 헥센베르크에서 차를 세웠다. 유스호스텔 옆에 환상적인 자리를 발견했기 때문이다. 1950년대 초반에 지은 잿빛으로 회칠을 한 건물 뒤편으로는 슈베린 호수 남쪽 기슭에 나무들이 비스듬하게 서 있다. 아래쪽 바로 물 가까이에, 산보객과 자전거 타는 사람 들이 이용하는 '프랑스인의 길'이 보인다.

그동안 맑은 날씨가 지속되었다. 4월 기후 같지 않았다. 태양은 구름 사이로 모습을 보이자마자 대기를 따뜻하게 했다. 유스호스텔 입구에서 조금 떨어진 곳에 지난 수십 년 동안 너무 소홀하게 방치해 둔 영예의 숲 잔해인 이끼 낀 화강암 조각들이, 마치 아무 일도 없었다는 듯이 움직이지 않고 그대로 놓여 있다. 당시에 심은, 줄기가 가는 야생 식물 사이에서. 흙을 조금만 쌓아 올렸기 때문에 기념관의 정사각형 토대는 뚜렷하게 눈에 띄고, 따라서 그 윤곽을 대충 알아볼 수 있다. 그 앞쪽에 세워진 유스호스텔이 모든 생각을 가로막아 버렸긴 하지만 말이다. 출입문 왼편에 — 그 문에 쿠르트 뷔르거라는 유스호스텔 이름이 양각으로 새겨져 있어 읽을 수 있었다. — 탁구대 하나가 게임을 기다리며 서 있었다. 문에는 약간 비스듬하게 표지판 하나가 걸려 있었다. '9시에서 16시까지는 닫혀 있음.'

나는 이끼 낀 화강암 조각들 사이에 오랫동안 서 있었다. 심지어 그 조각 중 하나에는 내용 일부와 끌로 새긴 루네 문자가 그대로 보존되어 있었다. 저 먼 세기에서 온 물건이라도 된단 말인가?

어머니와 내가 슈베린에서 피란처를 구했을 때, 여기에는 모든 것들이 그대로 있었다. 표석들이 나란히 서 있었고 나치가 지은 기념관, 그리고 순교자 이름이 새겨진 거대한 화강암 비석. 어머니는 그 추모지에 대해, 돌보지 않은 지는 이미 오래지만, 그래도 여전히 외곽부터 붕괴되어 가던 당의 보호 아래 있었노라고 말했다. 어머니가 내게 이야기하기를, 목재를 구하러 당시에 키가 나지막했던 상수리나무와 너도밤나무가 있는 데까지 가곤 했다는 것이다. "그래, 당국이 지정해 준 곳에는 땔감이라곤 전혀 없었어……." 그녀와 함께 많은 여자와 아이 들이 땔감을 찾으러 다녔던 것이다.

5월 3일, 처음에는 미국인들이 남동 보이첸부르크의 엘베강 교두보로부터 탱크를 앞세우고 슈베린으로 진격하고, 다음에는 영국인들이 — "진짜 스코틀랜드인들이었어……." — 오기 전까지, 우리는 전쟁이 끝날 무렵 이미 상당한 정도로 붕괴 위험이 있던 쉘프슈타르트의 학교 지하실에서 나와 렘 거리에서 묵었다. 우리는 콜타르로 지붕을 덮은 한 벽돌 건물 — 당연히 뒤뜰에 있었다. — 에 수용되었다. 그 상자 같은 집은 아직도 그대로 있다. 작은 방 두 개에다 부엌이 딸렸고 뜰에 화장실이 있는 집이었다. 심지어는 원통형 난로까지 설치해 주었다. 연통은 부엌 창문을 통해 밖으로 연결되었다. 그리고 난로에 넣을 땔감을 마련하기 위해 — 어머니는 갓돌 위에다가 요리를 했다. — 그녀는 여기저기 돌아다녀야 했다.

그렇게 하여 그녀는 영예의 숲까지 오게 되었던 것이다. 또한 6월에 영국인이 물러나고 붉은 군대가 들어와서 주둔할 때도, 제각각 이름과 루네 문자가 새겨진 표석들은 오랫동안 그 자리에 있었다. 러시아인은 표석에 아무런 관심도 없었다.

포츠담에서 전승국 사이에 회담이 있은 후 결정된 사항이었다. 우리는 소련 점령 지역에 정착했는데, 남아 있는 바위 중 호안 쪽으로 서 있던 가장 커다란 바위에서 낯설지 않은 이름을 발견하고는 어머니가 자발적으로 결정한 것이었다. "그

바위 이름은 우리 구스틀로프호와 같았어……."

지난번에 슈베린을 방문했을 때 나는 동강 난 표석 앞에 흩어져 있는 이끼 낀 화강암 조각 사이에 서서 끌로 새겨 놓은 쐐기 문자로부터 빌헬름 달이라는 이름의 나머지 부분을 알아맞힐 수 있었다. 즉 깨어진 파편 모서리에 '-헬름'만 남아 있었다. 그때 나는 어머니가 땔감을 줍기 위해 돌아다니던 모습을 떠올리지 않을 수 없었다. 굵은 가지와 잔가지 들을 잔뜩 짊어진 어머니가 아직 훼손되지 않은 영예의 숲과, 개방된 기념관을 보았을지도 모르기 때문이다. 나란히 배열된 열두 개 남짓한 표석에서 어머니는 자기에게는 알려지지 않았지만 공적을 세웠음이 분명한 당 간부 이름을 — 그중에는 비스마르 지구 지도자 달도 포함되어 있었다. — 읽어 내었을 것이다. 나는 조그만 몸집에다가 마르기까지 한 그녀가 놀란 눈으로 4미터 높이 거대한 화강암 비석 앞에 서 있는 모습을 상상할 수 있다. 하지만 그 순교자의 비석 위에 새겨진 비문을 읽었을 때 복잡하게 엉클어졌을 그녀의 생각을 헤아릴 수는 없다. 하지만 내가 아는 어머니는 주저하지 않고 숲 한가운데 있는 기념관 안으로 발을 들여놓았을 것이다.

기념관은 평지에 네모난 화강암들을 짜 맞추어 건립되었다. 기념관을 받치는 바깥 기둥들의 매끄럽게 다듬어진 표면에는 실물보다 큰 나치 돌격대 기수 모습이 새겨져 있었다. 그 밖에도 지붕을 얹지 않은 기념관 내부에는 동판이 열 개 있었는데, 거기에는 사망자 이름이 기록되어 있었다. 그리고 사망 날짜 뒤에 사망 원인으로 "살해됨."이라고 쓴 것이 여덟 개였다고 한다. 기념관 바닥은 오물로 더러워져 있었다. 나는 어머니에게 전해 들었기 때문에 그 사실을 안다. "당시에 개들이 똥오줌을 갈겨 놓았어……."

하지만 빌헬름 구스틀로프의 화강암 비석은 열을 지은 표석 바깥 한 장소에 서 있었다. 개방된 기념관 사이로 보이는 특별한 자리로서, 호수 쪽이 광각 렌즈에 비친 것처럼 드넓게 보이는 장소였다. 어머니는 다른 방향으로도 보았을 것이다. 나는 땔감을 구하러 갈 때는 한 번도 따라간 적이 없었다. 땔감을 구하는 동안 나는 렘 거리 이웃집 부인에게서 젖을 빨고 있었는지도 모른다. 그 부인 이름은 쿠르프윤이었다. 어머니는 거의 젖가슴이 없었고, 나중에도 마찬가지였다. 다만 작고 뾰족한 봉지 같은 것만 두 개 달려 있었다.

기념비라는 건 원래 그런 것이다. 어떤 것들은 너무 일찍 건립되었다가 특정한 영웅의 시기가 지나가면 즉시 철거된다. 다른 동상들, 예컨대 함부르크 가도와 플라터 거리의 교차 지점인 그로서드레쉬에 있는 레닌 동상은 아직도 그대로 서 있다. 그리고 잠수함 S13의 함장을 위한 기념비는 겨우 십 년 전인 1990년 5월 8일, 그러니까 전쟁이 끝나고 나서 사십오 년 만에 그리고 마리네스코가 죽은 지 이십칠 년 만에 오늘날 상트페테르부르크인 레닌그라드에 세워졌다. 뒤늦게야 '소련의 영웅'으로 지명된 남자의, 실물보다 큰 대머리 청동 흉상을 화강암 삼각 기둥이 받치고 있다.

예전의 해군 장교들이 — 그동안 연금을 받는 나이가 되었다. ── 오데사와 모스크바와 그 밖의 곳에서 위원회를 조직하여 예순셋에 죽은 선장의 명예 회복을 끈질기게 청원하였다. 전쟁이 끝날 무렵까지 칼리닌그라드로 불렸던 쾨니히스베르크에서는 심지어 지방 박물관 뒤쪽에 위치한 프레겔 호숫가 길에 그의 이름이 붙여졌다. 그리고 그 길은 지금도 그 이름으로 불린다. 반면 1937년 이후 빌헬름 구스틀로프 가도라고 불렸던 슈베린의 슐로서가르텐 가도는 다시 옛 이름으로 불리면서 한때의 영예의 숲 가까운 곳으로 지나간다. 마찬가지로 통일 후에 함부르크 가도로 이름이 바뀐 레닌 가도는 계속해서 남아 있는 기념비 곁을 지나 그로서드레쉬 주택 단지를 관통하며 지나간다. 어쨌든 우주비행사 가가린의 명성을 기념하는 어머니의 주소명은 바뀌지 않고 그대로다.

하지만 그 어떤 공백이 눈에 띈다. 의대생 다비드 프랑크푸르터의 이름이 붙은 것은 아무 데도 없다. 거리도 학교도 그의 이름으로 불리는 곳은 없다. 빌헬름 구스틀로프의 암살범을 위한 기념비는 아무 곳에도 세워지지 않았다. 어떠한 웹사이트도 범행 장소인 다보스 같은 곳에 다윗-골리앗-동상의 건립을 세우자고 주장하지 않았다. 아마도 내 아들의 맞수가 그러한 요구 사항을 인터넷에 올렸을 수도 있겠지만, 틀림없이 그 증오 진영에서 스킨헤드 족에게 내리는 특별 명령으로 기념비 제거를 통보했을 것이다.

그런 일은 언제나 그런 식으로 진행되어 왔다. 그래서 슈베린 지구당 지도부와 시장이 구스틀로프가 살해된 직후에 그 영예의 숲이 영원히 보존되도록 하기 위해 많은 애를 썼다.

1936년 12월에 — 스위스 쿠르에서는 프랑크푸르터에 대한 재판이 종결되어 판결이 내려졌을 때이다. — 이미 메클렌부르크의 경작지에서는 표석들이 수집되었고, 그것들로 영예의 숲을 둘러싸는 담장을 만들 수 있었다. 지침서에는 이렇게 씌어 있었다. "이 목적을 달성하기 위해 건축물이나 슈베린 전체 경작지에서 발견되는 모든 크기의 모든 자연석들이 필요하다……." 그리고 대관구 교육 감독 로데가 쓴 글을 보면 주도(州都)가 재정적인 면에서 "지원금 대략 1만 제국마르크"를 대관구 지도부에 지원할 의무를 느끼고 있었음이 드러난다.

1949년 9월 10일 영예의 숲을 허물어뜨리는 작업과 아울러 시신과 항아리 이장이 거의 끝났을 때 계산해 보니 비용은 예상보다 더 적게 들었다. 왜냐하면 나치의 통제에서 벗어난 시장의 편지 서두에 이렇게 적혀 있었기 때문이다. "6096마르크 75페니히의 비용을 환불조로 주 정부에 지급한다……."

또한 '빌헬름 구스틀로프의 유골 잔해'는 시립 묘지로 이장될 수 없었다는 내용도 읽을 수가 있다. "석공장이 크뢰플린의 진술에 따르면 구스틀로프의 유골 항아리는 기념비 토대 밑에 들어가 있다. 그러므로 유골 항아리를 끄집어내는 것은 현재로서는 불가능하다……."

1950년대 초반에서야 있었던 일로, 그 자리에 유스호스텔이 지어지고 그 건물에다가 얼마 전에 죽은 반파시스트주의자 쿠르트 뷔르거를 추념하기 위해 그의 이름을 붙이기 직전이었다. 그 무렵 잠수함 영웅 마리네스코는 이미 3년째 시베리아에서 유형 생활을 하고 있었다.

S13이 핀란드 항구 투르쿠에 도착한 직후부터, 환영받기를 기대했던 한 남자에게 첫 상륙과 함께 곤경이 시작되었다. 비밀경찰의 조사문서와 지금까지 법정에서 다루어지지 않았던 그의 범행이 자신에게 위협이 되었는데도, 그는 정신이 멀쩡할 때나 보드카로 자제력을 잃었을 때나 가리지 않고 자기의 영웅적 행동을 인정해 달라는 요구를 중단하지 않았다. 비록 S13이 '적기(赤旗) 잠수함'으로 표창받고, 그 배의 모든 승무원이 '조국 수호 전쟁의 훈장'을 가슴에 달 수 있었으며, 또한 그들에게 또 다른 훈장, 즉 별과 망치와 낫이 그려진 저 '적기 훈장'이 수여되었지만, 알렉산더 마리네스코는 '소련의 영웅'으로 선포되지는 못했던 것이다. 더욱 상황이 좋지 않았던 것은 발트 해 적기함대의 공식 보고서에 2만 5000톤급 빌헬름 구스틀로프호 침몰에 대한 기록이 빠졌고, 게네랄 슈토이벤호의 신속한 침몰에 대해서도 한 마디 언급도 하지 않는다는 사실이었다.

마치 잠수함 선수와 선미의 발사관에서 허깨비 같은 어뢰들이 존재하지도 않는 목표물을 향해 발사되어 아무 결과도 없이 적중시킨 것 같은 꼴이었다. 어쨌든 그의 계산으로 넉넉잡아 1만 2000명이 죽었는데도 인정해 주지 않는 것이었다. 해군 최고사령부는 대략적으로만 헤아릴 수 있는, 빠져 죽은 아이와 여자와 중상자 숫자 때문에 수치스러워하고 있었단 말인가? 아니면 영웅적 행동이 넘치도록 쏟아져 나왔던 지난 전쟁에서 몇 달 동안의 승리의 도취 속에서 마리네스코의 성공이 침몰해 버리기라도 했단 말인가? 그의 요란스러운 주장을 그저 모른 체하고 넘겨 버릴 수는 없었다. 기회가 주어질 때마다 그가 자신의 성공을 떠벌리는 것을 막을 방법이 없었다. 그리하여 그는 성가신 존재가 되고 말았다.

1945년 9월 그가 사령부에 의해 잠수함 지휘권을 빼앗기고 그 직후 해군 중위로 강등되어 10월에 소련 해군에서 내쫓겼을 때, 3계급 강등 불명예 퇴직의 사유는 이랬다. '……무관심과 근무 태만.'

상선에 취직하려고 했으나 거부당한 후에 — 한쪽 눈이 근시라는 게 핑계였다. — 마리네스코는 건축 자재를 담당하는 창고 관리인 일자리를 얻었다. 그러나 얼마 지나지 않아 그는 빈약한 근거를 대면서, 뇌물을 수수하고 당 간부에게 뇌물을 주었으며 공사 자재를 암거래했다며 공사장 감독을 고발했다. 그러자 이번에는 그 자신이, 아주 사소한 흠만 있는 건축 자재들을 너무 관대하게 배급하여 법을 어겼다는 혐의를 받았다. 특별 법정은 마리네스코를 3년간의 강제노동수용소 형에 처했다.

그는 백해 연안의 콜리마로 추방당했는데, 굴락 군도에 속하는 그곳의 일상은 책으로도 소개되었다. 스탈린이 죽고 난 이 년 후에야 그는 — 공간적으로 말하자면 — 시베리아를 떠났다. 그는 병든 몸으로 돌아왔다. 하지만 1970년대가 시작되면서 비로소 상처 입은 잠수함 영웅으로 복권되었다. 다시 그는 3급 선장 지위를 부여받았고, 은퇴하여 연금을 받았다.

이제 나는 되돌아가서 이야기를 되풀이해야 한다. 그래서 다음 일을 보고한다. 동쪽과 서쪽에 스탈린의 죽음이 알려졌을 때 나는 어머니가 우는 것을 보았다. 심지어 그녀는 촛불을 켜기까지 했다. 그때 여덟 살인 나는 부엌 식탁에 서 있었다. 학교에는 갈 수가 없었다. 등에 반점이나 그 밖의 어떤 근질거리는 게 생겼기 때문이다. 나는 마가린과 응유(凝乳)와 더불어 식탁에 오를 감자 껍질을 벗겼다. 그리고 어머니가 타오르는 촛불 뒤에서 스탈린의 죽음을 슬퍼하며 우는 것을 보았다. 감자와 양초와 눈물은 당시에 재고가 부족한 물품이었다. 렘 거리에서 자랐던 어린 시절 동안 그리고 슈베린에서 고등학교에 다니던 때를 통틀어서 나는 어머니가 우는 모습을 본 적이 없었다. 실컷 울고 난 어머니 눈은 예니 아주머니가 어린 시절부터 알던 대로 멍하고 멀뚱멀뚱했다. 랑푸르 목공소 마당에서 사람들은 거기에 대해서 말하곤 했다. "톨라 얼굴에 다시 창문이 생겼네."

그녀는 위대한 동지 스탈린의 죽음을 애도하며 충분히 울고 난 후 한동안 눈앞이 제대로 보이지 않았다. 그러고 나서는 준비해 두었던 응유와 마가린 한 스푼 그리고 껍질째 삶은 감자를 들었다.

그 무렵 어머니는 장인(匠人) 시험을 치렀고, 곧 슈베린의 가구 공장에서 목공 작업반을 이끌었다. 그 작업반은 의무 할당량에 따라 침실 가구를 만들었고, 완성된 가구를 우호적인 선린 관계를 위해 소련으로 보내라는 지시를 받았다. 당시 그녀의 사고 방식은 혼란스러웠으나 세밀하게 보자면 어머니는 오늘날까지 스탈린주의자로 남아 있다. 비록 나와 언쟁을 벌이는 동안에 그녀의 영웅을 깎아내리고 과소평가하려고 시도하긴 했지만 말이다. "그 사람도 하나의 인간일 뿐이었어……."

마리네스코는 시베리아 기후 속 소비에트 강제 노동 수용소에서 고통스러운 나날을 보내고 있었고, 어머니는 스탈린에 충실하고 나는 소년 개척자 단원으로 목수건을 자랑하던 그 무렵, 만성으로 진단되었던 관절염을 감옥에서 치유한 다비드 프랑크푸르터는 이스라엘 국방부에서 관직 생활을 하고 있었다. 그동안 그는 결혼을 했고, 나중에는 두 아이를 낳았다.

그 시절 있었던 일을 더 들자면, 살해된 빌헬름의 미망인인 헤트비히 구스틀로프는 슈베린을 떠났다. 그 후 그녀는 국경선 서쪽인 뤼베크에서 살았다. 살해되기 얼마 전에 부부가 짓게 했던 제바스티안바흐 거리 14번지 벽돌집은 종전 후 곧 몰수되었다. 나는 전형적인 단독 주택인 그 견고한 건물을 인터넷에서 보았다. 내 아들은 자기 웹사이트에서 지나치게 흥분하면서 부당하게 몰수된 그 건물을 '구스틀로프 박물관'으로 만들어 관심 있는 사람들이 관람할 수 있도록 해야 한다고 요구했다. 전문적인 방식으로 진열된 정보를 원하는 사람들이 슈베린 전역에 걸쳐 얼마든지 있다는 것이었다. 발코니의 돌출 부분에 나 있는 창문 왼쪽 동판을 보면 1945년부터 1951년까지 메클렌부르크 주 초대 수상인 빌헬름 회커라는 자가 그 몰수된 주택에서 살았음을 분명히 알 수 있다는 것이다. 또한 다음과 같이 양각으로 새긴 글자를 보아도 불쾌해지지는 않는다는 것이다. "……히틀러 파시즘의 멸망 후에." 순교자 살해가 사실이듯이 그것도 이제 하나의 사실일 뿐이므로.

내 아들은 크고 작은 그림, 일람표와 문서 들을 능숙하게 배치할 줄 알았다. 그러므로 그 애의 웹사이트에서는 슈베린 호수 남쪽 기슭에 세워진 높다란 화강암 비석 앞면뿐만 아니라 뒷면도 볼 수 있었다. 그 애는 공을 들여 비석 전체를 찍은 사진 옆에, 지금까지는 비석 뒷면에 끌로 새겨져 읽기가 어려웠던 비문을 확대해 올려놓았다. 세로로 나란히 세 줄이었다. "운동을 위해 살았고, 유대인에게 암살되었으며, 독일을 위해 죽다." 가운데 줄이 범인 이름을 제외할 뿐만 아니라 모든 유대인을 암살범으로 선언했기 때문에 — 나중에도 그런 식으로 해석되었다. — 코니가 역사적 인물인 다비드 프랑크푸르터에게 일면적으로 집착하는 것에서 벗어나 '유대인 자체'에 대한 증오심을 보이려 했음을 알 수 있다.

하지만 이러한 선언도 그리고 그 동기를 밝히려는 어떠한 시도도 1997년 4월 20일 오후에 일어났던 사건에 대해 거의 아무런 해명도 하지 못한다. 그 무렵 폐쇄되어 마치 인적이 끊어진 것처럼 보였던 유스호스텔 앞에서 그 어떤 사건이 벌어졌던 것이다. 예견치 못했던 일로, 한때 기념관 자리였던 이끼 낀 토대 위에서 마치 예행 연습이라도 한 듯이 종결을 맺었다. 무엇 때문에 가상 존재였던 다비드가, 열여덟 살 김나지움 학생이며 세 아들 중 장남으로 부모 집에 살던 다비드가, 저 먼 칼스루에에서 실제로 기차를 타고 슈베린으로 여행하면서 확실하지도 않은 초대를 받아들였단 말인가?

또한 코니도 그 무슨 충동 때문에 인터넷을 매개로 생겨난 근본적으로 허구적인 우정을 실제 만남을 통해 현실 세계로 옮겼단 말인가? 만나자는 초대는 그들이 주고받은 잡다한 대화 속에 깊이 은폐되어 있었기 때문에 다비드를 자청한 논객에게만 이해될 수 있었던 것이다.

유스호스텔이 만남의 장소로 거부되었기 때문에 그들은 타협했다. 그 순교자가 태어난 곳에서 만나기로 했던 것이다. 내 아들 웹사이트에는 도시 이름도, 거리도, 번지도 올려져 있지 않았기 때문에 하나의 퀴즈와 같았다. 하지만 그 방면 전문가에게는 암시만으로도 충분했다. 말하자면 다비드도 온라인에서 빌헬름으로 자처했던 코니와 마찬가지로 그 모든, 저주받을 구스틀로프 이야기와 관련된 그 모든 엄청난 세부적인 자료들에 친숙했던 것이다. 방문 동안 사실을 확인했을 테지만 다비드는 빌헬름 구스틀로프가 중학 과정까지 마쳤으며, 그가 살해된 뒤 — 그때는 이미 실업고등학교가 되어 있었다. — 그의 이름을 따라 불렸던 김나지움이 동독 시절 후로는 평화의 학교로 불린다는 사실까지도 알고 있었다. 내 아들은 자기 맞수의 광범한 지식을 존경했을 뿐만 아니라 그 '정확성에 대한 기벽(奇癖)'에도 찬탄을 금치 못했던 것이다.

그리하여 그들은 아주 화창한 봄날 에케비스마르 2번지 주택 앞 마르틴 거리에서 만났다. 지정된 날짜를 다비드는 말없이 받아들였다. 그들의 만남은, 아주 오랫동안 지속되었던 붕괴의 시간을 잊도록 하기 위해 얼마 전에 새로 장식한 건물 정면에서 이루어졌다. 그들은 서로 악수를 나누었으며, 다비드는 자신을 다비드 슈트렘플린이라고 소개하면서 껑다리 콘라트 포크리프케 쪽으로 다가갔다고 한다.

그러고 나서 그들은 ─ 코니의 제안에 따라 ─ 예정된 대로 산책을 했다. 심지어는 렘 거리의 뒷마당 중 하나에 아직도서 있는 콜타르 지붕이 덮인 네모난 벽돌집 ─ 어머니와 내가 전후 시절에 살았다. ─ 도 쉘프슈타트를 관광하는 방문객에게 마치 관광 명소인 것처럼 소개되었다. 또한 그림처럼 아름다운 그 지대의, 여전히 붕괴되고 있거나 새로 개축된 목골조 건물들도 보여 주었다. 코니는 내 어린 시절과 관련 있는 모든 장소와 은신처로 다비드를 데리고 다녔다. 마치 그것들이 자기 것이기라도 한 것처럼.

쉘프키르헤 교회와 성 니콜라이 교회를 안팎으로 둘러본 후에는 물론 슐로서 섬에 있는 성이 그다음 차례였다. 그들은 여유 있게 움직였다. 내 아들은 서두르지 않았다. 심지어는 가까운 곳에 있는 박물관에 가 보자는 제의도 했다. 하지만 그애의 손님은 관심이 없었고, 초조해하면서 이제 그 유스호스텔 앞쪽 지대를 보고 싶어 했다.

그들은 산책하는 동안 그래도 휴식을 취하기도 했다. 이탈리아 빙과점에 들른 그들은 각자 상당히 많은 젤라티를 스푼으로 떠먹었다. 코니가 접대자로서 돈을 지불했다. 다비드 슈트렘플린은 한 분은 원자 물리학자이고 한 분은 음악 선생인 자기 부모에 대해 다정하기는 하지만 반어적인 거리를 두고 이야기했다고 한다. 내 아들은 아버지와 어머니에 대해 이야기하느라 시간을 낭비하지 않았을 거라고 자신 있게 말할 수 있다. 하지만 자기 할머니가 살아남았던 이야기를 암시적으로나마 했을 것임은 분명하다.

그러고 나서 마침내 키가 똑같지 않은 적대적 친구들이 — 옆으로 벌어진 다비드는 코니보다 머리 하나만큼이나 작았다. — 슐로서가르텐 정원을 가로지르고 연마기 공장 옆을 지나, 번쩍거리는 흰빛으로 장식한 고급 빌라들 때문에 값비싼 지역이 되었던 슐로서가르텐 가도를 가로질러 갔다. 그러고는 산림학교 길을 통하여 나무들 아래로 평평하게 펼쳐진 범행 장소로 접근했다. 처음에는 별다른 긴장감도 없었으며, 다비드는 호수로 난 전망을 칭찬했다고 한다. 유스호스텔 앞에 있는 탁구대 위에 탁구채와 공이 있었더라면, 한 게임 할 수도 있었을 것이다. 코니와 다비드는 열성적인 탁구 선수들이었으므로 저절로 주어진 기회를 마다하지는 않았을 것이다. 긴장을 풀면서 간단히 한 판 시합이라도 했다면, 그날 오후는 다른 식으로 진행되었을지도 모른다.

마침내 그들은 소위 역사적인 장소에 서게 되었다. 이끼에 덮인 화강암 조각들, 루네 문자가 끌로 새겨진 표석 파편들과 거기에 남아 있는 이름을 두고 그들이 언쟁을 벌이지는 않았다. 그들은 심지어 이 너도밤나무에서 저 너도밤나무로 뛰어다니는 다람쥐 한 마리를 보고 나란히 웃음을 터뜨리기도 했다. 그들은 옛 기념관 토대 위에 섰다. 내 아들이 자기 손님에게 그 거대한 비석이 서 있었던 정확한 장소, 즉 당시에는 없었던 유스호스텔 뒤편 장소를 가르쳐주었다. 그러고 나서 그 애는 화강암이 서 있던 장소를 시선으로 가리켰고 이어서 비석 앞면에 있었던 순교자 이름과 비석 뒷면에 있었던 끌로 새긴 세 줄 문구를 한 단어 한 단어 암송했다. 그때 다비드 슈트렘플린이 "유대인으로서 나는 이렇게 할 생각밖에 들지 않아."라고 말하고는 이끼 낀 바닥에다가 세 차례 침을 뱉었다고 한다. 즉 그 추모의 장소를 ── 내 아들이 나중에 표현한 대로 말하자면 ── '모독'했던 것이다.

그 직후 총탄 세 발이 발사되었다. 햇살이 비치는 날임에도 코니는 파카를 입고 있었다. 헐렁한 파카 주머니, 오른쪽 주머니에서 그는 무기를 꺼내어 네 차례 쏘았다. 러시아제 권총이었다. 첫 발은 배에, 나머지 총알들은 머리와 목 그리고 다시 머리에 적중했다. 다비드 슈트렘플린은 말 한 마디 못 한 채 뒤로 나자빠졌다. 나중에 내 아들은 그 옛날 다보스에서 유대인 프랑크푸르터가 쏘았던 총알 수 그대로 정확하게 발사했다는 점을 강조했다. 비록 연발 권총으로 쏘지는 못했지만. 그리고 그때 그 사람처럼 그 애는 가까운 곳에 있는 공중전화 부스로 들어가 110번을 돌려 자수했다. 그 애는 범행 장소로 돌아가지 않고 근처 파출소로 출두하여 "나는 쏘았어요. 내가 독일인이기 때문에."라고 말했다.

그곳으로 가는 도중에 이미 순찰차 한 대와 앰뷸런스 한 대가 둘 다 푸른 등을 켠 채 앞쪽에서 다가오고 있었다. 그러나 다비드 슈트렘플린을 구하기에는 이미 늦은 시간이었다.

8

나를 잘 아는 것처럼 둘러대는 그 사람[48]은 내가 나 자신의 혈육에 대해 잘 모른다고 주장한다. 그럴지도 모른다. 나에게는 그 애의 가장 깊은 곳에 있는 고통의 방으로 통하는 통로가 닫혀 있으니까. 아니, 어쩌면 나는 내 아들의 비밀을 판독해낼 정도로 충분히 영리하게 굴지 않았던가? 처음 재판이 열렸을 때, 나는 팔이 닿을 정도는 아니지만 목소리를 전할 수 있을 정도로 가까이 코니에게로 다가갔다. 하지만 증인석에서 용기를 내어 이렇게 소리칠 기회를 놓치고 말았다. "아버지가 네 옆에 있어!" 혹은 "강연하듯이 말하지 말거라, 애야. 간단히 말해!"

그래서 그 사람은 나를 '지각한 아버지'라 부르겠노라고 고

---

48) 귄터 그라스를 가리킨다.

집한다. 내가 자기 앞에 놓인 일로부터 뒤로 게걸음질하며 행하는 모든 것, 상당히 진실에 가깝게 고백하거나 강요에 의해 체념해 버리는 모든 것은, 그 사람 평가에 따르면 "뒤늦게 그리고 양심의 가책을 받아서" 이루어진 것이다.

그리고 '너무 늦었다!'가 내 노력에 마개를 막아 버리고 있는 지금, 그 사람은 나의 무가치한 자료들, 이 종이 부스러기들을 꼼꼼히 들여다보면서 어머니의 여우 목도리가 어떻게 되었는지 알고 싶어 한다. 그러므로 앞으로 보여 주게 될 이 추가 기록은 그 사람에게, 즉 나의 보스에게 특히 중요한 것처럼 보인다. 나도 나의 조그마한 지식을 더 이상 유보하지 않고 순서에 따라 툴라의 여우 목도리에 대해 보고하려고 한다. 유행에 뒤진 그 물건이 정말 혐오스럽긴 하지만 말이다.

그렇다. 어머니는 옛날부터 여우 목도리 하나를 가지고 있었고 지금도 계속 두른다. 열여섯 살쯤에 그녀가 캐피 모자를 쓰고 차표 묶음을 손에 쥔 전차 차장으로 5번 노선과 6번 노선에서 근무하던 때에, 호흐슈트리스 정거장에서 한 병장이 — 이 사람도 내 아버지가 될 가능성이 있는 남자 중 한 사람에 추가된다. — 그녀에게 이미 모피 가공사가 손질을 마친 나무랄 데 없는 여우 목도리를 선사했다고 한다. "그 사람은 북극해 전선에서 상처를 입고 돌아와 올리바에서 치료차 휴가를 보내고 있었지." 어쨌든 나를 낳았을 수도 있는 아버지에 대한 짤막한 묘사는 언제나 이랬고 지금도 마찬가지이다. 여하간 저 수상쩍은 하리 리베나우도 그리고 그 밖에 어떤 미숙한 공군 보조병도 어머니에게 여우 목도리를 선사할 생각은 하지 못했을 것이다.

포크리프케 일가가 배에 올랐을 때도, 그녀는 구스틀로프호 선상에서 이 따뜻한 목도리를 걸치고 있었다. 배가 출항한 직후 이 임신부가 새파랗게 어린 해군 지원병의 부축을 받으며 얼어붙은 상갑판 위를 살금살금 걸어갔을 때도, 그녀는 그 목도리를 걸치고 있었다. 그 여우 목도리는 그녀가 임산부 병실에 누워 있고 어뢰 세 발이 명중하고 첫 번째 진통이 시작된 직후 리히터 박사가 그녀에게 주사 한 대를 놓았을 때도, 구명조끼 옆 손 닿는 곳에 있었다. 그리고 다른 모든 것은 놔두고 — 배낭도 그대로 놓아두었다. — 구명조끼를 매고 목에 여우 목도리만 걸친 채 어머니는 — 아직 어머니가 되기 전이었다. — 구명보트에 올랐고 구명조끼보다 여우 목도리를 먼저 챙겼다. 그렇게 하여 발에 신발도 신지 않았지만 여우 목도리로 체온을 따뜻하게 유지한 채로 그녀는 어뢰정 뢰베호에 승선했다. 그리고 그 직후 시작된 출산의 순간에만, 그러니까 구스틀로프호가 처음에는 뱃머리 쪽으로 그리고 나서는 왼쪽 뱃전 쪽으로 전복되면서 침몰하던 그 순간에, 이어서 만 명 이상이 내는 비명 소리가 나의 첫 울음소리와 섞이는 그 순간에만 여우 목도리는 다시 한 번 그녀 옆으로 굴러떨어졌다. 하지만 콜베르크에서 어뢰정을 떠나 — 그동안 그녀는 순식간에 백발이 되었다. — 젖먹이와 함께 급히 걸어갔을 때도, 그녀는 어떠한 쇼크에도 바래지 않은 그 여우 목도리로 목을 죄었다.

그녀 주장에 따르면, 러시아인을 피해 계속 도주하는 동안 그녀는 나를 냉기로부터 보호하기 위해 여우 목도리로 감쌌다고 한다. 여우 목도리가 없었더라면 피란민으로 꽉 막힌 오데르 강 다리 앞에서 내가 얼어 죽었을 것이 분명하다는 것이다. 그러므로 젖이 넘쳐흐르는 여자들이 아니라 오로지 여우 목도리 때문에 내 목숨이 살아 있다는 것이다. "그게 없었더라면 얼음 덩어리가 되었을 거야……." 그리고 그녀에게 여우 목도리를 — 바르샤바 출신 모피 가공사의 작품이라고 한다. — 선사한 그 병장이 헤어지면서 이렇게 말했다고 한다. "아가씨, 그 목도리가 언젠가 좋은 일에 쓰일지 누가 알겠어."

하지만 우리가 추위를 탈 필요가 없었던 평화 시에는 그 붉은 기운 도는 여우 목도리는 오로지 그녀만의 것이었고, 신발 상자에 넣어져 옷장에 보관되었다. 그녀는 어울리든 어울리지 않든 그 목도리를 걸치고 다녔다. 예컨대 장인 자격증을 땄을 때도, 그러고 나서 '공을 세운 모범 노동자'로 표창을 받았을 때도, 심지어는 '다채로운 놀이를 곁들인 저녁 행사'가 있는 사내 축제 때도 그 목도리를 하고 나타났다. 그리고 내가 노동자와 농민의 국가에 질려 동베를린에서 서독으로 가려고 했을 때도 그녀는 목에 여우 목도리를 한 채 나를 정거장까지 바래다주었다. 나중에, 훨씬 나중에, 짧은 영원[49] 후에 국경이 사라지고 어머니가 연금을 받게 되었을 때, 그녀는 발트 해 휴양소 담프에서 열린 생존자 모임에 언제나 잘 손질된 여우 목도리를 하고 나타났다. 그녀는 새 유행에 따라 치장하는 동년

---

49) 동서독 분단의 기간이, 영원의 시간에 비추어보면 짧지만, 또한 통일을 고대하던 사람들에게는 영원의 시간이었다는 의미인 것 같다.

배 여성 사이에서 단연 돋보였다.

첫 번째 재판 날 공소장이 큰소리로 낭독되었고, 내 아들은 "마땅히 제가 해야 하는 일을 했습니다!"라고 말하며 단도직입적으로 범행을 시인하긴 했지만 스스로는 그 어떤 죄로부터도 초월한 것처럼 보였던 그날, 어머니는 가비와 내가 할 수 없이 나란히 앉아 있게 된 곳이 아니라, 총알 네 발을 맞고 죽은 다비드의 부모 옆에 보란 듯이 앉았다. 당연한 일이지만 그녀는 그때도 마치 목 둘레에 올가미를 두르기라도 한 것처럼 여우 목도리를 하고 있었다. 목도리 끝 뾰족한 주둥이가 꼬리 부분 이음새 위쪽에서 가죽을 물고 있었기 때문에, 진짜처럼 보이게 만든 유리 눈알들은 ─ 그중 하나는 피란길에 없어져서 다른 것으로 교체해야 했다. ─ 어머니의 밝은 회색 눈과 비스듬한 위치에 있었고, 그 결과 그녀는 피고라든지 재판석을 향해 끊임없이 이중의 시선을 던지는 셈이었다.

나는 그녀가 그런 식으로 유행에 뒤진 복장을 하고 있는 걸 보는 게 늘 곤혹스러웠다. 특히 여우 목도리에서 어머니가 좋아하는 향수인 '토스카' 냄새가 아니라, 사계절 내내 진한 나프탈렌 냄새가 나는 게 싫었다. 그 목도리는 때로는 비루먹은 짐승처럼 보이기도 했다. 하지만 그녀가 두 번째 재판 날 변호인 측 증인으로 소환되어 증인석에 나타났을 때는 나 자신도 감동을 받았다. 깡마른 프리마돈나 같은 인상을 풍기면서 그녀는 희게 타오르는 머리 모양에다가 화려한 색상 목도리를 걸치고는 첫 번째 대답을 ─ 비록 선서는 하지 않았지만 ─ "저는 맹세합니다……."라는 말로 시작했다. 그러고는 겉으로 보기에는 별로 힘들이지 않고 그녀가 말할 수 있는 모든 것을 — 약간 거드름을 피우긴 했지만 — 표준 독일어로 진술했다.

　우리 권리를 내세우면서 모든 정보 제공을 거절했던 가비나 나와는 반대로 어머니는 기꺼이 진술을 했다. 합의부 재판정에서, 즉 재판장과 배석 판사 둘을 포함한 세 판사와 두 청소년 담당 배심원 앞에서 그녀는 성령강림절 날 신도들 앞에서 하듯이 말을 했다. 사람들은 그녀가 청소년 담당 검사에게 하는 간곡한 진술에 귀기울였다. 근본적으로 그 경악스러운 범행은 자신에게도 고통을 주었고, 그 후 자신의 마음은 갈가리 찢어졌다, 뜨거운 불칼이 자신을 베어 버렸고, 거대한 주먹으로 얻어맞은 듯 충격을 받았다는 것이다.

　데믈러 광장 변에 있는 슈베린 주 재판소의 소년부 대법정에 선 어머니는 풀이 죽은 듯했다. 그녀는 운명을 저주한 후에, 아이에게 사랑을 쏟지 못한 부모에게 그 책임이 있다고 말했다. 그러고는 사악한 힘이자 악마의 연장인 '컴퓨터'라는 고약한 물건 때문에 잘못된 길로 빠져 버린 손자가 언제나 부지런하고 공손하며, 더할 나위 없이 심성이 맑으며, 언제든 남을 도울 준비가 되어 있고, 저녁 시간을 잘 지키는 등 시간 관념도 철저하다며 칭송을 늘어놓았다. 그리고 손자 콘라트가 자기 집에 들락거리게 된 이후로 — 그녀는 그 애가 열다섯 살이 된 후부터 그 즐거움을 누려 왔다. — 그녀 자신조차도 하루를 분 단위까지 정확하게 조절하는 데 익숙해졌음을 단언

했다. 그래, 고백하자면 유감스럽게도 모든 부속품과 함께 자신이 컴퓨터를 선물하긴 했지만 그렇다고 해서 그 애가 할머니 때문에 응석받이가 된 것은 아니며, 오히려 정반대이다, 그 애는 비정상적일 정도로 욕심이 없기 때문에, 그 애의 소망에 따라 '저 현대적인 물건'을 기꺼이 마련해 주었다는 것이다. "그 밖에는 아무것도 바라지 않았어요!"라고 그녀는 소리 쳤다. 그러고는 "콘라트가 몇 시간이고 그 물건으로 만족해할 수 있었다."라고 회상했다.

사람을 타락시키는 그 현대적 물건에 대해 욕설을 한 후 그 녀는 비로소 본론으로 들어갔다. 즉 지금까지 어떤 사람도 알 려고 하지 않았던 그 배가 자기 손자에게는 결코 지치지 않 는 질문의 계기가 되었다는 것이다. 하지만 '콘라트헨'은 '여 자와 아이 들로 가득 찼던 아름다운 카데에프 기선'에 대해서만 — 그 애는 당시 살아남은 자기 할머니에게 오직 그 일에 대해서만 물어보았다. — 흥미를 가진 것은 아니었다. 오히려 그 애는 무엇보다도 자기의 방대한 지식을, '이런저런 모든 이 야기'를 선사받은 컴퓨터를 이용해 세계 곳곳에, 심지어는 오 스트레일리아와 알래스카까지 널리 전파하라는 할머니 소망 에 부응했다는 것이다. "금지된 일은 아니잖아요, 판사님?" 하고 어머니가 큰소리로 말했다. 그러고는 여우 목도리 머리 를 중앙으로 가져다 놓았다.

말이 난 김에 그녀는 살인 희생자에 대해서도 언급하게 되 었다. 그녀의 '콘라트헨'이 이러한 방식으로, 즉 '컴퓨터라는 물건을 통해' 직접 얼굴을 대하지 않고도 다른 아이들과 친하

게 지내는 게 ─ 서로 종종 견해 차가 있을 수 있다는 건 물론
이다. ─ 기뻤는데, 그녀의 사랑스러운 손자가 그 밖의 경우에
는 언제나 외톨이 스타일이었기 때문이라는 것이다. 그 점에
있어서는 지금도 마찬가지인데, 심지어 라체부르크에 사는
그 애의 자그마한 여자 친구 ─ 그 여자애는 치과의사를 돕는
일을 하고 있다. ─ 와의 관계도 느슨하다고 할 수밖에 없는
게 "섹스라든지 그 밖의 문제 같은 것은 결코 일어나지 않았
으며" 그 점을 자신이 정확히 안다는 것이다.

그 정도로 그리고 더 많은 것에 대해 상당히 정확하게 어머
니는 변호인 측 증인으로서 표준 독일어로 말하였으며, 용어
도 세심하게 선택하였다. 콘라트의 "양심의 문제에 대한 예
민한 접근", "진리에 대한 불굴의 사랑" 그리고 "독일에 대한
범할 수 없는 자존심" 같은 말로 법정에서 손자를 칭송하였
다. 하지만 콘라트의 컴퓨터 친구가 유대인 청년이었건 말건
아무 문제도 되지 않는다고 그녀가 잘라서 말하자마자, 청소
년 담당 검사가 그녀에게 사실 관계를 확인해 주었다. 즉 살해
된 자의 부모는 결코 유대인 혈통이 아니다, 오히려 아버지 슈
트렘플린은 뷔르템부르크의 목사관 출신이고, 그 부인은 여
러 세대 동안 바덴에 정착해 살아 온 농부 가족 출신이라는 사
실이 오래전부터 잘 알려져 있고 서류로도 증명할 수 있다고
했다. 이 말을 듣는 순간 어머니는 눈에 띄게 당황했다. 그녀
는 여우 목도리를 만지작거렸고, 수초 동안 멀뚱멀뚱한 표정
을 짓기도 했다. 그러고 나서는 표준어를 쓰려던 그동안의 노
력을 포기하고 소리쳤다. "아냐, 새빨간 거짓말! 그 다비드가

가짜 유대인이라는 걸 우리 콘라트헨이 몰랐을 리가 없어. 자기 자신과 남을 속이다니, 매번 진짜 유대인인 것처럼 행세하면서 노상 우리의 치욕스러운 짓에 대해서만 말하더니 말이야……."

그녀가 살해된 자에게 "비열한 거짓말쟁이" 또는 "정직하지 않은 자식"이라고 욕설을 퍼붓자, 재판장은 그녀에게 발언권을 빼앗았다. 그때까지 어머니의 짜증나게 만드는 확언들을 슬며시 미소지으며 듣던 코니는, 소년 담당 검사가 온라인에서 스스로를 다비드라고 불렀던 볼프강 슈트렘플린이 — 검사 자신이 말했듯이 — '아리안 혈통임을 입증하는 문서'를 제시하면서 아울러 빈정거리는 태도로 나오자, 실망했는지는 몰라도 결코 놀라는 표정은 아니었다. 이미 알고 있었던 사실에 대해 내 아들은 침착하게 확신을 가지고 말했다. "그렇다고 해서 사정이 바뀌는 건 아닙니다. 저에게 다비드라고 알려진 그 사람이 진정 유대인으로서 말하고 행동했는가 하는 그 점이 제게는 중요했습니다." 재판장이 그에게 묄른에서건 슈베린에서건 지금까지 진짜 유대인을 만나 본 적이 있느냐고 묻자, 그는 분명히 아니라고 대답하고는 덧붙였다. "저의 결심과는 아무런 상관이 없는 문젭니다. 저는 원리에 따라 쏘았으니까요."

그러고 나서는 내 아들이 범행 후에 지대가 높은 남쪽 호숫가에서 슈베린 호수로 던져 버린 권총이 문제가 되었다. 거기에 대해 어머니는 짤막하게 답변할 뿐이었다. "내가 그 물건을 어떻게 발견할 수 있겠어요? 우리 콘라트헨은 자기 방을 언제나 깨끗하게 정리하고 살았는데. 그 애는 그걸 중요하게 생각했지요."

범행 무기에 대해서 묻자, 내 아들은 그 권총을, 더 자세히 말하자면 소련군 제품인 7밀리미터 토카리예프를 일 년 반 전에 입수했는데, 그럴 수밖에 없었던 것이 그가 메클렌부르크 교외 지역 극우 젊은이들로부터 위협을 받았기 때문이라는 것이다. 그리고 그들 이름을 말하고 싶지도 않고 말하지도 않겠다는 것이다. "예전 동지들을 배반하지는 않겠어요!" 위협 계기는 그가 당시에 나라를 걱정하는 어떤 동지회의 초대를 받아서 한 연설 때문이었다고 한다. 그 주제는 '건조에서 침몰에 이르기까지 카데에프 선박 빌헬름 구스틀로프호의 운명' 이었는데, 몇몇 청중에게는 ─ "그중에는 죽어라 맥주만 들이켜 대는 멍청이들도 있었다." ─ 너무 수준이 높았다는 것이다. 특히 위험한 위치에서 어뢰를 쏘아 그 배를 명중시킨 소련 잠수함 함장의 군사적 업적에 대한 객관적 평가가 스킨헤드족을 화나게 했다. 그 애는 나중에 몇몇 부랑배 같은 자들로부터 '러시아의 친구'라는 욕을 들었고 길거리에서 반복해서 위협을 당했으며 날마다 공격을 받았다는 것이다. "그때부터 저는 이 막돼먹은 나치에게 무기 없이 대항할 수는 없다는 사실을 분명히 깨달았습니다. 그들에게 논리 따위는 먹히지 않았으니까요."

방금 언급된 강연, 즉 1996년 초 앞서 말한 동지회 모임 장소인 슈베린의 한 식당에서 주말에 있었던 강연과, 당시 학교 교실에서 들려주지는 못했지만 지금 법정에 문서로 작성되어 제출된 두 발표문은 이후 재판 과정에서 특별한 역할을 했다.

첫 번째 발표문과 관련해서는 우리 둘에게 책임이 있었다. 가비와 나는 묄른에서 무슨 일이 벌어졌는지 알았어야 했다. 우리는 너무 무지하게 행동했다. 그녀는 교육학자로서, 아무리 다른 학교에서 근무하고 있었다 할지라도, 폭발성이 강한 주제를 다룬 자기 아들의 강연이 소위 '옆길로 샌 경향'으로 거부당했던 전말을 꼭 알았어야 했다. 그리고 실토하는 바지만, 나는 내 아들에 대해 더 많은 관심을 기울였어야 했다.

예컨대 직업상 이유 때문에 유감스럽게도 묄른을 불규칙하게 방문할 수밖에 없었다 할지라도 그나마 일정을 잘 조정하여, 학부모회에 참석하여 관심을 보이면서 이것저것 물어볼 수도 있었을 것이다. 그 편협한 교사 중 한 명과 언쟁을 벌이는 일이 생길 수도 있겠지만 말이다. "왜 이런 식으로 금지하는 겁니까? 관용 정신은 어디 갔단 말입니까?" 또는 그와 유사한 소리를 할 수도 있었을 것이다. 어쩌면 부제가 '나치 카데에프 단의 긍정적 측면'이었던 코니의 강연은 지루한 과목인 사회학에 약간의 흥미를 더할 수도 있었을 것이다. 그러나 나는 학부모회에 단 한 번도 참석하지 않았다. 가비도 생각하기를, 안 그래도 힘든 그녀의 동료 교사들에게 어머니로서 주관적인 반론을 제기하여 어려움을 가중하고 싶지는 않다는 것이었다. 더군다나 그녀 자신이 "나치 사이비 이데올로기의 그 모든 순진무구한 구호에 결단코 반대한다."라고 선언하였고, 또 자기 아들에 대해서도 언제나 그녀의 좌파적인 입장을 — 스스로 인정하는 바이지만 때로는 너무 성급하게 — 변호하였다는 것이다.

우리는 어떤 식으로든 무죄 방면될 수가 없다. 모든 것을 내 어머니와 고루한 교육 윤리 탓으로 돌릴 수는 없는 것이다. 재판이 진행되는 동안 내 전처와 나는 — 그녀는 다소 유보적이긴 했지만 지속적으로 교육학의 한계를 지적했다. — 우리 둘의 실패를 인정해야 했다. 아, 아버지 없이 태어난 나는 아버지가 되지 말았어야 했다!

그리고 가련한 다비드 — 그의 원래 이름은 볼프강이었고 그의 친유대적인 태도가 우리 코니를 자극한 것이 분명했다. — 의 부모도 스스로를 비슷한 식으로 질책했다. 어쨌거나 재판 휴정 동안 가비와 내가 멀리서 온 그 부부와 함께 처음에는 막히기도 했으나 나중에는 상당히 솔직하게 대화를 주고받는 가운데 슈트렘플린 씨가 나에게 말했다. 자신과 아들 사이가 소원해지고 더 나아가 대화 단절에까지 이르게 된 이유는, 한 원자력 연구 기관에서 순수하게 학문적 활동에만 몰두했고 또 역사적 사건에 지나치게 거리를 두었음이 분명한 자신의 판단 때문이었다는 것이다. 특히 국가사회주의 지배 기간 동안 상대적으로 냉정했던 자신의 관찰 방식이 어떤 식으로도 이해되지 못했다는 것이다. "그래요, 그 결과는 둘 사이에 거리가 점점 벌어졌다는 것이지요."

그리고 슈트렘플린 부인 말에 따르면, 볼프강은 언제나 별난 애였다. 또래 아이들과는 기껏해야 탁구나 치면서 사귈 뿐이었다. 여자 친구를 깊이 사귀는 것은 보지도 못했다. 하지만 그녀 아들은 이른 나이에 이미, 즉 열네 살 때부터 다비드라는 이름을 스스로 짊어지고, 잘 알려진 전쟁 범죄와 집단 학살에 속죄해야 한다는 생각에 사로잡혔으며, 그러다 보니 마침내는 모든 유대적인 것을 그 어떤 성스러운 것으로 간주해 버리는 지경까지 이르게 되었다는 것이다. 그리고 지난해에는 하필 크리스마스에 일곱 가락 촛대를 원했다고 한다. 그러고는 독실한 유대인들이 쓰는 작은 모자를 쓴 채 그의 방에서 그의 전부이자 유일한 컴퓨터 앞에 앉아 있는 모습을 보았는데 정말이지 당혹스러웠다는 것이다. "그 애는 나에게 거듭 요구했지요. 유대인 식사처럼 정결하게 하라고요!" 어쩌면 그녀는 볼프강이 무엇 때문에 컴퓨터 놀이를 하면서 유대교 신앙의 다비드 노릇을 했는지 이해할 수 있을지도 모르겠다는 것이다. 여하간 그 애는 영원한 고발이라는 것도 언젠가는 끝나기 마련이라는 그녀의 훈계를 흘려듣고 말았다. "최근에는 우리 아이에게 말을 걸 수가 없었어요." 그러므로 그녀 아들이 어떻게 저 역겨운 당 간부와 그 암살자인 프랑크푸르터라는 의대생을 생각하게 되었는지도 모른다는 것이다. "우리가 그 애를 가르치고 훈계하는 걸 너무 빨리 중단해 버린 게 아닐까요?"

슈트렘플린 부인은 띄엄띄엄 말했고, 그녀 남편은 인정한다는 듯이 고개를 끄덕였다. 볼프강 슈트렘플린은 그 다비드 프랑크푸르터를 존경했고, 끊임없이 되풀이되는 그 애의 다윗과 골리앗 이야기는 별로 말은 되지 않았지만, 아주 진지하게 생각한 것만은 분명했다는 것이다. 그리고 그 애의 어린 동생들인 욥스트와 토비아스는 다비드에 대한 형의 지나친 숭배를 놀리기까지 했다는 것이다. 심지어는 다보스에서의 살인 당시 젊었던 그 사람 사진 한 장을 액자에 넣어 자기 책상 위에 세워 놓았다는 것이다. 거기에다 많은 책들, 신문 스크랩, 컴퓨터에서 프린트한 용지들도 그 구스틀로프와 그 이름을 명명된 배와 관련 있었다. "어쨌든 침몰할 때 있었던 일은 끔찍해요."라고 슈트렘플린 부인이 말했다. "그 많은 아이들…… 사람들은 그 일에 대해 까맣게 몰랐지요. 취미로 최근 독일사를 연구하는 내 남편조차도 몰랐으니까요. 또한 유감스럽게도 남편은 구스틀로프와 관계된 일에 대해서도 아는 바가 없었어요. 마침내 일이 터질 때까지……."

그녀는 울었다. 가비도 같이 울었다. 그리고 어쩔 줄 몰라 하면서 한 손을 슈트렘플린 부인의 어깨에 얹었다. 나도 엉엉 소리를 내어 울 뻔했다. 하지만 아버지들은 서로를 이해한다는 신호로 눈길을 교환하는 정도로 그쳤다. 우리는 그 후에도 여러 차례 볼프강의 부모와 만났고, 법원 건물 밖에서 만난 적도 있었다. 우리보다는 차라리 자신들을 꾸짖는 온후한 사람들로서 언제나 서로 이해하려고 애를 썼다. 내가 보기에 그들은 재판 동안 코니의 장황한 설명에 귀를 기울였는데, 마치 자기 아들을 죽인 그 애에게서 납득할 만한 이유를 듣기를 원하는 것처럼 보였다.

나는 슈트렘플린 부부에게 적지 않게 호감이 갔다. 오십 줄의 나이에 안경을 끼고 백발 머리가 단정한 그 남자는 명백한 사실조차도 상대화하는 그런 사람이었다. 사십 대 중반으로 나이보다 젊게 보이는 그 여자는 모든 일을 불가해한 것으로 보는 경향이 있었다. 어머니에 대한 이야기가 나오자 그녀가 말했다. "당신네 아들의 할머니는 정말 주목할 만한 분이에요. 하지만 저는 어쩐지 으스스한 기분이 들어요……."

볼프강의 동생들은 완전히 다른 타입이라고 했다. 그리고 장남의 학교 성적에 대해서도 수학과 물리 과목이 처진다면서, 마치 볼프강이 '살아서' 언젠가는 김나지움 졸업시험을 치르기라도 할 것처럼 걱정하는 것이었다. 우리는 새로 생긴 카페 중 한 곳에 들어가서 무척 높은 둥근 테이블 둘레 높다란 의자에 앉았다. 우리는 같이 카푸치노를 주문했다. 때론 주제에서 벗어나 다른 얘기를 했다. 대략 우리와 비슷한 나이인 슈트렘플린 부부에게, 우리가 일찌감치 이혼한 이유에 대해 고백해야 할 것 같은 생각이 들었기 때문이다. 가비는 피할 수 없어서 하는 이혼은 오늘날엔 정상적인 일이므로 죄의식을 가질 필요는 없다고 간단하게 입장을 밝혔다. 나는 입장을 유보하면서 내 전처가 어정쩡하게 설명하도록 내버려 두었다. 그리고 나서 나는 다시 주제를 바꿔 묄른과 슈베린에서 발표할 수 없었던 내 아들의 강연 원고에 대한 이야기를 두서도 없이 꺼냈다. 가비와 나는 그 즉시 지루하기만 했던 결혼 시절처럼 말다툼을 벌였다. 나는 내 아들의 불행과 그 참혹한 결과가 촉발된 것은 1933년 1월 30일 사건에 대한 그 애의 견해와, 더 나아가서 나치 조직인 '카데에프'의 사회적 의미에 대해 발표할 기회를 거부당했기 때문이라고 주장했다. 하지만 가비가 내 말을 가로막았다. "그 선생이 그만두라고 말해야 했던 건 정말 이해가 가요. 결국 그 날짜가 중요한 건, 우연히 같은 날 태어난 주변 인물의 생일이기 때문이 아니라 히틀러가 권력을 장악한 날이니까요. 그리고 우리 애는 같은 날짜의 보다 깊은 의미를 장황하게 설명하려 했으니까요. 특히 자기 부주제인 '때늦은 기념비 보존'이라는 논문에서 말이에요……."

법정에서 강연 원고와 관련된 증인 진술이 있었다. 피고의 학교 성적이 각각 우에서 수까지라고 확인한 두 선생은 묄른과 슈베린의 학교에서 발표를 허락받지 못했던 그 강연 원고들에 대해 증언했다. 두 교육자는 한 목소리로 증언하기를, ─ 이 경우에는 전체 독일의 견해와 일치한다. ─ 발표를 허락받지 못했던 그 원고가 온통 국가사회주의적인 사상에 감염되어 있었으며, 교활하고 지능적인 방식으로 표현되었다는 것이다. 가령 '계급 차별 없는 민족 공동체'를 선전한다든지, 콘라트 포크리프케 학생이 발표를 허락받지 못한 두 번째 강연 원고에서 '슈베린 시의 위대한 아들'이라고 소개하려 했던 옛 나치 당 간부 구스틀로프의 추모비가 제거된 것과 관련하여 '이데올로기와 상관없이 기념비를 보호하자'는 식으로 능란하게 꾸며 댔다는 것이다. 그러므로 그러한 위태로운 헛소리의 전파를 막는 것이 교육자로서 책임을 다하는 것이었고, 특히 두 학교에는 극우 성향 남녀 학생이 점점 증가하던 터라 더욱 그렇다는 것이다. 동독 선생은 마지막으로 자기 학교의 '반파시스트 전통'을 강조하였다. 서독 선생은 "싹부터 잘라라!"라는 상당히 진부한 문구를 떠올릴 뿐이었다.

증인 신문은, 어머니의 돌발적인 행동, 그리고 증인 로지가 울면서 자기의 '동지 콘라트 포크리프케'에게 앞으로도 계속 충실할 것이라고 거듭 맹세한 것을 제외한다면 전체적으로 차분하게 진행되었다.

소년부 법정에서의 심리는 공개되지 않았기 때문에 방청객에게 영향을 줄 우려는 없었다. 하지만 나중에 재판장은 너무도 엄숙한 재판 분위기를 부드럽게 만들어 보기라도 하려는 것처럼 농담도 약간 허락하였으며, 내 아들에게는 범행 동기를 밝혀 보라고 기회를 주었다. 그래서 코니는 충분히 그리고 게걸스럽게 자유 발언을 하였다.

물론 그 애는 아담과 이브부터 시작하였다. 즉 나중에 나치 지구당 감독관이 된 자의 탄생에 대한 이야기부터 꺼냈다. 그 애는 그자의 스위스 조직 사업을 강조하고 폐병 치유를 "약한 것에 대한 강자"의 승리라고 큰소리로 말하면서, 하나의 영웅을 있는 모습 그대로 조각하는 데 성공했다. 그리고 마침내는 "주도(洲都) 슈베린의 위대한 아들"을 찬양하는 기회까지 얻었다. 만일 방청객이 있었더라면, 뒷줄 쪽에서 동의를 표하는 중얼거림 정도는 들려왔을 것이다.

그 애는 ── 콘라트는 기록해 둔 메모와 인용할 수 있는 자료를 곧 치워 버렸다. ── 다보스에서의 살인에 대한 준비와 실행에 대한 이야기가 나왔을 때, 범행 무기의 합법적인 구입과 발사한 총알 수를 강조했다. "저와 마찬가지로 다비드 프랑크푸르터도 네 발을 쏘았답니다." 또한 다비드가 주 법정에서 밝힌 범행 동기, 즉 자신이 유대인이기 때문에 쏘았다는 말을 내 아들은 그대로 인용하여, 아니, 더 확대하여 써먹었다. "저는 독일인이기 때문에 쏘았습니다. 그리고 다비드를 통해서 영원한 유대인이 발언하고 있었기 때문에 쏘았습니다."

쿠르 주 법정에서의 재판 이야기로 시간을 오래 허비하지 않고, 그 애는 ── 그림 교수와 당 연설가인 디베르게와는 달리 ── 특정한 유대인 선동자를 겨냥해서 행동에 옮긴 것은 아니었으며, 다만 공정한 근거로 이렇게 말할 수 있다는 것이었다. 즉 그 자신처럼 프랑크푸르터도 '전적으로 내적인 필연성'에 따라 행동했다는 것이다.

그러고 나서 콘라트는 슈베린에서 거행되었던 국장 의식을 그림으로 보듯 생생하게 설명해 주었고, 심지어는 "눈이 조금 내렸다."라고 당시 날씨까지도 전해 주었다. 그리고 장례 열차를 묘사하면서 어떠한 거리 이름도 빠뜨리지 않았다. 이어서 인내심 있는 판사마저도 지치게 만든 '나치 조직 카데에프의 의미와 과제와 업적'에 대한 보충 설명을 한 후에 마침내 그 배의 완성에 대해 언급하게 되었다.

내 아들은 법정에서 이 부분에 대해 발언할 때 신이 났음이 분명했다. 손짓을 하면서 그 애는 배 길이와 폭과 홀수에 대해 보고했다. 그리고 배 진수식과 그 애 표현대로 "순교자의 미망인"에 의한 명명식에 대한 이야기가 나오자, 그 애는 이때다 하는 듯이 큰소리로 비난했다. "여기, 슈베린에서, 헤트비히 구스틀로프 부인이 대독일제국 멸망 후 즉시 부당하게 권리를 박탈당했고, 나중에는 도시에서 쫓겨나기까지 했습니다!"

그러고 나서 그 애는 명명식을 마친 배 내부 운영에 대해 언급했다. 연회실, 대식당, 선실 수, E 갑판 풀장에 대해 그 애는 보고했다. 마지막으로 그애는 간추려 말했다. "계급 차별 없이 운영되는 전동선 빌헬름 구스틀로프호는 국가사회주의의 생생한 표현이었고 지금도 그렇습니다. 오늘날까지 모범이 되며, 그 모든 미래에까지도 진정으로 영향을 미칠 것입니다!"

나는 내 아들이 마지막 느낌표를 찍은 후 상상 속에 있는 청중의 박수갈채에 귀를 기울이고 있지나 않나 하는 생각이 들었다. 그러나 그동안 엄격한 태도를 유지하려 애를 썼고, 이제는 짧게 끝내라고 경고하는 판사의 눈길도 그 애는 알아차렸다. 비교적 신속하게 — 슈트렘플린 씨가 보기에는 그랬다. — 그 애는 마지막 항해와 그 배에 대한 어뢰 공격을 이야기하게 되었다. 침몰 시에 익사한 사람과 얼어 죽은 사람의 엄청난 수에 대해 그는 '대충 헤아려' 보고하였으며, 다른 배의 침몰 시에 있었던 훨씬 적은 사망자 수와 비교했다. 그러고 나서 그 애는 구조된 사람 수를 밝혔고, 다행이라고 말하면서 선장들이 구조된 것을 강조했으며, 자기 아버지인 내 이야기는 빼 버렸으나, 할머니에 대해서는 언급했다. "법정에는, 제가 그분 이름으로 지금 여기에서 증언하고 있는 일흔 살 우어줄라 포크리프케 부인이 와 계십니다." 그러자 어머니가 자리에서 몸을 일으켰다. 백발에다가 목에 여우 목도리를 두른 모습이었다. 그녀도 마치 자기 앞에 수많은 청중이라도 있는 듯이 행동했다.

코니는 자신에게만 들리는 박수갈채를 중단시키기라도 하

려는 것처럼 이제는 일부러 냉정한 어조로 이전에 회계관 조수였던 하인츠 쇤의 '칭찬할 만한 작은 업적'을 높이 평가하였으며, 전쟁 이후에 보물을 찾는 잠수부들이 구스틀로프호 폐선을 지속적으로 훼손하는 것에 유감을 표명했다. "하지만 다행스럽게도 이 미개인들은 독일제국은행 금궤도 전설적인 호박(琥珀) 실도 발견하지 못했습니다……."

이 장면에서 나는 너무나 참을성 많은 재판장이 동의한다는 듯이 고개를 끄덕였다고 생각했다. 내 아들의 연설은 마치 스스로 움직이기라도 하듯이 이미 계속되었다. 그는 이제 소련 잠수함 S13의 함장에 대해 말하고 있었다. 시베리아에서의 오랜 구금 생활 후 알렉산더 마리네스코는 마침내 복권되어 '소련의 영웅'이 되었다는 것이다. "하지만 유감스럽게도 그는 뒤늦은 영예를 잠시 동안만 누릴 수 있었을 뿐입니다. 그 후 곧 암에 걸려 죽었으니까요……."

원고 측에서는 한 마디도 하지 않았다. 이전에 인터넷에서 그랬던 것처럼 '러시아 인간 말종들'에 대한 이야기는 들을 수 없었다. 오히려 내 아들은 다비드 행세를 한 볼프강 슈트렘플린에게 용서를 구함으로써 판사와 소년교도소 배심원, 그리고 검사까지 놀라게 했다. 너무도 오랫동안 그 애는 자신의 웹사이트에서 빌헬름 구스틀로프호의 침몰을 무조건 여성과 아이 들에 대한 살인으로 평가해 왔다. 하지만 이제 다비드를 통해서, S13의 함장으로서는 자신이 보기에 이름도 없는 배를 군사 목표물로 간주한 것은 당연했다는 사실을 깨닫게 되었다는 것이다. "여기에서 죄를 묻는다면." 하고 그 애가 큰소리로 말했다. "해군 최고사령부, 대제독이 고발되어 마땅합니다. 그는 피란민 외에 다수의 군인 집단을 배에 태우는 것을 허락했기 때문입니다. 그 범죄자 이름은 바로 되니츠입니다!"

콘라트는 법정에서 소란과 야유가 일어나리라고 예상한 듯 잠시 휴식을 취했다. 그러나 어쩌면 마무리할 말을 찾고 있었는지도 모른다. 마지막으로 그가 말했다. "저는 제 행동을 확신합니다. 하지만 저는 귀 법정이 제가 행한 처단을, 보다 큰 테두리에서 파악될 수 있는 그 어떤 행위로 평가해 주실 것을 부탁드립니다. 저는 볼프강 슈트렘플린이 김나지움 시험을 치르기 직전이었다는 사실을 압니다. 유감스럽게도 저는 그 점을 배려하지 못했습니다. 보다 큰 문제가 우선이었고 또 우선입니다. 주도 슈베린은 결국 자신의 위대한 아들에게 무엇보다도 명예를 돌려주어야 합니다. 그러기 위해서 저는 호수의 남쪽 기슭, 즉 제가 제 나름 방식으로 순교자를 추념하였던 그곳에 우리가, 그리고 다가오는 세대가 저 유대인에게 암살되었던 빌헬름 구스틀로프를 상기할 수 있도록 기념비를 세우자고 호소하는 바입니다. 몇 년 전 마침내 상트페테르부르크에 잠수함 함장 알렉산더 마리네스코를 기리는 기념비가 세워졌던 것처럼, 1936년 1월 4일 독일이 마침내 유대인의 질곡으로부터 벗어날 수 있도록 하기 위해 자기 목숨을 바쳤던 사나이의 명예도 세워 주어야 하는 것입니다. 저는 또한 유대인 쪽에서도 마찬가지로 다비드 프랑크푸르터가 1982년에 죽은 이스라엘이나 다보스에 자신의 민족에게 총탄 네 발로 신호를 보냈던 저 의대생 동상을 세울 이유가 있음을 서슴지 않고 인정하는 바입니다. 아니, 동판 하나만으로도 충분할 것입니다."

마침내 재판장은 정신을 차려 말했다. "이제 됐어!" 그러고 나서는 법정에 침묵이 흘렀다. 내 아들의 설명, 아니, 그 애의 용솟음치는 토로는 효과가 없지 않았다. 하지만 그의 연설은 형량을 낮출 수도 높일 수도 없었다. 왜냐하면 재판부는 코니의 열변에서 묻어나오는, 그 자체로는 논리 정연한 망상에서 그 어떤 광기를 — 감정서로 어느 정도 그 이유를 분석해 볼 필요가 있는 — 인정했기 때문이다.

나는 이 학문적인 척하면서 되는 대로 내갈겨 쓴 소견서 자체를 대수롭지 않게 여겼다. 하지만 심리학자로서 황량한 가정생활 분야를 전공했다고 하는 한 감정인이 코니의 — 그가 쓴 용어대로 하자면 — '절망에 빠진 고독한 행위'의 원인을 피고의 아버지 없는 어린 시절로 돌리고, 아울러서 내가 아버지 없이 태어나 자랐다는 데 있다는 식으로 견강부회한 것도 그렇게 완전히 빗나간 판단은 아니었다. 다른 소견서 둘도 비슷한 방식이었다. 가족이라는 울타리 안에서의 순전히 여우 잡기 놀이에 지나지 않았다. 결국은 언제나 아버지에게 책임이 돌아왔다. 더욱이 혼자 아이를 키울 권리가 있는 가비가 그녀 아들을 묄른에서 슈베린으로 이사시키는 것을 막지 않았고, 그 후 아이는 마침내 할머니 수중에 떨어지고 말았던 것이다.

그녀, 오로지 그녀에게 책임이 있다. 목에 여우 목도리를 두른 마녀. 그녀를 예전부터 알고 그녀와 그 무슨 관계가 있음이 분명한 그 사람[50]이 알고 있듯이 그녀는 원래부터 도깨비불이 었다. 왜냐하면 그 사람은 툴라에 대해서 말하자마자…… 열광하며…… 신비스러운 이야기를 늘어놓는다……. 그 어떤 카슈바이의, 혹은 코슈네뷔거의 물의 정령, 툴라, 둘러 혹은 툴이 그녀의 대부였다고 말한다.

작은 머리를 기우뚱하게 수그린 채로 ── 그래서 그녀의 잿빛 시선은 여우 목도리의 유리 눈알들과 일치하게 된다. ── 어머니는 소견을 발표하고 있는 감정인들을 뚫어져라 바라보았다. 그녀는 거기에 앉아 자기 마음에 드는 음악, 즉 아버지로서의 내 무능함이 라이트 모티프로서, 바스락거리며 서류 넘기는 그 모든 소리에 섞여들면서 만드는 음악에 귀를 기울였다. 소견서들은 그녀를 다만 주변적인 인물로만 다루었는데, 예컨대 이런 식이었다. "원래부터 호의적인 할머니다운 배려가 아버지와 어머니 역할을 대신할 수는 없었다. 그리고 기껏해야 임신부로 살아남아 침몰하는 배를 앞에 두고 출산했던 할머니의 험난한 운명이 손자 콘라트 포크리프케에게 한편으로는 감명을 주고, 다른 한편으로는 같은 경험을 했다고 철석같이 믿어 버리는 바람에 혼란스러운 영향을 주었다는 정도로 추측할 수 있을 뿐이다."

감정인들이 새긴 자국을 변호사는 더욱더 깊게 만들려고 시도했다. 내 전처가 고용한 내 또래 한 남자는 무진 애를 쓰긴 했지만 코니의 신뢰를 얻는 데 성공하지 못했다. 그 사람

---

50) 귄터 그라스를 가리킨다.

이 "사려 깊지 못한, 고의가 아닌 범행"이라는 말을 쓰면서 고의적 살인을 단순 살해로 경감하려 할 때마다, 내 아들은 자기 변호사의 온갖 노력을 자발적인 고백으로 무산시켜 버렸다. "저는 서두르지 않았으며, 아주 평온했습니다. 그래요, 증오심은 아무 역할도 하지 않았어요. 제 생각은 아주 냉철했습니다. 유감스럽게도 너무 아래쪽 배를 향해 첫 발을 쏜 후 저는 나머지 세 발을 정조준하여 발사했습니다. 안타깝게도 권총밖에 없었습니다. 프랑크푸르터처럼 연발 권총을 썼더라면 더 좋았을 텐데 말입니다."

코니는 자신에게 책임이 있다고 주장했다. 너무 빨리 키가 커 버린 데다가 안경을 끼고 곱슬머리인 그 애는 스스로 원고가 되어 법정에 서 있었다. 그 애는 열일곱 살보다 어려 보였지만 아주 조숙하게 말을 했기 때문에 마치 단기 코스로 압축해서 인생 경험을 한 것처럼 보였다. 예컨대 그 애는 자기 부모의 공동 책임을 받아들이기를 거부했다. 너그럽게 미소 지으면서 그 애가 말했다. "제 어머니는 아주 괜찮아요. 계속 아우슈비츠 이야기를 하셔서 이따금 짜증나게 만들긴 하지만 말이에요. 그리고 재판은 제 아버지를 빨리 잊게 만들 겁니다. 제가 오래전부터 그렇게 해 왔듯이 아주 깡그리 말입니다."

내 아들은 나를 미워해 왔던가? 코니는 도대체 미워할 능력이라도 있었단 말인가? 그는 유대인들에 대한 증오심을 여러 차례 부인했었다. 나는 콘라트의 증오심을 사물화된 증오심이라고 부르고 싶다. 희미하게 타오르는 증오. 지속적으로 타오르는 난로 같은 증오. 열정도 없이, 자웅동체 방식으로 증대

238

되는 증오.

혹은 변호사가, 어머니로부터 비롯된 빌헬름 구스틀로프에 대한 그 애의 집착을, 아버지의 대체물을 찾기 위한 노력으로 재해석한 것도 전혀 틀린 말이 아닐 수 있지 않을까? 그 변호사는 구스틀로프 부부의 결혼에서 아이가 없었다는 점을 상기시켰다. 그러므로 무언가를 찾고 있는 콘라트 포크리프케에게 가상으로 메꿀 수 있는 빈 공간이 제공되었고, 마침내는 신기술, 특히 인터넷이 그 애를 어린 시절 고독으로부터 탈주하게 만들었다는 것이다.

이러한 추측을 뒷받침하는 것은 판사가 코니에게 이 점에 대한 자기 견해를 말해 보라고 허락하자마자 그 애가 열광하면서, 아니 따뜻한 애정으로 '순교자'에 대해 말했다는 사실이다. 그 애가 말했다. "제 연구 결과 빌헬름 구스틀로프의 사회적 참여가 총통보다는 게오르크 슈트라서로부터 더 많은 영향을 받았다는 사실이 밝혀짐에 따라, 저는 오직 그 사람에게서 저의 모범을 보았으며, 그 점은 제 홈페이지에 거듭해서 그리고 분명하게 표현되어 있습니다. 제 내면의 자세는 그 순교자로부터 배운 것입니다. 그러므로 그분을 위한 복수는 신성한 의무인 것입니다!"

그리고 나서 소년 담당 검사가 상당히 집요하게, 유대인에 대한 경멸의 이유를 묻자, 그 애가 대답했다. "완전히 잘못 보신 겁니다! 원칙적으로 저는 유대인에게 아무 반감도 없습니다. 하지만 저는 빌헬름 구스틀로프와 마찬가지로 유대인은 아리안 족 내부의 이물질이라고 확신합니다. 그들 모두는 원래 자기들이 속한 이스라엘로 가야 합니다. 여기에 그들이 설자리는 없습니다. 하지만 그곳에서는 적대적인 주변 나라들과 맞서기 위해 그들을 절실히 필요로 합니다. 다비드 프랑크 푸르터가 감옥에서 석방된 후에 즉시 팔레스타인으로 간 것은 전적으로 잘한 일이었습니다. 그리고 나중에 이스라엘 국방부에서 일자리를 찾은 것도 정말 좋았습니다."

재판이 진행되는 동안 사람들은 그곳에서 발언한 모든 사람 중 유일하게 내 아들만 명확한 표현을 한다는 느낌을 받을 수 있었다. 그 애는 신속하게 핵심으로 들어갔고 통찰력을 유지했으며, 모든 것에 해결책을 마련하고 있었고, 자신의 논점을 명료하게 유지했다. 반면에 검사와 변호사, 이구동성의 세 감정인, 그리고 배석판사와 배심원 들은 어쩔 줄 몰라 하면서 때로는 하느님을 때로는 프로이트를 길잡이로 내세우며 범행 동기를 찾느라 헤매었다. 그들은 변호사 표현대로 "가련한 젊은이"를 사회적 상황과 실패한 결혼, 한쪽 방향으로만 진행된 교육 목표, 그리고 신 없는 세상의 희생자로 만들려고 전력을 다했다. 마지막으로 내 전처는 대담하게도 "할머니에서 아들을 거쳐 콘라트에게로 전달된 유전자"에 그 책임이 있노라는 말까지 했다.

범행의 진짜 피해자이고, 온라인으로 자신을 유대인 다비드로 승격했으며, 김나지움 시험을 거의 통과한 학생인 볼프강 슈트렘플린은 재판정에서 거의 언급되지도 않았다. 수치스럽게도 그는 제외되었으며, 다만 범행 목표물로만 여겨졌다. 그리고 변호사 견해로는 그 희생자가 거짓 사실을 꾸며 자극했다는 점을 잊지 말아야 한다는 것이었다. 소견서 상으로 "희생자 자신의 책임이다."라는 말까지는 하지 않았지만, 다음과 같은 부수적인 문장들에는 그러한 생각이 깃들어 있었다. "희생자가 바로 범행을 자초했다." 혹은 "인터넷 논쟁을 현실로 옮긴 것은 태만 이상의 것이었다."

어쨌든 범행자에게 더 큰 몫의 동정이 주어졌다. 그래서 슈트렘플린 부부는 판결이 내려지지 않았는데도 길을 떠나 버렸다. 그들은 법원 건물을 마주보는 한 카페, 가비와 내가 있는 자리에서 우리 아들에게 너무 엄한 처벌이 내려지는 것은 자기들 뜻도 아니며, 물론 볼프강의 뜻에도 맞지 않을 거라는 말을 하고는 그렇게 떠나 버렸다. "우리에겐 그 어떤 복수심도 없어요."라고 슈트렘플린 부인이 말했다.

만일 내가 순수하게 직업 정신을 발휘했다면, 다시 말해 저널리스트로서 그 일에 관여했다면, 나는 단순 살해로 경감된 그 판결을 '사법 추문'까지는 아니더라도 '너무 경미한 처벌'이라고 비판했을 것이다. 그러나 저널리스트의 의무라고는 조금도 느끼지 않고, 7년의 소년 감호소 징역형을 꼼짝도 않고 받아들이는 내 아들에 정신이 팔린 나머지, 나는 경악하고 말았다. 잃어버린 세월! 형기를 다 채우고 나올 경우에 그 애는 스물네 살이 된다. 그곳에서 범죄자 그리고 실제 극우주의자와 날마다 만남으로써 냉혹해진 그 애는 나중에 자유 속에서 살게 되더라도 아마 다시 범죄에 빠져들어 감옥에 들어갈 것이다. 안 돼! 이 판결은 받아들일 수 없어.

하지만 코니는 재심 청구를 통하여 판결 수정을 다투어 볼 여지를 생각해 보자는 변호사의 제안을 거절했다. 나는 그 애가 가비에게 한 말을 반복할 수 있을 뿐이다. "제가 7년 징역만 받았다는 게 쉽사리 납득하기 어려워요. 당시 그들은 유대인 프랑크푸르터를 18년형에 처했거든요. 물론 그 사람은 그중 구 년 반만 감옥에 있었지만 말이에요……."

그 애는 끌려가는 순간까지도 나를 보려 하지 않았다. 그리고 재판정에서도 그 애는 자기 어머니가 아니라 할머니를 껴안았다. 그녀는 굽 높은 신발을 신었는데도 겨우 그 애 가슴팍까지밖에 닿지 않았다. 그 애는 떠나는 순간 마지막으로 다시 한 번 뒤돌아보았다. 아마도 다비드 혹은 볼프강의 부모를 찾으면서 그 자리에 없음을 서운해했는지도 모른다.

우리는 그 직후 주 재판소 건물 앞쪽 드레플러 광장에 서 있었고, 나는 마침내 담배 한 개비를 입에 물었다. 그때 우리는 어머니의 화난 모습을 목격했다. 그녀는 공식적인 행사 때마다 착용하는 여우 목도리와 목 장식을 벗어 버리면서 억지로 꾸민 표준 독일어로 이렇게 말했다. "도대체 정의가 아냐!" 그녀는 격분하면서 내 입가에 있는 담배를 낚아채고는, 없애버려야 할 그 무엇이라도 되는 양 발로 짓이겨 버렸다. 그리고는 고함을 지르더니 이어서 열변을 토하는 것이었다. "괘씸한 것들! 정의는 이제 없어! 그 어린애가 아니라 나를 처넣어야 해. 그래, 그 애에게 처음 컴퓨터를 사 주고, 그다음 지지난해에 그 총을 선물한 것은 나였어. 그놈들이 콘라트를 위협했으니까 말이야. 그 스킨헤드 놈들 말이야. 한번은 죽도록 맞아서 피를 흘리면서 집으로 돌아왔어. 하지만 그 애는 울지 않았어. 조금도. 하지만 안 돼! 그 총은 이미 오래전부터 내 서랍장 속에 들어 있었어. 통일 직후에 러시아 시장에서 그 물건을 샀지. 정말 헐값이었으니까. 하지만 법정에서는 누구도 나에게 그 총이 어디서 났는지 물어보지 않았어, 그 물건이⋯⋯."

9

처음부터 세워져 있었던 금지 표시판이었다. 그[51]는 나에게 코니의 생각에 대해 심사숙고한다거나, 코니가 고심했던 것을 생각의 유희로 바꾸어 표현한다거나, 혹은 내 아들의 머릿속에서 언어로 나타내거나 인용할 수도 있는 바를 기록으로 남기는 것을 엄격하게 금지했다.

그가 말한다. "아무도 그 애가 무슨 생각을 했고 앞으로 무슨 생각을 하게 될지 알 수는 없다. 그 애의 뇌뿐만 아니라 사람들의 뇌란 모두 다 침묵을 지킨다. 말하자면 출입 금지 구역인 것이다. 언어 사냥꾼이 들어갈 수 없는 미지의 땅이다. 두개골을 열어 본들 소용없는 일이다. 게다가 자신이 생각하는 것을 말하는 사람은 아무도 없다. 그리고 그것을 시도하는 사

---

51) 귄터 그라스를 가리킨다.

람이 있다면 채 한마디도 하지 않아서 자신을 속이고 만다. 가령 그 순간 그는 이렇게 생각했다……라고 시작하는 문장들이라든지 그의 생각은 이랬다……라는 문장들은 이미 목발을 짚고 있는 불구이다. 그 어느 것도 사람 머리보다 자신을 잘 숨길 수는 없다. 심지어는 강도 높은 고문조차도 빈틈없는 자백을 받아 낼 수 없다. 그렇다. 분초를 다투는 죽음의 순간에도 생각은 살짝 빠져나간다. 그러므로 우리는 볼프강 슈트렘플린이 인터넷에서 유대인 다비드 역을 맡아 연기를 하겠다는 결심이 싹텄을 때 그가 무슨 생각을 했는지, 혹은 그가 유스호스텔 '쿠르트 뷔르거' 앞에 서서, 온라인에서 빌헬름으로 불렸고, 이제 콘라트 포크리프케로 드러난 그의 친구이자 적이 파카 오른쪽 주머니에서 권총을 꺼내어 처음에 그의 복부를 향하여 한 발을 쏘고 이어서 그의 머리를 향해 세 발을 쏘아 감춰진 그의 생각을 명중시키는 것을 보았을 때도 그의 머릿속엔 정말이지 문자 그대로 무슨 생각이 떠올랐는지 우리는 알 수 없는 것이다. 우리는 다만 우리 자신이 보는 것만을 볼 뿐이다. 표피가 모든 것을 말해 주지는 않지만, 그로써 족하다. 그러므로 그 점에 있어서는 어떠한 생각도, 두 번 세 번 심사숙고한 생각도 마찬가지이다. 그러니 말은 아껴야 하는 법. 그래야만 우리는 보다 빨리 결론에 도달할 수 있다."

내 의지와 정반대되는 어떤 생각이 구불구불한 내 왼편 뇌와 오른편 뇌에서 기어나와 경악스러운 의미를 만들어 내며 불안하게 숨겨 온 비밀을 누설하고 나를 발가벗김으로써 나자신이 스스로 놀라 다른 식으로 생각하려고 애쓴다는 것을 내 아들이 알지 못한다는 게 얼마나 다행스러운가. 예컨대 나는 노이슈트렐리츠를 위한 선물을 생각했는데, 내 아들을 위한 것으로, 첫 방문에 적합한 작은 배려였다.

나는 이 재판에 관해 언급하는 모든 신문 기사를 받아 보고 있었기 때문에,《바덴 신문》에 실린 볼프강 슈트렘플린의 사진 한 장을 손에 넣을 수 있었다. 사진 속 그의 모습은 단정하기는 했지만, 그렇게 특별나지는 않았다. 김나지움 졸업생이거나, 입대 의무를 진 나이 정도로 보였다. 그는 입에 미소를 짓고 있었으며, 눈 주위는 약간 슬픈 인상을 주었다. 그의 짙은 금발은 가르마 없이 부드러운 웨이브를 이루었다. 그 청년은 풀어헤쳐진 셔츠 깃 위로 머리를 왼편으로 기울이고 있었다. 종잡을 수 없는 것을 생각하는 이상주의자 같은 인상이었다.

그 밖에 내 아들의 재판에 관해 언급하는 기사들은 분량으로 볼 때 실망스러울 정도로 적었다. 재판이 진행될 무렵, 이제는 통일된 독일의 두 지역에서는 일련의 극우적인 범행들이 일어나고 있었는데, 그중에는 포츠담에서 야구 방망이로 헝가리 사람을 때려죽이려다 미수에 그친 사건이 있었고, 보훔의 한 연금 생활자를 몽둥이로 때려죽인 사건도 있었다. 끊임없이 그리고 도처에서 스킨헤드 족이 준동하고 있었다. 그동안 정치적인 동기에서 비롯한 폭력이 일상적이 되었고, 우익 세력에 반대하는 호소도 마찬가지였다. 폭력 행사자에 대해 우회적인 말로 꾸짖는 정치가들의 유감 표명도 다반사였다. 또한 볼프강 슈트렘플린이 유대인이 아니라는 명백한 사정이 현재 진행되고 있는 재판에 대한 관심을 줄여 버렸을 수도 있다. 왜냐하면 사건이 터지고 난 직후에는 "유대인 동포 저격당하다!"라든가 "유대인을 증오하는 비겁한 살인!" 같은 머릿기사들이 전 독일을 뒤흔들어 놓았기 때문이다. 그리고 또 사진 아래쪽에 "최근 반유대인 폭력 행위의 희생자"라고 쓰인 제목을 내가 스크랩해 놓은 것도 있다.

이런저런 일로 소년감호소 ── 꽤 낡은 건물이어서 철거할 필요가 있었다. ── 에서의 첫 면회날, 나는 양복 안주머니에 볼프강 슈트렘플린의 사진 한 장을 가지고 있었다. 단 한 번 접은 복사 사진을 내가 내밀었을 때 코니는 심지어 고맙다는 말까지 했다. 그 애는 그 사진을 쓰다듬어 편편하게 펴면서 미소를 지었다. 우리 사이 대화는 더듬거리면서 진행되었지만, 어쨌든 그 애는 나와 말을 했다. 면회실에서 우리는 마주보고 앉아 있었다. 다른 테이블에서도 마찬가지로 어린 범죄자들이 면회를 하고 있었다.

나는 내 아들의 이마에서 생각을 읽어 내는 것이 금지되어 있으므로, 그 애가 자기 아버지를 앞에 두고 옛날처럼 마음을 닫고 있기는 했지만 거부하는 태도는 보이지 않았다는 정도로 말할 수밖에 없다. 심지어는 기자라는 내 일에 대한 질문을 받기도 했다. 내가 그 애에게 스코틀랜드에서 복제된 기적의 양 돌리에 대한 기사와 그것을 만들어 낸 사람에 대해 이야기 했을 때, 그 애는 미소 짓기도 했다. "그런 분야라면 어머니도 틀림없이 흥미 있으실 텐데요. 어머니에겐 유전자, 특히 내 유전자가 있으니까요."

그러고 나서 나는 감호소 내 휴게실에서 탁구를 할 수 있다는 이야기도 들었고, 그 애가 다른 세 아이들과 방 하나를 같이 쓰는데, 그들 모두가 "삐딱하기는 하지만 그렇게 악의는 없는 아이들"이라는 말도 들었다. 자기만의 구석 공간에 탁자와 책꽂이도 있으며, 게다가 방송통신 교육도 가능하다는 것이었다. "정말 새로워요!" 하고 그 애가 소리쳤다. "김나지움 졸업시험을 감방에서도 치를 거니까요. 일정 기간 동안 정기적으로 과제물을 제출하면 되거든요." 그러나 나는 코니가 재치 있는 말을 하려고 한다는 게 별로 마음에 들지 않았다.

내가 가려고 하는 참에, 그 애의 여자 친구인 로지가 나와 교대했다. 그녀는 마치 상이라도 당한 것처럼 온통 검은 옷차림으로 왔으며 이미 눈물을 흘릴 대로 흘린 것처럼 보였다. 면회일이라 온통 오고 가는 사람들로 붐볐다. 어머니들은 훌쩍거렸고 아버지들은 당황해했다. 선물에 대해서 비교적 느슨하게 통제를 하는 교도관은 다비드 역할을 했던 볼프강의 사진을 통과시켜 주었다. 나에 앞서 어머니가 그를 면회 왔던 것이 분명하며, 아마 가비도 함께 있었을 것이다. 그렇지 않다면 그 두 사람이 짧은 간격을 두고 차례로 코니를 면회하기라도 했단 말인가?

그동안 시간이 흘러갔다. 나는 이제 더 이상 나무를 원료로 만든 종이에다 기적의 양 돌리 이야기를 기고하지 않고 다른 선정적인 사건을 끈질기게 좇아 다녔다. 그리고 내친 김에 말하자면 그동안 내 변덕스러운 여성 편력 이야기 중 하나가 ― 이번에는 구름 생성 분야에 조예가 깊은 여성 사진 작가였다. ― 별다른 잡음도 없이 끝을 맺었다. 그러고 나서 달력을 보니 다시 면회일이 다가와 있었다.

마주 앉자마자 내 아들이 말하기를, 사진 몇 장을 유리 액자에 넣어 감호소 작업장 책꽂이 아래 걸어 두었다는 것이다. "물론 다비드 사진도 그렇게 했어요." 그 밖에도 사진 두 장을 액자로 만들었는데, 그 애 웹사이트 자료에서 뽑은 것으로 안 그래도 어머니가 그 애 부탁에 따라 그 애에게 전해 주었을 그런 사진들이었다. 복사한 그 사진 두 장은 제각각 3급 선장 알렉산더 마리네스코를 찍은 것이었지만, 아들 말에 따르면, 서로 거의 닮지 않았다고 한다. 그 애는 그 사진들을 인터넷에서 건져 올렸는데, 마리네스코 팬 둘은 제각각 자기들이 액자에 넣어 보관하고 있는 게 진짜 사진이라고 주장할지도 모른다는 것이었다. "우스꽝스러운 말다툼이에요." 하고 코니가 말했다. 그리고 마치 가족 사진이라도 되는 것처럼 액자에 넣어 놓은 복사 사진을 아무리 입어도 해지지 않을 것 같은 그의 노르웨이 외투 안쪽에서 끄집어냈다.

나는 그 사진들에 대한 자세한 설명을 들었다. "잠망경 옆 둥근 얼굴은 상트페테르부르크 박물관에 진열된 사진이에요. 그리고 여기 잠수함 상갑판에 각진 얼굴로 서 있는 이 사람이 실제 마리네스코라고 주장하는 사람도 있어요. 어쨌거나 이 사진이 마리네스코에게 계속 봉사했던 핀란드의 한 매춘부에게 선물로 주어진 원본이라는 것을 입증하는 서류 증거들이 있어요. 잠수함 S13의 함장은 정말 바람둥이였어요. 그러한 타입이 그 밖에 어떤 일을 할 수 있는지는 흥미로운 일이에요……."

내 아들은 다비드 프랑크푸르터의 어릴 때 사진 한 장과 말년 사진 한 장이 있는 그의 작은 화랑에 대해 상당히 긴 시간 동안 이야기를 했는데, 그 말년 사진은 늙고 다시 골초가 된 그의 모습을 보여 주었다. 하지만 사진 하나가 모자랐다. 내가 그 점에 대해 살짝 이야기하려고 하자, 코니는 자기 아버지 생각을 읽기라도 한 것처럼 교도소 소장이 유감스럽게도 "그 순교자가 제복을 입고 있는 아주 세밀한 사진"으로 방을 장식하는 것을 금지했다는 점을 이해시켜 주었다.

어머니가 가장 빈번하게 그 애를 보러 갔다. 어쨌든 그녀는 나보다는 자주 면회를 갔다. 가비는 대개 그녀의 '노동조합 업무' 때문에 면회 가는 데 지장이 있었다. 그녀는 '교육과 학문'이라는 난을 맡아 무보수로 채우느라 녹초 상태였다. 하지만 로지는 잊지 않기 위해 꽤나 정기적으로 면회를 갔고, 얼마 지나지 않아서부터는 더 이상 울지도 않았다.

그해 나는 전국에서 일찌감치 벌어졌던 선거전 소동에 관여하고 있었다. 말하자면 모든 선정적인 저널리스트들과 마찬가지로 나는 상설 유권자 앙케이트 조사의 의미를 밝혀내려고 애쓰고 있었다. 내용으로 보면 그 욕지거리는 별다른 결과를 가져오지 못했다. 어쨌거나 저 목사 힌츠는 '붉은 양말 캠페인'으로 민주사회주의당(PDS) 당선율을 높일 수는 있겠지만 그 당시 마찬가지로 투표로 낙선한 저 뚱보를 구할 수는 없으리라는 사실만은 분명했다. 나는 분주히 돌아다니면서 연방의회 의원과 중견 기업가, 심지어는 공화주의자 몇 명과도 인터뷰를 했다. 왜냐하면 극우파들이 5퍼센트 이상 득표율을 보일 것으로 예견되었기 때문이다. 메클렌부르크포어포머른 주에서는 그들이 특히 적극적으로 활동했다. 결과야 별로 신통치 않았지만.

나는 노이슈트렐리츠로 가지 않았다. 하지만 전화로 어머니에게서 그녀의 '콘라트헨'이 잘 지낸다는 소식을 들을 수 있었다. 심지어 그 애는 '몇 킬로'나 체중이 늘었다고 한다. 그 밖에도 그 애는 소년범들을 위한 컴퓨터 강좌 선생으로 — 그녀 말을 빌리자면 — '영입'되었다고 한다. "그래, 너도 잘 알다시피, 그 분야에서는 걔가 언제나 최고였지……."

그래서 나는 그동안 뺨이 포동포동해진 내 아들이 같이 지내는 수감자들에게 기초 최신 사용법을 가르쳐 주는 장면을 상상해 보았다. 물론 나는 소년감호소 수감자들에게 인터넷 접속이 금지되어야 한다고 생각했다. 그렇지 않으면 몇몇 범죄자가 웹사이트 관리자인 콘라트 포크리프케의 지도 아래 가상의 도주로, 다시 말해 사이버 공간으로의 집단 탈주로를 발견하게 될지도 모르기 때문이었다.

그 밖에 나는 내 아들도 포함된 노이슈트렐리츠 탁구팀이 플뢰첸제 소년교도소 선발팀과 경기를 벌여서 승리했다는 소식도 들었다. 하여간 요약하면 이렇다. 일 때문에 매우 바쁘게 지내는 한 저널리스트의 아들이 — 그는 법원 판결에 따라 살인자로 확정되었고 그동안 성년이 되었다. — 밤낮없이 부지런하게 산다는 것이었다. 여름이 시작되고 얼마 후에 그는 방송통신 고등학교졸업시험을 1.6점으로 통과했다. 나는 "코니,

축하해!"라고 전보를 쳤다.

그러고 나서 나는 어머니가 일주일 넘게 폴란드 그단스크에 머물고 있다는 소식을 들었다. 그리고 이제 다시 슈베린에 와 있는 그녀를 방문했다가 이런 말을 들었다. "단치히에서 여기저기 돌아보았어. 하지만 대개는 랑푸르에 있었지. 거기는 모든 게 변했지만, 엘젠 거리의 집은 그대로더만. 꽃나무 상자들이 있는 발코니도 모두 그대로고 말이야."

그녀는 관광버스를 타고 여행을 했다. "우리한테는 정말 싼 값이었어!" 고향에서 내몰렸던 한 무리 사람들로서, 어머니 연배거나 보다 나이 많은 남녀 노인네가 소위 말하는 '고향 찾기 여행'을 상품으로 내놓은 여행사 대리점의 안내에 따라 여행을 나선 것이었다. 어머니가 말했다. "거긴 정말 멋지더군. 역시 폴란드 놈들한테 맡겨 둬야 해. 교회고 뭐고 많이도 새로 지었더라. 그런데 구텐베르크 기념비는 이제 없더만. 우리가 어릴 때 구텐베리케라고 불렀던 그거 말이야. 에릅스베르크 바로 뒤편 예쉬켄탈 숲 속에 있던 거 말이야. 날씨 좋은 날에 가 보곤 했던 브레젠에는 말이야, 다시 옛날처럼 멋진 수영장이 들어섰더라……."

그러고 나서 그녀는 예의 멀뚱멀뚱한 표정을 지었다. 하지만 어느새 고장난 레코드판이 제자리를 맴돌고 있었다. 옛날에, 더 옛날에, 아니, 아주 옛날에 목공소 마당에서 있었던 일이라든지 숲 속에서 눈사람을 만들었던 이야기, 또는 여름 방학 동안 발트 해 해변에서 '내가 그처럼 말라깽이였던 시절……'에 올리바 숲 속에서 무슨 일이 벌어졌었는지 되풀이하여 들려주었다. 그녀가 한 무리 아이들과 함께, 전쟁이 일어난 직후부터 몸체를 물 밖으로 내놓고 있었던 폐선박 한 척이 있는 데까지 헤엄쳐 갔다는 이야기도 해 주었다. "우리는 녹슨 궤짝이 있는 곳까지 아주 깊이 잠수했지. 그 애들 중 가장 깊이 잠수한 애가 바로 요헨이었어……."

나는 그녀가 고향 찾기 여행 동안 더운 여름 날씨에도 불구하고, 저 빌어먹을 여우 목도리를 가방에 넣고 다녔는지 물어본다는 것을 깜박 잊어버렸다. 그러나 나는 예니 아주머니가 단치히 랑푸르라든지 아니면 다른 곳에서 어머니와 함께 다녔는지 궁금했다. "아니야." 하고 어머니가 대답했다. "그 애는 같이 안 가려고 했어. 다른 이유가 아니라 다리가 불편해서 말이야. 너무 아플 거라면서. 하지만 내가 친구와 함께 다녔던 학교 길은 여러 번 오르락내리락해 보았지. 이번에는 훨씬 가깝다는 생각이 들었어……."

어머니는 집으로 돌아오자마자 내 아들에게 곧바로 여행에서 인상적이었던 이야기를 들려주었음이 분명하다. 나에게도 들려주었던 고백의 자세한 부분까지도 말이다. "고텐하펜에도 가 봤지. 혼자서. 우리가 그 부근에서 배를 탔던 데 말이야. 모든 게 생각나더군. 그 어린것들이 모조리 머리를 거꾸로 처박고 얼음같이 찬 물속으로 떨어졌지. 울고 싶었지만 눈물도 안 나오더군……." 그녀는 다시 멀뚱멀뚱한 표정을 지었다. 그러고 나서는 '카데에프' 이야기만 늘어놓았다. "그래, 정말 멋진 배였지……."

그러므로 바로 다음번에 노이슈트렐리츠를 방문했을

때 — 연방의회 선거 직후였다. — 지극 정성으로 잔손질해 만든 작품과 맞닥뜨리게 된 것은 그리 놀라운 일이 아니었다. 내 아들이 사용한 블록 장난감 상자는 어머니 지갑에서 나온 돈으로 구입한 선물임이 분명했다.

그런 물건은 백화점 장난감 코너에서 볼 수 있는 것이었다. 날아다니거나 달리거나 물 위로 갈 수 있는 것들을 본떠 만들 수 있는 소위 블록 상자들은 상품 진열대에 종류별로 잘 분류되어 전시되어 있으며, 함부르크의 알스터하우스 백화점이나 베를린의 카데베 백화점에서 찾을 수 있다. 그녀는 베를린을 자주 방문했다. 최근에는 골프 차를 구입했는데, 무리한 선택이긴 했지만 평소 운전 습관대로 과감하게 몰았다. 어머니는 자기 신조대로 마구 추월하는 그런 인물이다.

그녀가 베를린으로 오는 것은 크로이츠베르크에 있는 무질서한 내 독신자 주택을 방문하기 위해서가 아니라, 슈마르겐도르프에 있는 그녀 친구 예니와 '옛날에 대해 재잘거리고' 아울러 바스락거리는 과자를 안주 삼아 로트캐프헨 포도주를 마시기 위해서였다. 통일 이후 그 둘은 무언가를 만회해야 하며, 잃어버렸던 장벽 시대 시절을 보상받아야 한다고 작심한 듯했다. 여하간 그들은 유별난 한쌍이었다.

어머니는 예니 아주머니 댁을 방문할 때면 — 나는 그저 입회인으로 참관을 허락받았다. — 수줍어하면서 마치 최근에 나쁜 장난질을 친 소녀처럼 행동했다. 반면 예니 아주머니는 오래전에 겪었던 나쁜 일을 모두 잊어버린 것 같았다. 나는 그녀가 절뚝거리고 옆으로 지나가면서 어머니를 쓰다듬는 것을 보았다. 그러면서 그녀가 속삭였다. "그래, 좋아, 툴라, 그래, 좋아." 수영하다 익사한 콘라트와 유죄 판결을 받은 코니 외에 그래도 한 사람 더 꼽으라고 하면, 어머니는 그녀 동창인 친구를 사랑했던 것이다.

1960년대 초에 내가 슈마로겐도르프의 망사르드 다락방에 작은 방을 하나 빌려 살게 된 후로 가구는 옮겨지지 않고 제자리를 지키고 있다. 도자기 장식품을 둘러싸고 제멋대로 널려 있지만 그래도 먼지는 뒤집어쓰지 않은 가구 모두는 그저께 들여온 것처럼 보인다. 그리고 예니 아주머니 댁 모든 벽에는, 비스듬하게 경사진 벽까지도 발레 사진들로 도배되어 있다. '안구스트리'라는 예명으로 알려졌던 그녀는 「백조의 호수」와 「코펠리아」에서 주연을 맡아 호리호리한 몸매로 혼자 춤을 추거나 그녀 옆, 마찬가지로 우아한 남성 발레 무용가와 함께 공연하기도 했다. 어머니 안팎으로는 그런 기억들로 도배되어 있다. 그리고 기억이란 게 과연 교환 가능하다고 한다면, 우리는 칼스바트 거리에서 그러한 내구성 있는 물품[52]을 다른 것으로 교환할 수 있는 큰 시장을 발견할 수 있었을 테고 또 지금도 발견할 수 있을 것이다.

그러므로 그녀는 베를린으로 와서 예니 아주머니를 방문하기 전이나 방문한 후에 이따금 카데베 백화점으로 가서 공작

---

52) 인간의 기억을 가리킨다.

에 취미가 있는 사람들을 위한 장난감 벽돌쌓기 상자 중 특정 모델을 찾곤 했다. 도르니어 수상 비행기 '도 엑스'도, 벵골 호랑이 탱크 모델도, 1941년에 이미 침몰한 전투함 비스마르크도, 전쟁 후에 해체해 버린 중순양함 아드미랄 히퍼도 그녀가 보기에는 선물로 적합하지가 않았다. 그녀는 군대와 관련된 것은 선택하지 않았다. 그녀 마음에 드는 것은 여객선 빌헬름 구스틀로프호였다. 아마도 그녀는 그 누구로부터도 조언받지 않았을 것이다. 왜냐하면 어머니는 자신이 원하는 것을 언제나 아는 사람이었으니까.

아마도 내 아들이 청원하여 면회실에서 저 특별한 물건을 내보일 수 있도록 허락받았음이 분명하다. 여하간 감독을 맡은 교도관은 죄수 콘라트 포크리프케가 배 모형을 들고 나타났을 때 호의적으로 고개를 끄덕였다. 그 장면을 보는 순간, 실패에서 여러 생각이 풀려나왔지만 곧 혼란스러운 실뭉치 하나가 되어 버렸다. 그 일은 중단되지도 않는단 말인가? 이 이야기는 언제나 새롭게 시작하는가? 어머니는 끝을 모르는 분이란 말인가? 그녀는 그렇게 하면서 도대체 무슨 생각을 하는가?

그동안 성년이 된 코니에게 내가 말했다. "정말 멋있군. 하지만 넌 이제 그런 놀이를 할 나이가 지났어, 안 그래?" 그러자 그는 내 말이 옳다고 수긍하면서 말했다. "알아요. 하지만 내가 열세 살이나 열네 살 때 아빠가 생일 선물로 구스틀로프호를 선물했더라면, 내가 지금 뒤늦게 이런 어린애 장난감을 가지고 노는 일은 없었겠지요. 지금도 재미는 있어요. 게다가 시간도 많잖아요, 그렇죠?"

비난은 적중했다. 나는 그 일을 되씹어야 했다. 그리고 아이로 하여금 그 저주받은 배를 그저 단순한 모형 장난감으로서 제때 가지고 놀게 했더라면, 게다가 아버지답게 지도했더라면 내 아들이 최악의 상황에 빠지는 것을 막을 수는 있지 않았을까 하고 반문했다. 다시 그 애가 말했다. "나는 툴라 할머니가 이 배를 사 주기를 바랐어요. 이 배가 어떤 모습이었는지 자세하게 보고 싶었으니까요. 정말 멋지지 않아요, 안 그래요?"

선수에서 선미까지 그 카데에프 선박은 아름다운 모습을 한눈에 보여 주었다. 내 아들은 수많은 조각을 끼워 맞추어 계급 차별 없는 휴가 여행자들의 꿈을 조립해 놓았다. 아무런 구조물에도 가려지지 않은 상갑판은 얼마나 넓었던가! 배 한가운데 단 하나 있는 굴뚝은 선미 쪽으로 약간 기운 채 얼마나 우아하게 서 있었던가! 유리로 덮인 산책 갑판은 그 모습도 선명했다! 사령교 밑에는 정자라고 불리는 온실이 있었다. 나는 배 내부 어디쯤이 풀장이 있는 E 갑판인지를 생각해 보았다. 그리고 구명보트 수를 헤아려 보았다. 단 한 척도 모자라지 않았다.

코니는 흰색으로 빛나는 배 모형을 자기가 손수 만든 철사 뼈대 위에 세워 놓았다. 그러므로 선체가 배 밑바닥까지 다 보였다. 반어적인 어조를 깔긴 했지만 유능한 솜씨에 대해서 나는 찬사를 아끼지 않았다. 그는 내 찬사에 대해서 킥킥거리면서 반응을 보였고, 마법이라도 부리는 것처럼 주머니에서 알약 통을 꺼냈는데, 나중에 드러나지만 그는 그 통 안에 동전 크기만 한 붉은색 스티커 세 개를 보관하고 있었다. 그리고 그는 붉은 점 세 개로 어뢰가 적중된 자리에다 표시했다. 점 하나는 배 앞쪽 좌현에, 그다음 점은 내가 배 내부에서 풀장이라고 추측했던 지점에, 그리고 세 번째 점은 기관실에 붙었다. 콘라트는 스티커를 붙이는 작업을 엄숙하게 거행했다. 그는 선체에다 성흔(聖痕)을 찍고 나서 자신의 작품을 바라보며 아주 만족한 듯 "괜찮은 솜씨야!"라고 말하고는 갑자기 화제를 다른 방향으로 돌렸다.

내 아들은 연방의회 선거 이야기를 꺼내면서 내가 어느 당을 찍었는지 알고 싶어 했다. 나는 "공화주의자는 절대 아니야."라고 대답하고는 수년 전부터 사실 투표에는 관심이 없었음을 고백했다. 그러자 그 애는 "진정한 신념이라는 걸 절대로 가지지 않는다는 아버지다운 면모를 다시 보이신 거네요."라고 말했다. 하지만 그 애는 자기가 젊은 유권자로서 우편 투표로 어디에다 십자 표시를 했는지에 대해서는 밝히지 않으려 했다. 나는 어머니 영향을 고려하면서 그 애가 민주사회당 (PDS)을 찍었을 것으로 추측했다. 그러나 그 애는 미소만 지을 뿐이었다. 그러고는 배 모형에다가 직접 만든 것임이 분명한 작은 깃발들을 선수, 선미, 그리고 두 돛대에다 꽂기 시작했다. 그 용도로 쓰려고 또 다른 알약 통에 넣어서 보관하고 있던 깃발들이었다. 심지어는 카데에프 문양과 독일노동전선 깃발을 본뜬 작은 모형들도 있었다. 갈고리 십자가가 그려진 깃발도 빠지지 않았다. 배 전체에 깃발이 나부꼈다. 모든 것이 어울렸다. 다만 그 애만은 원래대로 돌아가지 못했다.

만일 아들이, 아버지에게는 발설이 금지되었고 그 때문에 수년 동안 가택 연금 상태에서 고통받아 온 아버지 생각을 알아차리고 순식간에 그 생각을 자기 것으로 하며 심지어 행동으로까지 옮긴다면 어떻게 될 것인가? 나는 적어도 정치적으로는 옳은 편에 서고, 거짓말만은 하지 않으며, 대외적으로는 정확한 입장을 전달하려고 언제나 노력해 왔다. 사람들은 그것을 자제심이라고 부른다. 《슈프링거》에서 근무할 때건 《타츠》에 있을 때건 나는 언제나 주어진 대본에 따라서 노래를 했다. 그러므로 내가 직접 처리한 일에 대해서는 상당히 확신하기도 했다. 증오심을 휘저어 거품을 일으키고 빈정대면서 일을 재빨리 처리하는 것, 이 두 가지를 번갈아 하는 것이 나에게는 쉬운 일이었다. 하지만 나는 결코 공격 선두에 선 적도, 사설 논조를 결정한 적도 없다. 주제는 다른 사람들이 제시했다. 나는 중도를 지켰으며, 왼쪽으로든 오른쪽으로든 완전히 미끄러져 떨어지지는 않았고, 모서리에 부딪히지도 않았다. 강물을 따라 헤엄치거나 흐름에 몸을 맡기면서 간신히 연명해야 했다. 좋다, 그건 아무래도 내 탄생 배경과 관계 있는 것 같다. 그것으로 거의 모든 게 설명될 수 있었다.

하지만 그 후 내 아들은 새로운 맥주 통의 마개를 땄다. 조금도 놀라운 일이 아니었다. 그렇게 될 수밖에 없었다. 왜냐하면 코니가 인터넷에 올리거나 채팅 방에서 수다를 떨거나 그의 홈페이지에 게시한 모든 것에 따르면, 슈베린 호수 남쪽 호반에서 목표물을 향하여 쏜 총알에는 피할 수 없는 궁극적 의미가 있었다. 지금 그 애는 소년교도소에 수감되어 있으며 탁구 게임 승리와 컴퓨터 학습 코스 지도자로 인기를 얻었다. 그리고 끈질기게 노력하여 대학입학자격시험에도 통과할 수 있었으며, 심지어 어머니가 귓속말로 내게 전해 준 바에 따르면 기업으로부터 몇 군데 일자리 — 신기술 관련 분야! — 를 이미 제의받았다는 것이다. 그는 앞으로 다가올 새 세기에 미래를 보장받은 것처럼 보였다. 명랑하고 영양 상태도 좋아 보였으며, 상당히 합리적인 생각을 말했다. 하지만 큰 깃발 대신 작은 깃발로 과장하는 버릇은 중단되지 않았다. 그건 나쁜 결과를 초래할 수도 있는데 하고 나는 어림짐작하면서 묘책을 찾아보았다.

처음에 나는 어찌할 바를 몰랐다. 심지어는 예니 아주머니 집에서도 마찬가지였다. 인형의 방에 사는 그 늙은 숙녀는 내가 다소간 정직하게 고백하는 모든 것에 가볍게 고개를 좌우로 흔들며 경청했다. 그녀에게는 속마음을 털어놓을 수 있었다. 그녀는 그런 일에 익숙했는데, 아마도 젊은 시절부터 그랬던 것 같다. 내가 실꾸리로부터 거의 대부분을 털어놓고 나면, 그녀는 얼어붙은 미소를 지으며 말했다. "달아나려고 하는 거 그게 나쁜 습성이야. 내 어릴 적 친구이자 네 사랑스러운 어머니는 그 문제점을 잘 알지. 그래, 나는 아이였을 때 달아나는 그녀의 습성 때문에 정말이지 자주 고통받아야 했어. 그리고 그 양아버지도 — 그래, 당시에는 비밀에 부쳐야 했지만 나는 진짜 집시 여자에게서 태어났지. — 정말이지, 조금 변덕스러운 데가 있는 그 고등학교 정교사 — 나는 그의 이름을 따라 브루니스라고 불릴 수 있었지. — 는 툴라의 그 나쁜 면을 알았어야만 해. 그녀는 변덕스러움 그 자체였거든. 하여간 좋지 않게 끝났어. 고소당한 후 내 아버지 브루니스는 끌려갔지…… 슈투트호프로 말이야……. 하지만 결국에는 거의 모든 게 잘되었어. 너도 그녀와 함께 너의 걱정거리를 의논해야 해. 툴라는 정말이지 한 인간이 얼마나 철저하게 변할 수 있는지 몸으로 직접 겪은 사람이거든……."

그래서 나는 베를린을 출발한 후 A24를 경유하여 지방도로로 갈아타고 슈베린으로 향하였다. 그래, 나는 어머니와 대화를 나누었다. 끊임없이 비스듬하게 가로질러 달리는 내 생각에 대해서까지도 그녀와 함께 허심탄회하게 의논할 수 있었다. 우리는 가가린 거리에 있는 새로 개축한 조립식 아파트 11층, 텔레비전 방송 송신탑이 보이는 발코니에 앉았다. 아래쪽에는 청동 레닌 동상이 서쪽을 바라보며 서 있었다. 그녀 집은 변하지 않은 것처럼 보였다. 하지만 어머니는 최근에 그녀의 어린 시절 신앙을 다시 찾았다. 그녀는 가톨릭 신자로 행동했으며, 거실 한쪽 구석에 일종의 가정용 제단을 차려 놓았다. 그 위에는 양초와 플라스틱으로 만든 흰 백합 사이에 마리아상이 놓여 있었다. 하지만 그 옆에는 흰옷을 입고 편안하게 파이프 담배를 피우는 레닌 동지의 사진이 낯선 느낌을 주며 서 있었다. 그 제단을 바라보면서 아무 말도 하지 않는다는 것은 어려운 일이었다.

나는 어머니가 좋아하는 설탕 과자와 양귀비 씨가 든 케이크를 가져갔다. 내가 상당히 속을 내비치자 어머니가 곧바로 말했다. "우리 콘라트헨 때문에 네가 너무 걱정할 필요는 없어. 그 애는 제가 저지른 죗값을 치르고 있으니까 말이야. 그리고 그 애가 다시 감옥에서 나오면 그때는 진짜 과격주의자가 될 거야. 내가 옛날에 그랬듯이. 우리 동지가 날 보고 스탈린 최후의 추종자라고 욕을 해 댔거든. 그래, 그 애에게 더 나쁜 일은 없을 거야. 우리 콘라트헨에게는 언제나 수호천사가 따라다녔으니까 말이야……."

그녀는 '약간 흰자위를 드러내는' 표정을 짓더니 다시 정상적인 시선으로 돌아왔다. 그러고는 그동안 다시 정상적인 판단력을 되찾은 그녀 친구 예니의 말이 옳다고 인정했다. "우리 머릿속이나 온 몸뚱아리에 처박힌 저 나쁜 기운은 내쫓아 버려야지……."

그랬다, 어머니로부터 아무런 해결책도 얻지 못했다. 그녀의 짧게 깎은 흰색 머리칼처럼 그녀의 생각도 짧았다. 그렇다면 이제 어느 문간을 두드려야 한단 말인가? 가비에게?

나는 그동안 익숙해진 구간을 따라 슈베린에서 묄른으로 차를 몰고 갔다. 그리고 매번 도착할 때면 그렇듯이 이 소도시의 소박한 아름다움에 다시 한 번 놀랐다. 이 도시는 역사적으로 돌이켜 보면 익살꾼 틸 오일렌슈피겔의 고장이지만 그의 익살은 배겨 내지 못하고 그동안 거의 사라지고 말았다. 내 전처는 최근에 남자 친구를 얻었기 때문에 — 그녀 말에 따르면 "아주 사랑스럽고 부드럽고 섬세한 사람"이었다. — 우리는 근처 라체부르크에서 만나 백조와 오리 들 그리고 지치지도 않고 오르락내리락하는 한 마리 물새가 보이는 제호프 레스토랑으로 들어가 그녀는 채식을 했고, 나는 소고기 커틀릿을 먹었다.

그녀는 우리 아들 일과 관련하여 내게 지워졌던 그 모든 책임 문제 때문에 "정말이지 당신에게 상처를 주고 싶지 않아요."라는 격언 같은 말투로 서두를 꺼낸 다음 이렇게 말했다. "당신도 알다시피 나는 오래전부터 그 애를 감당할 수 없었어요. 그 애는 빗장을 걸고 있어요. 사랑이라든지 그 비슷한 관심을 받아들이지 않아요. 그동안 나는 그 애 마음속 깊이 마지막 생각까지 모든 것이 근본적으로 망가졌다고 확신하게 되었어요. 하지만 내가 당신 어머니를 떠올리면, 나는 그녀로부터 그녀 아들인 당신을 거쳐 콘라트에게로 무엇이 유전되었는지 짐작이 가요. 그러니 아무것도 변할 수가 없는 거죠. 게다가 지난번에 면회 갔을 때 당신 아들이 내게 결별을 선언했어요."

그러고 나서 그녀는 자기의 "온화하고 현명한 데다가 세상일에 밝은" 파트너와 함께 새로운 인생을 시작하려 한다는 점을 설명해 주었다. 과거 모든 일을 뒤로 하고 이제 자신에게는 이 "조그만 기회"를 선택할 권리가 있다는 것이었다. "생각해 봐요, 파울, 마침내 담배를 끊을 힘도 생겼어요." 우리는 디저트를 포기했다. 나는 침착하게 담배 한 개비를 더 피우는 것도 참았다. 전처는 자기가 계산하겠다고 나섰다.

아들의 충직한 여자 친구인 로지에게서 조언을 구하려는 시도는 나중에 가소롭게 여겨지겠지만 또한 미래지향적이고 유익한 점도 있으리라. 이런 생각이 들었다.

면회일이었던 바로 다음 날 우리는 노이슈트렐리츠의 한 카페에서 만났다. 그녀는 방금 코니를 보고 오는 길이었다. 그녀 눈에는 이제 눈물이 보이지 않았다. 그전까지는 늘어뜨렸던 머리카락을 리본으로 단단히 묶었고, 의연한 희생의 길을 가겠다는 듯 머리를 꼿꼿하게 세우고 있었다. 심지어는 둘 곳을 찾느라 언제나 허둥대던 침착하지 못한 두 손도 이제는 탁자 위에 둥그렇게 주먹을 쥔 채 놓여 있었다. 그녀는 내게 분명한 어조로 말했다. "당신이 아버지로서 어떻게 행동하시든, 그건 당신 일입니다. 저는 코니에게 있는 선한 영혼을 언제까지나 믿을 거예요. 뜻이 있는 곳에 길이 있는 법이니까요. 그 사람은 아주 강해요. 본받을 만큼요. 그리고 제가 굳게, 아주 굳게 그를 믿는 유일한 사람은 아니에요. 생각에서뿐만 아니고요."

나는 그 말이 정말 핵심을 찌르며, 또한 근본적으로 나의 믿음이기도 하다고 말했다. 나는 계속해서 말하려고 했으나, 그녀의 단정적인 말만을 들을 수 있었다. "그가 아니라 이 세상이 나빠요." 이제 내가 소년 교도소로 가 면회를 신청할 시간이 되었다.

처음으로 나는 그 애를 자기 방에서 면회하도록 허락받았다. 콘라트 포크리프케가 바른 몸가짐과 타의 모범이 되는 행동을 보였기 때문에 단 한 번 있는 특별 허락을 받아 냈다는 것이다. 내가 듣기로 그 애의 동료 수감자들은 바깥에서 정원 작업을 하고 있었다. 코니는 자기 방 한구석에서 나를 기다리고 있었다. 그 교도소는 곰팡내 나는 낡은 건물이었다. 하지만 현대적인 새 건물이 들어설 것이라고 했다. 나는 한편으로는 그동안 놀라운 일들에 면역이 되었다고 믿었으며, 다른 한편으로는 아들의 갑작스러운 착상이 두렵기도 했다.

방문으로 들어서자 처음에는 여기저기 얼룩이 있는 벽들만 눈에 띄었다. 노르웨이 스웨터를 걸치고 있던 그 애는 벽에 붙어 있는 책상 앞에 앉아 있다가 올려다보지도 않은 채로 "아빠예요?"하고 물었다.

예기치도 않게 '아빠'라고 말했던 그 애는 살짝 손짓을 하며 서가 쪽을 가리켰다. 그 아래쪽에는 — 한눈에 다 들어오지는 않았다. — 액자에 넣은 모든 사진, 즉 다비드 볼프강의 사진, 다비드 프랑크푸르터의 젊었을 때 사진과 늙었을 때 사진, 잠수함 함장 마리네스코 것이라고 주장되는 사진 두 장이 떼 내어지고 없었다. 사진이 있던 자리에는 아무것도 새로 걸려 있지 않았다. 나는 서가에 꽂힌 책 제목을 대충 훑어보았다. 예상할 수 있었던 대로 역사책들이 많았고, 신기술에 관한 책 몇 권이 있었으며, 그 사이 카프카 책 두 권이 섞여 있었다.

사라져 버린 사진들에 대해서 나는 아무 말도 하지 않았다. 그 애도 아무런 말을 기대하지 않는 것 같았다. 그리고 나서 일은 순식간에 벌어졌다. 자리에서 일어난 콘라트는, 빌헬름 구스틀로프의 이름을 따서 명명되었고 붉은 스티커 세 개로 표시된 모형 배를 책상 한가운데 놓인 철사 뼈대에서 들어올렸고, 선체를 좌현으로 기울인 채 철사 뼈대 앞쪽에 놓았다.

그러고는 서두르거나 격분한 기색도 없이, 오히려 사전에 계획이라도 한 듯 자신의 공들인 작품을 맨주먹으로 두들겨 부수기 시작했다.

고통스러웠음이 분명하다. 네댓 차례 두들기자 그 애의 오른쪽 주먹 가장자리에서 피가 흘렀다. 굴뚝과 구명보트들과 두 개의 마스트 때문에 상처를 입었을 것이다. 하지만 그 애는 계속 두들겼다. 아무리 두들겨도 선체가 쉽사리 부서지지 않자, 그 애는 폐선을 두 손으로 들어올려 옆으로 흔들다가 눈높이까지 들어올린 후 기름칠한 마룻바닥에 내팽개쳤다. 그러고 나서는 모형선 빌헬름 구스틀로프호에 남아 있는 모든 것을 발로 짓밟았으며, 마지막으로는 보트를 매다는 기둥에서 튕겨나온 구명보트들을 밟아 뭉개었다.

"이제 됐어요, 아빠?" 그러고는 단 한마디도 하지 않았다. 그의 시선은 격자 창살이 있는 창 쪽을 향한 채 그 자리에 머물렀다. 나는 무슨 뜻인지도 모를 소리를 지껄였다. 아마도 긍정적인 소리였으리라. "사람이란 포기해서는 안 되는 법이야."라든지 "우리 다시 한 번 둘이서 처음부터 시작해 보는 게 어때." 혹은 미국 영화에서 나오는 그 어떤 어리석은 말을 따라했는지도 모른다. "나는 네가 자랑스러워." 내가 방을 나올 때도 그 애는 한 마디 말도 없었다.

며칠 후, 아니 바로 다음 날 그 사람이 ── 그의 이름으로 나는 지금까지 게걸음으로 앞으로 나아갔다. ── 인터넷에 접속해 보라고 재촉했다. 그 사람은, 아마도 마우스를 클릭하면 적절한 맺음말을 찾을 수 있을 거라고 말했다. 나는 여태까지 자제하며 살아왔다. 다만 직업상 요구에 따라 가끔 포르노를 보기도 했지만, 이젠 아니다. 코니가 감옥에 들어간 후로 그 웹사이트는 텅 비어 있었다. 다비드도 더 이상 나타나지 않았다.

오랫동안 서핑을 해야 했다. 윈도우에서 저 저주받은 배의 이름을 이따금씩 보았지만, 새로운 것이라든지 결정적인 것은 없었다. 하지만 그 후 우려했던 것보다 심각한 형태로 일이 벌어지고 말았다. www.kameradschaft-konrad-pokriefke. de(콘라트 포크리프케 동지회)라는 특별한 주소 아래 독일어와 영어로 소통되는 웹사이트가 나타났던 것이다. 그 웹사이트는 행동과 사상이 타의 모범이지만 바로 그 때문에 사악한 체제에 의해 감옥에 갇힌 그자를 내세우고 있었다. "우리는 그대를 믿노라, 우리는 그대를 기다리노라, 우리는 그대를 따르노라……." 그렇고 그런 비슷한 말들이었다.

그것은 결코 중단되지 않는다. 결코 중단되지 않는다.

과거사 문제를 매듭짓는 것은
슬픔을 이기기 위한 노력을 다하는 것

1 구스틀로프호 사건의 현재적 의미

2차 세계 대전이 끝나갈 무렵, 소련의 역공을 받은 독일이 동부전선에서 밀리기 시작하면서 1000만 명 이상에 달하는 독일인이 피란길에 오른다. 이 작품은 그중에서도 동프로이센인들이 뱃길로 피란에 나섰다가 참변을 당한 사건을 소재로 한다. 1945년 1월 30일, 피란민과 부상병을 가득 태운 '빌헬름 구스틀로프'호는 단치히 북서쪽 발트 해 연안에서 소련 잠수함의 공격을 받아 1만 명에 가까운 인명이 배와 함께 수장되었는데, 그중에는 어린애도 4000명 이상 포함되어 있었다. 그러나 그동안 이 비극적 참상의 전모는 거의 밝혀지지 않은 채 역사의 무덤 속에 매장되어 있었다. 무엇보다도 독일이 2차 세계 대전의 가해자였으므로, 자기들이 입은 피해에 대해서는 도의상 침묵으로 일관할 수밖에 없었기 때문이다. 대독일제국이라는 오만한 꿈의 상징이었던 그 배의 침몰을 나치가 저지른 범죄에 대한 당연한 응징으로 여기며 조용히 덮어버리는 게 상책이었던 것이다.

그 사건을 오랫동안 가슴에 묻어 두고 있었던 귄터 그라스는 오십 년이 지난 시점에서 그 묵은 주제를 형상화해야 할 필요성에 대해 이렇게 말했다. "자신의 죄가 너무도 크고 그 오랜 세월 동안 참회를 고백하는 것이 너무나 절실한 문제였다는 바로 그 이유 때문에, 그처럼 많은 고통에 침묵을 지켜서는 안 되며, 또한 그 기피 주제를 우파 인사들에게 내맡겨서도 안 된다. 이러한 태만은 용납되어서는 안 된다."

이 발언은 두 가지 메시지를 담고 있다. 첫 번째는 독일 피란민의 고통과 참상을 이제 이 눈치 저 눈치 보지 않고 작가의 양심에 따라 문학적으로 결산하고, 또 그 사건의 역사적 의미를 현재의 정치적 위기 상황에 비추어 보면서 경고 메시지로 삼겠다는 것이다. 그리고 두 번째는 역사에 대한 때 이른 망각과 더불어 유럽 정치 무대에서 극우파가 정치 일선에 나서기 시작하는 시점에서 일부 인사가 독일의 피해를 강조하면서 보복주의적 입장을 강화하는 것을 두고 보지는 않겠다는 것이다. 독일 일각에서 네오나치즘이 준동하고, 스킨헤드 족이 거리를 활보하는 그런 상황이 또다시 독일 우경화를 재촉하는 증거가 아닐까 우려하는 것은, 평생을 바쳐 독일 시민 사회의 정신적 위기 상황을 진단해 온 작가 귄터 그라스로서는 당연한 일이라고 하겠다. 당시 프랑스 대통령 선거에 극우파 르

펜이 진출하여 전 유럽을 화들짝 놀라게 한 데서 보듯이, 사이비 민족주의를 표방하는 극우파 세력은 끈질기게 남아 있었다. 작품 속에서 그라스는 그러한 상황을 다음과 같이 실감나게 표현한다. "지난 역사, 더 정확히 말해서 우리와 관계되는 역사는 꽉 막힌 변소와도 같다. 우리는 씻고 또 씻지만, 똥은 점점 더 높이 차오른다."

여러 평론가들이 이 작품의 소재가 민감한 것임을 지적하고 예상을 뛰어넘는 일이며, 우파 세력에게 이용당할 우려가 있다는 취지의 발언을 하기도 했지만, 그라스의 의도는 그러한 민감한 주제일수록 우파 인사 손에 맡길 수 없다는 자세를 초지일관 견지한다. 요컨대 '과거 극복'이라는 전후 독일 문학의 지속적인 과제를 귄터 그라스는 작품 속에서 다음과 같은 말로 요약한다. "우리는 과거와 소통하기 위한 말들을 써 왔다, 과거는 속죄되고 극복되어야 한다. 과거 문제를 해결하려고 애를 쓴다는 것은 슬픔을 이기기 위한 정신적 노력을 다함을 뜻한다."

2 역사 속 실제 인물 3인

침몰한 여객선 빌헬름 구스틀로프호는 카데에프(KDF) 선단 소속 배였다. 직역하자면 '기쁨을 통한 힘'으로, 의역하자면 '새마을 유람단' 정도로 번역할 수 있는 카데에프는 노동자와 사원에게 장-단거리 선박 여행을 시켜 줌으로써 나치 체제 이념을 선전하려는 계획의 일환에 따라 조직된, 나치 하부 조직이었다. 그들은 이 배를 '계급 차별 없는' 배라는 식으로 선전함으로써, 출범식 때 수많은 부두 노동자의 진심 어린 환호를 받기도 했는데, 실제로 일정 기간 동안 선실 간에 등급 차별이 없기도 했다.

빌헬름 구스틀로프라는 배 이름은, 스위스에서 나치 하부 조직 결성에 주도적인 역할을 하다 유대인 청년에게 암살당한 나치 당 간부 빌헬름 구스틀로프의 이름에서 따온 것이다. 이 살해당한 나치 당 간부를 나치 이념 순교자로 만들기 위해, 원래는 히틀러라고 명명될 예정이었던 배에 구스틀로프라는 이름을 붙였던 것이다. 그는 자기 어머니와 아내를 이 세상에서 가장 사랑하지만 총통께서 그들을 죽이라고 명령하신다면 복종하겠노라 공공연하게 말하는 극단적인 나치 이념 소유자다. 이처럼 저돌적이고 맹목적인 인간이지만, 그는 은퇴 후에 돌아가서 기거할 벽돌집을 마련하겠다는 소박한 꿈을 꾸고, 그 꿈을 이루기 위해 조직 사업에서 남은 돈을 일부 저축하기도 한다. 마찬가지로 그의 아내는 격무에 시달리는 남편을 맞이하기 위해 꽃으로 실내를 장식하기도 한다. 또 그의 조직 역량이라는 것도 실은 생계를 위해 보험회사 직원으로 전 스위스를 돌아다녔던 경험에서 나온 것이었다. 결국 이런 일상과 우연의 면모 속에 나치의 얼굴이 가려져 있는 것이다.

이 빌헬름 구스틀로프를 암살한 유대인 다비드 프랑크푸르터는 평범한 의대생으로 아버지에게 돈을 타 쓰는 건달 대학생이었다. 성적도 신통치 않았고, 내내 만성 골수염에 시달리던 그는 히틀러 집권 후에 본격화된 유대인 박해를 피해 스위스로 달아나기도 하고, 독일로 돌아왔다가 랍비인 자기 삼촌이 봉변을 당하는 모습을 목격하기도 하며, 또 집단 수용소 참상에 대해서도 듣게 된다. 이처럼 여러모로 가망 없는 상황에서 자살을 하려다 그만두고, 나치 당 간부를 암살하는 정치적 행위를 감행해 버린다. 그리고 2차 세계 대전 후에는 감옥에서 풀려나 이스라엘로 가서 정착한다.

소련 잠수함 함장 알렉산더 마리네스코는 크로아티아의 한 도시에서 태어났다. 상륙 시에는 끊임없이 술을 들이켜고 창녀촌에서 난잡한 생활을 하지만 선상에 있을 때는 술을 끊고 직무에 충실히 임한다. 그러다가 결국은 술과 여자 때문에 출항 명령을 받고서도 제 시각에 배로 돌아오지 못해 비밀경찰의 조사를 받고 간첩 혐의까지 받는다. 그는 자기 과오를 만회하기 위해 전공을 세우려 초조해하다가, 여객선 구스틀로프호를 격침하게 된다. 그러나 그 공을 인정받지 못하고 나중에는 시베리아로 유형까지 갔다가, 훨씬 후에야 복권된다.

작품 중에서 구스틀로프호 사건은 역사 속 실제 인물인 이 세 사람에 의해 진행된다. 그러나 이 세 인물만으로는 그 사건의 실체가 제대로 잡히지 않는다. 단선적인 줄거리만 드러날 뿐이다. 그러므로 작가는 실제 역사의 진행과 작가적 상상력을 결합함으로써 그 사건의 은폐된 실체를 드러내려고 시도한다. 『게걸음으로』라는 이 작품의 제목은 실제와 허구 사이를 오가며 역사의 진실에 도달하려는 이러한 다채로운 결합 관계를 나타내는 것이다.

툴라 포크리프케는 작품 속에서 귄터 그라스로부터 대필을 부탁받은 화자(話者)의 어머니이다. 이 인물은 그라스의 이전 작품들 『고양이와 쥐』, 『개들의 시절』 등에서 사악한 힘의 전형으로 형상화된 툴라의 연속선에 있으며 정치 이념과는 상관없이 생존을 위해 상황에 따라 신속하게 변신하는 힘을 상징한다. 남자라면 사족을 못 쓰는 툴라에게 생존이라는 지상명령 앞에 그 어떤 이념도 부차적인 것이다. 그러므로 자기 생명을 위태롭게 했던 소련 잠수함에 대한 원한에 사무친 그녀에게는 소련 잠수함 승무원이 "여자와 아이 들의 살해자"에 지나지 않는다. 그러나 소련 잠수함 승무원으로서는 자신의 조국을 무참하게 유린한 나치 선박을 공격한 것은 당연한 의무였다. 그리하여 그녀는 자기 아들(작품 속 화자)에게 구스틀로프호 사건에 대해 자세한 기록을 남기라고 강권하지만, 그 사건의 정치적 함의를 아는 화자는 이런저런 핑계로 어머니 청을 거절한다. 그래서 툴라는 아들에 대한 기대는 포기해 버리고, 그 대신 손자인 콘라트에게 자기 생각을 심어, 결국에는 그 애를 네오나치즘의 신봉자로 만들어 버린다. 툴라의 행동 동기는 이념과는 아무런 상관이 없다. 예컨대 동독 시절에는 가구 공장 책임자로 생산량을 초과 달성하는 열성적 공산당원이었으며, 통일 후에는 구동독 기업과 부동산을 처분하는 '독일 신탁청' 일을 앞장서서 돕는다. 또한 스탈린 최후의 충복임을 자처하면서, 아울러 나치 이념의 상징인 구스틀로프도 동시에 존경하는 모순적 인물이다. 이와 같은 툴라의 생존 방식은 침몰하는 배에서 살아남았을 뿐만 아니라, 아이까지 낳는 끈질긴 생명력에서도 잘 드러난다. 침몰하는 독일 사회를 상징하는 구스틀로프호에서 같이 살아남는 사람들은 주로 성인 남자였다. 노인과 아이 들은 그들의 발에 짓밟히며 비참하게 죽어 갔다. 상식적으로 보아도 그 배와 운명을 같이해야 할 것으로 기대되는 네 명의 선장도 민망스럽게도 모두 살아남는다. 툴라는 그런 무자비한 생존의 힘을 상징하며, 작품 중에서 그녀가 늘 차고 다니는 여우 목도리는 그러한 의미를 담고 있는 것으로 보인다.

이 소설 줄거리를 이끌어 가는 화자인 파울 포크리프케는 구스틀로프호가 침몰하던 때에 그 선상에서 툴라의 아들로 태어났다. 생계를 위해 우익 신문인《슈프링거》에 근무하기도 하고, 또 좌익 성향 신문인《타츠》에 근무하기도 하지만, 대체로는 중립적인 입장을 유지하려고 애쓴다. 정치적으로는 가능한 옳은 편에 서려고 노력하며, 거짓말만은 하지 않고, 대외적으로는 정확한 입장을 전달하려는, 일견 회의주의자로도 보이는 화자의 이러한 태도는 작중 다른 인물들과 오히려 팽팽한 긴장 관계에 놓이게 한다. 경솔한 도덕주의를 경계하고 중립을 지키려는 인물이 오히려 긴장 관계의 중심에 놓인다는 역설이 성립하는 것이다. 그의 어머니와 전처는 그를 무능한으로 몰아붙이며, 할머니의 압도적인 영향을 받은 그의 아들은 아버지가 "나에게 어떤 관심을 기울인 적이 있었느냐."라고 반문한다. 화자와 그의 어머니, 화자와 그의 전처, 화자와 그의 아들 사이에는 건널 수 없는 간격이 존재한다. 작품 마지막 장면에서 화자와 아들 사이의 화해 가능성이 어느 정도 암시되긴 하지만, 결국 이 모든 긴장 관계는 경직된 이데올로기, 사물화된 증오심이 난무하는 사회에서 냉정한 중립적 자세를 견지한다는 것이 얼마나 힘든 일인가를 말해 준다.

화자의 아들 콘라트는 구스틀로프호가 침몰할 때 생존했던 할머니의 영향을 압도적으로 받으며 성장하면서 나치 이념의 추종자인 구스틀로프를 존경하게 된다. 그래서 '슈베린 동지회'라는 허구 단체를 내세운 웹사이트에서 자기가 나름대로 깊이 연구하여 알고 있는 편향된 나치 이념을 전파한다. 그러던 중 구스틀로프를 암살한 다비드 프랑크푸르터를 지지하며, 그의 이름에서 따온 다비드라는 ID를 사용하는 볼프강이라는 젊은이를 알게 되고 채팅을 통해 이야기를 주고받는다. 그리고 이후 두 젊은이는 구스틀로프의 고향인 슈베린에서 만난다. 하지만 이번에는 역사적 사건과는 정반대로 빌헬름 구스틀로프의 현대판 후신인 콘라트가 다비드 프랑크푸르터의 현대판 후신인 볼프강을 살해한다. 이후 감옥에 갇힌 콘라트를 기리는 웹사이트가 다시 나타나고, 화자는 극우적인 이념의 뿌리가 결코 근절되지 않는다며 통탄한다.

4 역사와 상상력의 결합

구스틀로프호 사건이라는 역사의 실체를 드러내기 위해 작가는 가공 인물들을 내세운다. 즉 실제 사건과 허구의 가족사를 결합함으로써, 단선적인 역사 해석을 넘어 역사와 상상력의 혼융이라는 문학적 종합을 이룬다. 역사적인 사건의 진행 중에 튀어나와 개인의 가족사로 되돌아가는 서술 방식을 택한 것이다. 요컨대 역사라는 세로축과 가족사라는 가로축이 만나면서 생겨나는 순간의 장면들이 이 책의 실질적인 알맹이를 이루고 있다.

생동하는 역사의 현장 한가운데서 작가는 언제나 구체적이고 감각적인 방식으로 역사와 문학의 결합을 시도한다. 역사 속 세 인물과 작가의 상상력이 빚어낸 세 인물은 작품 곳곳에서 절묘한 방식으로 만난다. 가령 침몰하는 구스틀로프호에서 아이를 낳고 있던 가공 인물 툴라와, 그 맞은편 바다 밑에서 잠수함에 타고 있던 실제 인물, 마리네스코 함장이 같이 겪었을 그 순간을 생각해 보라. 그들의 시선은 각각 어디를 향하고 있었던가. 역사와 상상력은 그런 아득한 무대에서 서로를 그리워하는 눈길로 만난다. 사소하게 보이는 구체적 사건 하나하나는 그저 지나가 버리는 일상이 아니라 언제나 더 거대한 사회의 흐름과 연결되고, 작가는 그러한 순간을 포착하기 위해 게걸음으로 부지런히 뒷걸음질 치는 것 같지만, 사실은 문학적 종합이라는 관점에서 앞으로 나아가고 있는 것이다.

5 『게걸음으로』 번역 세미나 후일담

권터 그라스는 자기 작품의 외국어 번역에 유달리 신경을 쓰는 작가다. 1978년 『넙치』가 나온 이후 권터 그라스는 번역자들을 독일로 불러 번역 문제점들을 같이 의논했고, 이 작품의 경우도 마찬가지였다.

2002년 3월 25일부터 27일까지 북독일 한자동맹 도시였던 뤼베크의 구시가지 중심부에 자리 잡은 부덴브로크하우스에서 권터 그라스의 주재 아래 『게걸음으로』 번역을 위한 사흘간의 번역자 세미나가 열렸다. 그해 2월 권터 그라스의 이 신작 소설이 발표되자, 독일 평론계는 이구동성으로 칭송을 마다하지 않았다. 세미나 장소는 토마스 만 소설 『부덴브로크가의 사람들』의 무대였으며, 토마스 만과 하인리히 만이 오랫동안 살았던 집으로 지금은 토마스 만 문학 전시관이 된 유서 깊은 기념관이다. 20여 개국에서 온 번역자들이 참석했고, 독일쪽에서는 권터 그라스 자신과 슈타이들 출판사 편집인들이 참석했다.

세미나에 필요한 준비 작업은 이미 치밀하게 진행되어 있었다. 외국인에게 낯설 것임이 분명한 용어는 미리 정리해 해설을 붙여 놓았고, 또 작품 역사적 배경을 설명하는 자료도 상당 분량 준비해 두었다. 그리고 세미나가 시작되기 전날에는 번역자들을 버스에 태워 슈베린 시로 데려가서 작품 무대가 되었던 장소들을 일일이 눈으로 확인시켜 주기도 했다.

세미나 첫날, 둥근 천장 지하 방 한쪽 문을 열고 파이프를 입에 문 채 귄터 그라스가 들어섰다. 나지막한 키에 단단한 체구였다. 번역자들과 출판사 편집인들이 각각 자기소개를 간단히 한 후 곧바로 세미나가 시작되었다. 사회를 맡은 출판 편집인이 이 페이지에 모르는 게 있느냐고 묻는 것이 아니라, 이페이지 '첫째 단락'에서 의문 나는 게 없느냐는 식으로 물었다. 그리고 그 단락이 끝나면 다음 단락으로 넘어갔다. 200쪽이 넘는 책을 그런 식으로. 마치 이 잡듯이 한 단락 한 단락 꼼꼼하게 확인에 확인을 거듭했다.

나는 첫 쪽부터 질문하지 않을 수 없었다. "슈프링거가 무슨 뜻입니까? 독한사전이나 두덴 독일어 대사전에도 나오지 않던데요?" 사회자가 대답했다. "슈프링거라고 불리는 한 출판사 건물에서 발행되는 신문입니다." 그라스가 안경 너머로 빙그레 웃으며 설명을 덧붙였다. "우익 성향의 신문 콘체른이지요."

혹시 질문이 없기라도 하면, 오히려 사회자나 귄터 그라스가 이건 무슨 말인지 알겠느냐고 오히려 조심스럽게 질문을해 왔다. "뵈미시라는 말은 보헤미아 지방과 관련 있는데, 이런 단어는 외국인이 번역하기 정말 힘들 테지요. '애매한'이라는 의미 정도로 번역할 수밖에요." 러시아에서 온 역자가 이 책 제목과 관련하여 물었다. "게걸음이라는 제목에 대해서 설명해 주시지요." 그라스가 두 손으로 게처럼 기어가는 시늉을하며 답변했다. "역사적인 사건을 단선적으로 진술한다면 그건 문학이 아니지요. 그 역사의 피와 살을 채우기 위해서는 끊임없이 개인과 가족 이야기로 돌아가야 합니다. 그렇게 되돌아가지만 결국 전체적으로는 앞으로 나아가는 서술 형식을 비유적으로 게걸음이라고 부른 겁니다."

내가 다시 물었다. "지금까지의 작품처럼 이번 작품도 과거 극복이라는 주제의 연장선에 있는 것으로 보이는데, 과거 극복이라는 핵심어에 대해 좀 더 부연 설명해 주시지요."

시종 반어와 역설로 말하던 그라스가 이번에는 잠시 머뭇거리더니 정색을 하고 대답했다.

"우리의 과거는 속죄되어 마땅하고 또 극복되어야 합니다. 과거 문제를 해결하려고 노력한다는 것은 결국 슬픔을 이기기 위한 노력을 다하는 것이지요." 제자리걸음을 하고 있는 것으로 보이는 독일 시민 사회에 대한 안타까운 심정을 노작가는 슬픔이라는 말로 표현했다. 또 그 슬픔을 이기기 위한 노력으로 작품을 쓴다는 것이었다.

사흘간의 강행군을 마친 마지막 날 밤, 그라스는 다시 뤼베크의 콜로세움 극장에서 청중 천여 명이 모인 가운데 이 작품의 1장과 6장을 골라 두어 시간 쉬지도 않고 낭독했다. 때로는 목청을 돋우고 때로는 그 어떤 결단을 내려야 한다는 듯이 손으로 허공을 갈랐으며, 배가 침몰하는 장면을 읽는 동안에는 비참한 모습으로 죽어 가는 사람들을 눈앞에서 직접 보고 있기라도 하듯, 마치 독일 사회가 침몰하고 있기라도 하듯 슬픈 표정을 지으면서 자신의 텍스트를 온몸으로 전달했다. 낭송을 마친 그라스는 청중들이 기립 박수를 그치지 않자, 그만하라는 몸짓도 하지 않으면서, 자기는 그만한 박수를 받을 만한 자격이 있지 않으냐는 듯이 머리와 상체를 연방 흔들어 대며 자신감 넘치는 태도로 청중의 진심을 있는 그대로 받아들이고 있었다. 작가와 독자 사이의 참으로 경이로운 만남의 순간이었다.

콜로세움 극장에서 책 읽기 행사가 끝나고 그라스는 다시 근처 카페로 가서 맥주와 포도주를 앞에 놓고 번역자들과 작별 의식을 치렀다. 역자가 5월 말 한국을 방문하기로 되어 있지 않으냐고 묻자 그라스가 대답했다.

"그럴 예정입니다. 한국 통일 문제야말로 이 시대의 가장 절박하고도 민감한 문제입니다. 지속적으로 관심이 있었고, 앞으로도 그럴 것입니다. 꼭 북한을 들렀다 남한으로 가고 싶은데, 잘될지는 모르겠군요."

물론 그라스의 야심찬 계획은 열매를 맺지 못했다. 동병상련인지라 귄터 그라스는 분단국가 한국에 관심이 많은 작가였다. 2002년 5월 말 월드컵 개막식에서 축시를 낭송하고 통일 세미나에도 참석하려고 한국을 방문한 그가 김포 공항에 내리자마자 찾아간 곳은 휴전선이었다. 감수성 덩어리이긴 하지만, 좀체 흥분하지 않는 대작가가 침을 튀기며 말했다. "저렇게 살벌하리라고는 짐작도 못 했습니다. 내가 한국 작가라면 평생 이 문제만 다루겠습니다. 남과 북은 형제입니다. 퍼 준다, 퍼 준다 하지 말고 제발 많이 도와주세요." 베를린 장벽에만 익숙했던 작가가 보기에 한국 휴전선의 실상은 그만큼 더 참혹했던 것이다.

2015년 5월
장희창

작가 연보

1927년   10월 16일 자유시 단치히(현재 폴란드의 그단스
         크) 교외 랑푸르에서 태어남. 아버지 빌리 그라스
         (Willy Grass, 1899~1954)는 식료품 가게를 운영
         하는 독일인이었고, 어머니 헬레네 그라스(Helene
         Grass, 1898~1954)는 가톨릭계 카슈바이인이었음.
1930년   여동생 발트라우트(Waltraut)가 태어남.
1933~1944년 단치히에서 초등학교, 김나지움을 다님. 처음으
         로 글쓰기를 시도. 자신의 의사와 상관없이 1937년
         에는 나치 소년단원, 1941년에는 히틀러 청년단원
         이 됨.
1944~1945년 2차 세계 대전에 공군 보조 요원으로 군 복무.
         그 후 전차병으로 참전. 코트부스에서 부상을 당하
         여 바이에른의 미군 포로수용소에 수용.

1946년   포로 생활에서 석방. 괴팅겐으로 이주. 고등학교
                졸업 시험 포기. 힐데스하임 근처 석회 광산에서
                광부 생활. 12월 단치히에서 탈출한 부모와 상봉.

1947년   뒤셀도르프에서 석각 견습공 생활. 1951년까지 뒤
                셀도르프의 카리타스 합숙소에서 생활.

1948~1952년   뒤셀도르프 예술 아카데미에서 그래픽 작가
                인 제프 마게스(Sepp Mages)와 조각가 오토 판코크
                (Otto Pankok)에게 가르침을 받음. 호르스트 겔트마
                허(Horst Geldmacher)와 재즈 그룹을 만들어 활동.

1951년   이탈리아 여행.

1952년   프랑스로 무전여행.

1953년   베를린 조형예술 대학의 카를 하르퉁(Karl Hartung)
                교수 밑에서 조각 수업을 계속하기 위해 베를린으
                로 이주.

1954년   스위스 출신의 무용가 안나 마르가레타 슈바르츠
                (Anna Margareta Schwarz)와 결혼.

1955년   남독일 방송국 주최 서정시 경연 대회에서 「잠
                의 백합들(Lilien aus Schlaf)」로 3등에 입상. 47그
                룹에서 처음으로 작품을 낭독. 문예지《악첸테
                (Akzente)》에 첫 산문 작품 「내 푸른 풀밭(Meine
                grune Wiese)」을 발표. 스페인 여행.

1956년   첫 시집 『바람 닭의 장점들(Die Vorzüge der
                Windhühner)』출간. 아내 안나의 발레 공부를 위해
                프랑스 파리로 이주.

1957년   쌍둥이 아들 프란츠(Franz)와 라울(Raoul)이 태어
        남. 프랑크푸르트의 노이뷔네에서 드라마「홍수
        (Hochwasser)」초연. 베를린에서 조각 및 동판화 전
        시회.

1958년   스위스 알고이에서 열린 47그룹 모임에서『양
        철북(Die Blechtrommel)』의 초고 낭독으로 47그
        룹 상 수상. 쾰른에서 드라마「숙부님, 숙부님
        (Onkel, Onkel)」공연. 잡지《악첸테》에 희곡「버
        팔로까지는 아직 십 분 남았다(Noch zehn Minuten
        bis Buffalo)」,「말 타고 왕복하다. 극장에서의 서
        막(Beritten hin und zurük: Ein Vorspiel auf dem
        Theater)」발표.

1959년   첫 장편『양철북』출간.

1960년   파리에서 베를린으로 이주. 시집『삼각선 철길
        (Gleisdreieck)』발표. 독일 비평가협회 문학상 수상.

1961년   노벨레『고양이와 생쥐(Katz und Maus)』출간. 희
        곡「나쁜 요리사들(Die bösen Köche)」베를린에서
        초연. 빌리 브란트(Willy Brandt)의 사민당을 후원,
        정치에 참여. 딸 라우라(Laura) 태어남.

1962년   『양철북』으로 프랑스로부터 최우수 외국 문학상
        수상. 스칸디나비아 반도와 영국 여행.

1963년   장편『개들의 세월(Die Hundejahre)』출간. 베를린
        예술원 회원이 됨.

1964년   미국 여행.

1965년	미국 케년 대학에서 명예박사 학위를 받음. 연방 하원 선거에서 사민당을 위해 52회에 걸쳐 선거 유세. 뷔히너 문학상 수상. 아들 브루노(Bruno) 태어남.
1966년	희곡「천민들 반란을 시험하다(Die Plebejer proben den Aufstand)」가 베를린에서 초연. 프린스턴에서 개최된 47그룹 모임에 참가하기 위해 미국 여행. 체코와 헝가리 여행.
1967년	시집『질문 공세(Ausgefragt)』발표. 연설문「나의 스승 되블린에 대하여(Über meinen Lehrer Döblin)」발표.
1968년	정치 에세이집『자명한 것에 관하여(Über das Selbstverständliche)』발표. 테오도르 폰타네 상 수상.
1969년	희곡「그 전에(Davor)」베를린에서 초연. 장편『국부마취(Örtlich betaubt)』출간. 테오도르 호이스 상 수상. 연방 하원 선거에서 또다시 사민당을 위해 연초부터 가을까지 190회에 걸쳐 선거 유세. 연설문집『문학과 혁명(Literatur und Revolution)』발표.
1970년	독일-폴란드 조약에 서명하기 위해 바르샤바로 떠나는 수상 빌리 브란트를 수행.
1971년	이스라엘과 탄자니아 여행.
1972년	장편『달팽이의 일기(Aus dem Tagebuch einer Schnecke)』출간. 사민당을 위해 129회에 걸쳐 연방 의회 선거 유세를 함. 그리스 방문.

1972~1977년   시와 스케치, 짧은 에피소드 등으로 『넙치(Der Butt)』 작업 시작.

1973년   시집 『마리아를 기리며(Mariazuehren)』 발표. 빌리 브란트와 함께 이스라엘 여행.

1974년   정치 연설집 『시민과 그의 목소리(Der Bürger und seine Stimme)』 발표. 가톨릭교에서 탈퇴. 딸 헬레네 (Helene) 태어남.

1975년   인도 여행. 뉴델리에서 연설. 코펜하겐 방문.

1976년   시집 『조피와 버섯을 따러 가다(Mit Sophie in die Pilze gegangen)』 출간. 하인리히 뵐(Heinrich Böll) 과 함께 문학 잡지 《L'76》(나중에 《L'80》으로 지속 됨.)의 공동 창간인 겸 편집인으로 활동. 미국 하버 드 대학에서 명예박사 학위를 받음.

1977년   장편 『넙치』 출간. 미국, 캐나다 등지에서 작품 낭 독회.

1978년   에세이집 『메모지(Denkzettel)』 발간. 알프레트 되 블린 상 제정. 『양철북』 영화화에 참여. 아시아(일 본, 인도, 홍콩, 태국)와 아프리카 케냐 여행. 부인 안 나와 이혼.

1979년   소설 『텔크테에서의 만남(Das Treffen in Telgte)』 출 간. 폴커 슐뢴도르프(Volker Schlöndorff)가 감독한 영화 「양철북」이 칸 영화제에서 황금 종려 상 수 상. 베를린 태생 오르간 연주자 우테 그루네르트 (Ute Grunert)와 재혼. 알래스카 여행. 중국, 싱가포르, 자카르타, 마닐라, 카이로 여행.

1980년   영화 「양철북」이 미국 아카데미 영화제에서 최우수 외국 영화 상 수상. 장편 『두뇌의 산물 혹은 독일인의 멸망(Kopfgeburten oder die Deutschen sterben aus)』 출간. 글쓰기를 중단하고 그림 그리기와 조각 일을 다시 시작.

1982년   석판화가 가미된 글 모음 『아버지의 날(Vatertag)』 출간.

1983년   베를린 예술원 원장 선거에 출마하여 당선.

1986년   베를린 예술원 원장 임기 마침. 장편 『암쥐(Die Rättin)』 출간.

1986~1987년   1986년 9월부터 1987년 1월까지 인도 콜카타에 체류.

1988년   인도 체류 경험을 글과 그림으로 묶은 『혀를 내보이다(Zunge zeigen)』 출간.

1989년   살만 루슈디(Salman Rushdi)에 대한 무조건적 지지를 유보한 베를린 예술원에서 탈퇴.

1992년   장편 『무당개구리 울음(Unkenrufe)』 출간. 망명자 협정을 거부한 데 실망하여 사민당에서 탈퇴.

1995년   독일 통일 문제를 다룬 장편 『또 하나의 다른 주제(Ein weites Feld)』를 출간하여 커다란 논쟁을 불러일으킴.

1996년   토마스 만 상 수상.

1998년   작가들의 박해에 항의하는 집회를 계기로 베를린 예술원에 재입회.

1999년   장편『나의 세기(Mein Jahrhundert)』출간. 노벨 문
         학상 수상.

2002년   한국 방문, 5월 29일 중앙대에서 '지속적인 과제로
         서의 통일(Wiedervereinigung als andauernde Aufgabe)'
         이라는 주제로 강연.『게걸음으로(Im Krebsgang)』
         출간.

2003년   슈타이들 출판사에서 18권으로 된 선집 간행. 시화
         집『라스트 댄스(Letzte Tänze)』출간.

2004년   그라스가 삽화를 그린 안데르센 동화집『그림자』
         출간.

2006년   자서전『양파 껍질을 벗기며(Beim Häuten der
         Zwiebel)』를 출간, 10대 시절 나치 무장 친위대 복
         무 사실을 처음으로 인정해 전 세계적인 논란을 일
         으킴.

2008년   자전 소설『암실 이야기(Die Box)』출간.

2015년   4월 13일 여든여덟의 나이로 사망.

세계문학전집 **334**

게걸음으로

1판 1쇄 펴냄 2002년 5월 25일
1판 3쇄 펴냄 2002년 7월 26일
2판 1쇄 펴냄 2015년 5월 8일
2판 6쇄 펴냄 2023년 3월 14일

지은이 귄터 그라스
옮긴이 장희창
발행인 박근섭, 박상준
펴낸곳 (주)민음사

출판등록 1966. 5. 19. (제 16-490호)
서울특별시 강남구 도산대로1길 62(신사동) 강남출판문화센터 5층 (우편번호 06027)
대표전화 02-515-2000 팩시밀리 02-515-2007
www.minumsa.com

ISBN 978-89-374-6334-1 04800
ISBN 978-89-374-6000-5 (세트)

* 잘못 만들어진 책은 구입처에서 교환해 드립니다.

세계문학전집 목록

세계문학전집은 계속 간행됩니다.